明天醒 大的觉

梁 沃 —著

中国出版集团

现代出版社

图书在版编目（CIP）数据

今天的觉明天醒 / 梁沃著. -- 北京 ：现代出版社,2016.7

ISBN 978-7-5143-5191-0

Ⅰ．①今… Ⅱ．①梁… Ⅲ．①中国文学－当代文学－作品综合集 Ⅳ．①I217.2

中国版本图书馆CIP数据核字(2016)第160888号

今天的觉明天醒

作　　者	梁　沃
责任编辑	李　鹏
出版发行	现代出版社
地　　址	北京市安定门外安华里504号
邮政编码	100011
电　　话	010-64267325　010-64245264（兼传真）
网　　址	www.1980xd.com
电子邮箱	xiandai@vip.sina.com
印　　刷	北京一鑫印务有限责任公司
开　　本	787×1092　1/16
印　　张	16
版　　次	2016年7月第1版　2022年7月第2次印刷
书　　号	ISBN 978-7-5143-5191-0
定　　价	49.80元

自　序

　　自从调色板和画笔从手中剥离，五彩缤纷变成黑白两色，改用朱自清的话，我不再仰脸看青天，不再低头看白水，只谨慎着我双双的脚步，一步一步踏在泥土上，打上深深的脚印！虽然有过很多梦想，在那迢迢无尽的程途中，自己迟迟的行步，显得平常而渺小，终究还原了一个平平实实的我！足下所踏，也更加接近草根的原色、温度，而更加有力量。

　　行做笔，心当墨。工作所及，和新闻打交道久了，便又形成今天这辑文集。把文字伸向悲喜哀荣，把笔墨掷向善恶美丑。这何尝不是一种人生历练。倘若能一棵树摇动一棵树，一朵云推动一朵云，这一路便变得有意义。

　　文学爱好者也好，新闻情结也罢，就算是人生一个驿站。把走过的风景撷下，把美好的人和事留住、铭记，礼献我从事22年的新闻事业。

　　是为序。

目录
C O N T E N T S

今天的觉明天醒
JINTIANDEJIAOMINGTIANXING

3

鲁院讲座学习札记

幸福一整岁

昨晚一夜没睡好，许多缠绕不清的往事一一拥来。好不容易三更之时睡去。醒来六点二十。初冬的早晨，寒气浓重。我倚在窗前看窗外一片白色的雾霭。依稀中看得见几个晨运的人，绕着后花园一圈一圈小跑。我整理了一下思绪，希望心情能好一点。

一阵电话铃声破晓而来。心想，谁这么早就来电话了？我披上衣服，拿起电话，里面传来生日歌。我下意识看了一眼日历。惊觉，原来今天是自己的生日！因为没有留言，不知道是谁点的。猜了几个名字，生日歌唱完了。

七点正，我正在洗漱。电话又响了。我拿起听筒，传来的仍是生日歌。这是一曲粤语演唱的生日歌，歌词有所改变，曲子是一样的。心想是谁这么细心，竟记住了我的生日？我又猜了几个名字，不得所以然，便又唱完了。

窗外运动着的长者，仍能一圈接着一圈小跑。虽然是冬的时节，他们却不停地拭汗，乐呵呵地笑谈，打招呼。突然我想起了一个月前，红问我喜欢什么样的礼物。但上星期她才去了外地，那么，是谁为我点的这些生日歌呢。

七点三十分，电话又响了，咣唥唥咣唥唥，撩拨着我的思愫。拿起听筒，传来的仍是生日歌！少儿合唱，稚气十足，脆生生的从听筒那边传来，我忍俊不禁。心想，不会是同一个人刻意为我点了三首歌吧——这无言的祝福！

我这才回想起半年来是怎样度过的。和朋友们离离合合；工作的事不顺心；送女友到外地工作；为房子的事烦忧。时间真是不饶人啊。不知不觉中又长了一岁。看年轮的圈子在时钟里嘀哒嘀哒地扩展，内心便有一种说不清的惆怅与无奈。才发现，年少时对生日的那份热情与祈盼已经消失无踪。今天重温这首曲子，用心去感受朋友这份不变的祝福，眼内竟涌起了一阵热雾。

母亲在厨房里做早点，问谁这么早打来了电话。我说，朋友为我的生日点歌呢。于是按下了免提，屋子里便哗啦啦地充满了快乐的生日歌。母亲在里屋也跟着哼了起来，"祝你生日快乐！祝你生日快乐！"端出两个热乎乎、被红色染得透亮的红鸡蛋，塞到了我怀里。我手里握着鸡蛋，看着这温暖的红色，竟一下溢出两行热泪。

这样的冬天，这样的早晨，有了这样的祝福，我还有什么理由不幸福一整岁。

玉杯斟满琥珀光

毕业的前一晚，我们破例在画室里举行了一次大会餐。

同学们说要"一醉方休"我是极力反对的，不单因为我本身是个女孩，也因为我不能喝酒的缘故。我一直认为，酒，辛辣苦涩，难以下咽，其性温热，有小毒，伤肝伤胃伤和气。一般情况下我是无论如何也不会沾酒的。

后来在大伙紧逼的目光下，在那热烈的氛围里，我想我是无论如何也无法拒绝了。怯然中，我惶恐地拿起酒杯，是白酒，刚小抿一口，顿觉喉咙火辣辣地刺痛，随后便是不停地咳嗽。同学们并不因此罢休，"喝完去！""毕业了，从此各分东西了快喝！"我突然有豁出去的勇气，举杯一饮而尽。然后便晕晕然睡去了。

毕业回家，想起那一晚我着实是丢尽了脸。为此我那几个最要好的同学如何在第二天赶的早班车，如何和同学们话别都没有留下多少深刻的印记。第二天只看见我的衣服上，留下满满一身全是同学们的祝福话语。为此我一直不敢贸然浸洗我的这件衣服，生怕洗掉半言只语。我平生最怕离别了，或许得感谢那一杯烈酒。想起曾和我一起干杯的朋友们，当年那份豪饮，那份浅酌，把一份离愁都释化在一片混沌中，着实稀解了那一场苦苦的洒泪之别。

后来听说酒有美容的作用，法国女子皮肤细腻、润泽而富于弹性，据说与她们经常饮用红葡萄酒有关。于是我对酒更平添了一份好感。

姐姐坐月子的时候，我常常得以喝上母亲亲手做的甜酒。她将糯米煮熟凉到屋檐下，待干爽之后，再加上酒饼，密封在一个罐子里。时间愈长愈香浓，当我绕着罐子转了快一百圈的时候，母亲说可以开启了。只见母亲拿来一把勺子，朝着衣衫抹了又抹，抹了又抹，然后舀了一勺，我正要把头伸过去，却很快又被封上了，好像里面是人参不老丹，盖晚了，怕人参要飞回长白山似的。

母亲敲了两个鸡蛋，和着这酒糟一起煮制，便是蛋酒了。常常是姐姐吃完之后我才得吃上一小口。那是我第二次品酒的味道。我想不到，这白花花的小米粒竟能酿制出这人间美味，难怪要醉出这么多人世间难解的情缘。

参加工作后，我亦曾到过街边吃过蛋酒，因为掺水多，淡得无味，我就干脆买了家乡产的东园家酒。因为母亲阻挠的缘故，说女孩儿无论如何喝酒都不好，我就把拎回的酒偷偷藏在柜子里。

说来好笑，有一次我看母亲睡了，便躲在阳台里，把晚餐故意剩下的干食端来伴酒，"花间一壶酒……举杯邀明月……"。饮得半杯，母亲竟未睡去，来到阳台发现我时，脸涨得通红，脖子也红，手背都红了，可能是酒精过敏了。母亲怕了，让我去医院打滴液，说以后无论如何也不能喝酒了。

但我仍忍不住酒的香味，于是收藏了许多晶莹剔透的高脚杯，以慰解心意。

酒胆见涨时，我便约朋友们到街边霓虹灯下喝起小杯。重温"酒滴珍珠红"的暖意。我伴酒的食物不多，只要一小包牛肉干或半支火腿肠，便可以喝得有滋有味了。但我仍不能喝酒。因为香得诱人，每次忍不住喝下去半杯，便有点醉意了，心跳得厉害。然而就是这小小半杯，足可令我唇齿生香，醺意浓浓。

我很羡慕朋友们仰着头饮酒的模样。喜欢看他们将酒沿着嘴角丝丝渗入，然后用舌尖舔尽那杯中之香，仍能脸不改色、心不跳，仍能边笑边歌边饮的快意；我还喜欢看朋友轻轻地靠着杯的边沿给我添酒，说："多喝点！多喝点！"然后我借着月光，透过摇曳的酒红看远处的景色，寻找"我歌月徘徊，我舞影零乱"的酒中之意。但我仍不能喝酒。

然而，我正是喜欢酒这暖的感觉。酒意正醺时，大家掏心掏肺，动情而率直，坦荡而真诚。一感动，哭一阵，笑一阵，疯一阵，呆一阵，放肆一阵，无所顾忌。我喜欢让酒一呷一呷将我的双颊染红，又漫延到眉睫之间，然后到脖子，到心头，一种很温热的感觉。夜风习习，往事一一涌来，过去的激情与真实，又像一幅幅美丽的画面呈现在眼前，心中原有的那股清泉终又汩汩涌动。

或许，我喜欢的正是酒这般热烈而又亲切的情意吧。

1995 年 9 月

开张大"失"

在"福建——加拿大活动周"上，加拿大前外贸部长参加中国式的"剪彩仪式"，面对漂亮的绸缎不忍下手。

有人说，"剪彩"最初来源美国。堂堂一个加拿大外贸部长，如此举动，让人深感困惑。

如今举国上下，无论是富庶城市还是穷困山区，只要逢庆典，大到铁路开工、公司设立、大厦落成；小到商店、厕所"开张"，都要"剪彩"。择一黄道吉日，请来学校小学生，云集各界名流、单位干部列成方阵。选几个面容、体段姣好的小姐，戴着无瑕的白纱手套，手捧缎花玉盘。

长长的红色绸带，在整个仪式中，作为剪彩中的"彩"头，它必定是万众瞩目的。按照传统做法，绸缎必须是未曾使用过的完整布料，在中间结成的数朵花团，生动、硕大、醒目。

新剪刀，每位现场剪彩者人手一把，必须锋利而顺手（有条件的来把金铸的）。开幕致词完毕，首长、贵宾踏上红地毯，各就各位，手持崭新的剪刀，面对镜头"咔嚓"之后留下一地笑声掌声。在剪彩仪式结束后，主办方将每位剪彩者所使用的剪刀，经过一番包装，赠送对方，以资纪念。

有人说中国的"剪彩"一年要剪丢几百乃至上千匹布料。没有资料统计，我不敢贸然断言。"剪彩"只需绸缎约一米宽、四十米长（一朵花五米）。为了讨个吉祥如意，却无端浪费一匹质量上乘的布料。

开业期待平安生财，寄喜庆之意，好像无可厚非。但如果说这迎合了"开张大吉"最佳愿望，细细算来倒是"开张大失"了，这实实在在是"羊毛出在羊身上"。瞬间损失，代价几何？

中国是一个拥有几千年悠久历史的文明古国，丝绸纺织在大唐时期就令世界瞩目，吸引了众多外来使节。但在社会高度文明的今天，中国沿袭了多少优秀文化遗产？还要走怎样的丝绸之路？

"俭，德之共也；侈，恶之大也"——勤俭节约是中国宝贵的精神财富。前不久，绿城南宁的博览会隆重开幕，打破了传统的剪布形式，不用布来完成剪彩，而是用母亲河的水来完成，"以水代刀，变分为合"的剪彩仪式给所有人留下了深刻印象，也为新时代的剪彩仪式拓展了新的内涵。

时下有不少年轻结婚不披红戴彩，不张罗请客。用他们的话说："有些青年男女操办婚礼轰轰烈烈，但结婚后却平淡无奇；而我们的婚礼悄无声息，婚后的生活却要轰轰烈烈。"

这话在各行各业中是否应得到广泛应用？

2005 年 7 月

风不转心转

捂不住久违的童心，和外甥放烟花。一阵绚烂的光芒之后，地上剩下一堆火柴棍儿。外甥余兴未尽，问：姨，你能把一根火柴烧完吗？我指着地上的火柴说，这不是烧了一堆吗？"没有完啊，都才半截呢。"外甥竟蹲在地上细数起来，像给鸡蛋找刺儿。我笑了，过去拉他，"怎么可能烧得完呢，小傻瓜。"

我边说边找来火柴划了一根，看凶猛的火势蔓延逼将而来，我一步一步往后逃退，并企图抓住火柴的末梢……我手尖一阵灼痛，扔了火柴。我尽了最大的努力火柴仍不能最后燃烧。外甥把头一摆："你捉住这一头不行吗？"好小子，想是没尝过挨烫的滋味吧！"那猩红的火柴头，炭黑一样的身躯，碰都不敢碰！"我吓他。但我还是尝试着划了一根。虽然很灼痛，但并不像想象中的那样可怕，而且我还逃脱了最终被烧伤。火柴终于燃烧毕烬了。大人想不到的事，小孩竟想到了！

我们从来就没有想过要把一根火柴燃烧毕烬，这实在是生活中很常见的一件事。在我们身边，究竟有多少机会就这样在习惯的思维中错失了呢。

国际象棋著名棋手马歇尔在一次比赛中，发现自己的王后身处生死危急关头，当时所有在场的观众判断，只要马遵循比赛规则，按照一般传统惯例，就可以将王后安全转移，免遭杀身之祸。但他却出人意料地把王后放到一个最不合乎逻辑的地方——他宁可放弃王后！马最终赢得了比赛的胜利。因为他知道不幸和变故是暂时的，长远的打算需要"退一步，忍一时"。敢于超越常规，正是他取得胜利的原因。

我想，现代人缺乏的正是这忍耐和宽容的生活态度。人生本来就是风云变幻，在这世俗纷争的社会，许多事情并不如想象中那样合理顺章。我有个站柜台的朋友，有一次，遇到一位外地来的游客，说话很没礼貌，刁钻而苛刻，买了一瓶"夏奈尔"的名牌香水，转折北海回来，上门要求退货，说买了假货，北海也没那么贵。香水显然是用了少许的，而她不依不饶还要告到经理处。朋友明知有理说不清，没跟她计较，却送了一瓶她最喜爱的香水给她。更希望她的语言也能像香水一样迷人。顾客自知理亏，说了"谢谢"之后悻悻而去。我的这位朋友正是在忍耐的基础上，巧妙地避过了锋芒，并教予她做人的道理。

事业上，春风得意左右逢源固然令人羡慕，嫉贤妒能钩心斗角的小人也无处不在。或许你会说，在这分秒必争的时代，我们创造和争取机会还唯恐来不及，怎么还容得再"退一步"呢。遇到棘手紧急关头，如果你急撞莽冲意气用事，不正好撞到他的枪口上？倘若你是个有才能的人，就应该避免这不必要的正面冲突。

"人生不如意的事十常八九"，不幸的事会使你很痛苦，但并不意味着没了机会。山不转水转，风不转心转。这条道路行不通，就应该另辟蹊径，既然枯木尚可逢春，本身就充满无限生机的人生就处处有转机。法国作家查尔斯劝谕世人"冬天，请不要砍树"，正是这一人生至理。

别对孩子苦苦追问

半个月前，我家的楼上，新搬来一户人家。那个小孩调皮得很，一天来回地跑，从第一间房跑到第二间房，然后又从阳台跑到厅堂。抱着的玩具吧，时而撒落一地；时而换上大人的鞋，"咯噔……咯噔"。要是往常，我定会觉得扰了平日的安静。但小孩子那种特有的碎步和移糯，走着走着又摔一跤。呵呵，常令楼下的我忍俊不禁。

有一天，我的女友却为家里小孩穿大人皮鞋的事和家人争论不休。她认为，小孩子有自己的鞋，不能随便穿别人的鞋。好像小孩一不小心就要走错路似的。其实成长中的我们，哪个没试穿过大人的鞋？女友一再强调，小孩是一张白线，一笔一画都得大人帮修正才行。女友的小孩六岁多，是个小动画迷，"让他上楼洗澡吧，他边看电视边脱衣，楼梯上下全是他的衣服。"女友说话间，我的眼前尽浮现孩子那痴痴的可爱的脸。

都说，孩子的天性最难得，顽皮可爱，天真无邪。童心，犹如刚刚出土的春草，给我们的生活以肆意的绿和清新。为了成长，大人们常常对这成长中幼苗旁敲侧击，稍稍有些风吹草动，立即用家规制止，生怕枝头长歪了，叶子伸过头了。若干年后，树苗长得正了，方规方矩，缺少生气与灵动。

无独有偶。有一次，我的朋友带着小孩来我家。因为见过面，小孩也不认生，见了我亲切得很，说要拿小木条做一个在幼儿园玩的游戏。我很高兴，提出要和他合作。小孩不小心碰坏了摆在一旁的珍贵瓷杯。朋友连忙让小孩"道歉"，并不断施予教育，让孩子从小就知道"做错事该说对不起"的。我一边收拾碎片，默不作声，算是配合大人的教育，耐心地等他说出那一句。

但无论朋友怎么说他、骂他，他最终不肯说声对不起。我想，倒不是他不肯，他小小的心灵早就被大人突而期来的责骂和因他的不小心给别人添加麻烦吓得不知所措，整个儿怔在那，连抬头看我的勇气都没有了，小小的一张脸，深深地埋在衣领里。

大人仍说要打他。我着实不忍再追问那一句"对不起"了，倒了碎片，不断和他表示友好。几分钟之前还活泼可爱、邀我同乐的小孩，此刻再也不理会我的真诚，别过脸去。几天后见我仍心存惶恐。偶尔被我逗得笑了，也不能像以前那样开心玩耍了。

这两件事让我记忆犹深。为了成长，大人们便在小孩的启蒙时期施予最初教育。每做一件事都要把自己成长的经验灌输给孩子，好像自己当年不成才就出自孩提时期的胆大莽为。用遗憾的过去、懊悔的心情重新抓住每一个教育机会，一心一意培植一个全新的、没有缺陷的下一代。

其实每个人都有童心，只是生活让人们变得世故，以为经验就是聪明才智，殊不知，这种世故使我们失去了天然中最宝贵的东西——真实。前两年，美国电影《玩具总动员》给中国造就了电影放映史上的奇迹。不管东西文化有多么大的差别，但童心是相通的，正是这种相通推动了许多家长们带着孩子走进了电影院。坐在大屏幕前，当各种玩具生动地活起来的时候，先是孩子们笑起来，接着是青年人的笑声，再后来是中年人的笑声。再后来整个电影院里全是笑声一片。这时压抑许久的家长们便和自己的孩子融为一体，暴露出久违的春天般温暖的父爱与童趣，此刻的童心，就像长了一双翅膀正在自由、快乐地飞翔。

鲁迅先生和他的朋友林语堂，曾一次次地呼唤童心，希望中国的儿童多一点游戏和快乐，中国社会多一点童心和童趣。一个缺乏童心和童趣的民族是可悲的，因为它最容易走向老化走向狡猾。

如果成功和失败是向前铺开的轨道，两边的风景才最稀罕和金贵。

感谢是最大红包

文代会召开前夕，报社和市文联联合推出 2006 度全市"德艺双馨"文艺创作家们作专辑。我接到指示后开始拟写报告。一纸呈递上去，之后，社长不满意，签了几个字退了回来。我整理思路，重新打字。期间我还有步骤地发出组稿函，索个人简历几百字，免冠一寸照片一张，写编者按。明天就开始推出第一期了，当我做足所有的工作，对着电脑按"完成提交"发出去之后，我重重地喘了一口气，心想不知能否过关，便耐心地等待领导批示。

接下来，一天的工作才真正开始。报纸的排版很繁琐，照片扫描，灌文字，精心挑选各种感情色彩的线条和图案。然后出清样、校样、红样、小样，交付校对、签印、印刷，这长长一条龙，注定着有很多同志在等着你。牵一发动全身啊。为了赶时间，排一篇算一篇，我只能提前干活。下午，我排完了版下班，如果领导对大样不满意，今晚还得突击加班，我还是先回家吃饭吧。

突然手机铃声响了，我打开一看，是总编的短信，我忐忑打开一看：这个版不错，编者按也写得很好，谢谢你！我的心一下快乐了，所有的艰辛劳苦全都跑到九霄云外。

得到领导的认可，这实在是一个很不错的奖赏。我回到家，高兴地告诉母亲：我得到领导表扬了。结果，母亲比我还高兴。当然了，儿女长大成人，是母亲一手调教出来的，可以说是母亲一生中最得意的作品。单位里工作上，让领导放心，得到上级认可，这是儿女们给家长的最大奖赏。

说到奖赏，我们通常想到的便是加薪、升职，或是假期、红包等，总之都是一些物质上的东西。而很少有人想到，一个短信，或一封亲笔信，便是一份特别的奖励，甚至是至高无上的荣誉。

拥有肯德基知名企业的美国百胜集团总裁诺瓦克，就亲手给员工写过数千张"感谢您"的信函，还有趣地在签名后面画上一张笑脸。员工接到这种信函时，往往高兴万分，甚至泪流满面，大家都把总裁的感谢信当作公司的最高奖赏、当成最值钱的"红包"。因为红包的金额再大，总有花完的时候。而"感谢"包括了对员工工作成绩的认可，它让人感到自己受到尊重，得到爱护，这是用钱买不到的。

我们报社的副总编，每年春节，他总不忘给员工发来新年短信——"祝你及你的家人幸福健康……"几行字体现了一个长辈对部下的亲切关怀，凝聚了一个单位的力量，包含着对我们的辛劳、才能以及一年来的贡献的充分肯定，寄托着新一年的美好祝愿和憧憬。

一个短信，一句节日问候，一封感谢信，竟然拥有如此神奇的力量，细想之下并不令人意外。有一句话说"好孩子都是夸出来的"，每个孩子都看重父母的肯定，大人亦然，员工更是如此。上司一句赞扬的话，领导一句节日祝愿，会拉近上下及之间的距离，给他们树立工作和生活信念，鼓舞斗志。只有在记住员工的成绩，并发自内心地感谢他们，才赢得员工的心，乃至工作热忱，以及兢兢业业的奉献精神。

向下为了向上

年轻的建筑师向他的老师求教，怎样才能把高楼大厦建得更高大、更雄伟。老师低头不语，只是用手指指脚下的土地。在年轻的建筑师的几次请求下，老师才说出两个字：向下。

年轻人不解其意，一日，他到林木繁茂的公园，见到一场大风过后，许多低矮的小树有的折断，有的连根拔起。而参天大树却依然挺立，毫无损伤。这时，刚好碰到许多人在挖坑植树，有人大声关照："坑挖深些，根才牢呀！"于是，年轻人醒悟了。凡事应该眼睛向下，着力向下，而后才会获得大楼向上，事业向上。这就是"要想向上，先要向下"的道理。

几年的记者和编辑生涯，让我明白了这个道理。我们报社有一个来自黑龙江的记者，十年前的油泊泥路还没有伸向广阔的农村，他为了采写反映农民生活状态的文章，就凭一双脚，几十公里的路程他走了无数遍，而且肩上还扛着当时庞大无比的摄像机，十几年间，有"脚板底下出新闻"称谓的他和当地农民同甘苦、同命运，写下无数优秀的反映底层人民的疾苦和心声的通讯报道。作为一名人民记者，如果没有"向下"意识，就不能理解引车卖浆在生存边缘的贩夫走卒的状态，挑夫的道路、井下矿工的高温作业环境、小商贩的早出晚归、农民工的艰辛处境，等等。而作为一名编辑，所关注的也应该是老百姓的生态场，努力做到三贴近，把镜头对准基层，把切入点贴近群众，捕捉来自底层的最典型、最感人的"亮点"和"兴奋点"。

文坛巨匠巴金就是这样一个人。他生前对劳苦大众充满无限挚爱，他多次深入矿井，和矿工促膝相谈；用笔抒写人间悲欢离合，世态炎凉；他的《家》充满着对妇女命运的同情；抗美援朝时期，他亲自上前线，踏着朝鲜战场上硝烟纷飞的泥土；他写过和翻译过许多儿童读物，晚年还充满爱心与激情，向孩子们表达他对理想的追求。他的一生，创作了无数支撑我们精神大厦、闪着人性光辉，而且不会随时光流逝而失去光泽的经典著作。

　　拒绝俯瞰，眼睛向下，关怀向下。从某种意义上说，"向下"意识，是我们直面民生的唯一姿势。只有着力沉到生活底层，才能用心灵的真实语言与大地的声音真情拥抱。眼睛看着"长度"，鼻子嗅着"深度"，耳朵听着"宽度"，手里握着"厚度"，脑里想着"向度"，心中装着"广度"，然后"焦点"着力向下，爱心向下，才能写出心力向上、情怀向上、精神向上的，有生命力和厚重感的"高度"文章。

拜动物为师

常听人这样骂动物"畜生"。今天的动物如果会张口说话,它们的第一句话应该是"人——畜生都不如"。

据报载,广东省雷州市第三中队一交警,酒后驾车撞倒一名年仅2岁多的女童,肇事者丢下伤者落荒而逃。小孩被送到医院,由于晚上没能及时把钱凑够,医院拒收,导致小孩没有得到及时医治而死亡。

人称自己是万物之灵,有着发达的大脑和思想。但有思想的人,不但伤害他人,见死不救,在危难时还无情地抛弃同伴。

肇事者身为人民群众的公仆,在关键时刻非但没有见死不救,反而畏罪潜逃,难道这就是那个"全心全意为人民服务"的交警的良心写照?还有那家医院,救死扶伤是医生的天职,看着奄奄一息的小孩,难道不能先救人后付款吗?假使他不是一名警员,而是一名普通的父亲,假使地下躺着的是医生的孩子,不知又会是何种景况。

有一户人家正在搬家,发现杂物堆中有两只老鼠。大敌当前,它们并没有慌不择路的逃跑,而是从容镇定地交了交颈,然后,其中一只老鼠轻轻咬住同伴的尾巴,它们竟像手拉手横穿马路的孩子那样,大摇大摆地进行"战略转移"……原来后面那只老鼠是一个瞎子。那只健全的老鼠不忍心丢下可怜的同伴,就把自己的尾巴送到同伴嘴里,引导它脱离险境。看着这悲壮的一幕,这户人家不约而同地让出一条道,目送这两只老鼠胜利逃离。

人的灵性与思维,恐怕动物经过进化几千年、几万年,也难能达到如此的境界,但在集体中表现出的,人往往连动物都不如。就说微乎其微的动物蚂蚁吧,在面对危难时,它们团结逃生的精神着实让人类汗颜。

英国一科学家曾经作过这样的试验,把点燃的蜡烛伸进蚁巢里,蚂蚁们为了灭火，纷纷向火冲去，喷射能对付火的蚁酸。前面的"勇士"葬身火海，后面的前仆后继，几分钟后大火被扑灭，存活者哀伤地将"战友"盖上薄土，以示安葬。

人们还观察到，在野火烧起的时候，为了逃生，众多蚂蚁会迅速聚拢，抱成一团，然后像滚雪球一样飞速滚动，逃离火海。最外层的蚂蚁用自己的躯体挡住伙伴；洪水到来时，蚂蚁也会迅速抱成团，只要碰到一个漂流物，外层的蚂蚁就得救了，水中留下小团的蚁球，那是蚁球里层的英勇牺牲者。

社会道德水平滑坡的今天，人类从来不从人性层面检讨自身。动物的牺牲精神和团队精神，正是值得我们人类深深思索。有一句话这么说"丧失理智的人比本能的动物更可怕"——美国黄石公园为此立了一面大镜子，门口写着"世界上最可怕的动物"，每个人一拉开门，即可在镜中看见自己。这真是人性的悲哀啊！为了世上多一点善，少一些恶，仅仅在这一点上，人也应拜动物为"师"。

心和之美

　　她一直是两位老师眼中的乖学生，听话而且成绩优异。她说，相比之下，她更喜欢语文老师，因为她从来不打骂学生，反而漂亮的数学老师打人，班里的调皮捣蛋的学生都挨过打，同学们都很怕她。9 岁那年，女学生的父亲得了一场大病，住了多半年的院。生活的巨大反差，让她一下子不能适应，晚上睡不好，学习精神不集中。

　　有一次，数学正在学珠算，女学生珠算口诀背不好，数学老师不耐烦了，用她纤细而有力的手，使劲扭女学生说："人家都会怎么就你不会？"从此以后，这位女学生再也不喜欢数学。

　　早在 1560 年，瑞士钟表匠塔·布克游历埃及的金字塔时，就曾经预言："金字塔的建造者，不会是奴隶，应该是一批欢快的自由人！"后来通过发掘考证，金字塔确实是由当地具有自由身份的农民和手工业者建造的。

　　布克曾因反对罗马教廷的刻板教规，被捕入狱。这位钟表大师入狱后被安排制作钟表。但在那个失去自由的地方，他发现无论狱方采取什么手段，都不能使他和他的同行们制作出日误差低于 1/10 秒的钟表。起初，布克把它归结为制造的环境，后来他们越狱逃往日内瓦，才发现真正影响钟表准确度的不是环境，而是制作钟表时的心情。金字塔这么大的工程，被建造得那么精细，各个环节被衔接得那么天衣无缝，建造者必定是一批怀有虔诚之心的自由人。据说，瑞士到目前仍然保持着塔·布克的制表理念，不与那些工作采取强制性、有克扣工人工资行为的国外企业联营。他们认为，那样的企业永远造不出瑞士表。

　　平和愉悦的心是金。人的能力，唯有在身心和谐的情况下，才能发挥到最佳水平。庄子《齐物论》有云"天地与我并生，万物与我为一"。强调个人内心与天地和谐，以期达到一种高度的和谐之美。而"天人合一"是"天和"、"人和"、"心和"的总和。"心和"，即心灵的和谐。心与心，心与物，心与道之间的和谐交融，能创造出人性美景和人间奇迹。

2005 年 8 月

笑傲"浆糊"

浆糊，不是糊，也不是水；透明，但见不到底，永远一副迷惘的状态；黏着了，甩也甩不掉，纠纠缠缠，牵牵绊绊；黏滑、稠软，没有固定的形体，没有自己的立场，更不用说有棱有角、爱憎分明了。和浆糊发生关系的，比如，浆糊脑袋——懵懂，迷糊，晕乎乎；背后捣浆糊——意思是当面一套，背后一套。浆糊，给人的感觉，永远是一摊烂泥，没有脊梁，没有灵魂。表面看来，浆糊，的的确确是"糊糊""涂涂"过一世。

翻开浆糊"糊涂"的一生，却发现，它牺牲自我，黏合他人的裂痕，成就了团体的和睦共处。沿着浆糊"软弱"的心路历程，你会发现，它力大无比，拥有"四两拨千斤"之功，从不向钉子示弱，也不向铁锤低头。再看看浆糊"包溶"的生活态度，你明白了有句话叫做"别把宽容当软弱"。

你瞧，浆糊——发挥起其黏性来从不马虎。为纸张的亲密无间不懈努力；为修正错误它甘愿拿背影示人；为纸张爱上墙极力作媒撮合；为别人的发展空间在夹缝中求生。它没有水的特质，却具水"事善能"之灵变；它没有冰一样身形，却有着冰没有的力量。它没有优美的姿态——没听说过拿瓶浆糊摆景的；它从不刺伤别人——也没见过谁被浆糊粘破手的。浆糊有着极其崇高的品格，它长着一副"豆腐嘴脸"，仔细想想，它还有着一副"豆腐心肠"。

有这样一个家庭。母亲特别偏爱小儿子，对大女儿总爱挑毛病，大大女儿常埋怨母亲的不是。每当母亲叨絮不止，小儿子总向着大姐；当大姐说母亲啰唆时，小儿子又向着母亲。于是乎，母亲怪儿子不帮自己，白疼他了；大姐怪小弟不明事理，充当老好人。儿子就这样成了夹板人。随着时间的推移，母亲和大姐逐渐明白他的良苦用心，慢慢地理解这么多年来这个角色真的不好当。因为她们都爱他，为了他，她们也要和和气气。此时的儿子，充当了家庭的"浆糊"，黏合了亲情，和睦。

相信许多家庭，甚至单位、企业、学校，都有这样的夹板人。他们受人挤压，被称"老好人"。有点像——甘草，"寒与热，总随人"。像甘草也无偿不好，其味甘平，能调和众药，医治寒、热引起的多种疾病，故有"国老"之名。但浆糊并不是不讲原则的那种，专和稀泥，欺世盗名。你见过它促成纸张与玻璃的团结么？你见它帮助过木头亲近金银吗？这就是浆糊的品格。它有自己的一贯原则，只调和志同道合，并有着同一追求与人生目标的事和物。

生活就像一张纸，我们在纸上描绘蓝图，构建美好人生。但生活很难做到平展如水，风景如画，总有这样、或那样的裂痕，漏洞。

开封市有一对老年夫妇，一直来，他们"打工助学"。老大爷替别人看守大门，老大妈干起厕所清洁工作。夫妇俩生活上能省则省，"业余"时间积极"创收"，到广场、公园、夜市捡旧报纸和瓶瓶罐罐。有人不理解，认为他们与那些穷孩子非亲非故，该享受天年的时候何必活得这么累。但夫妇俩并不理会别人的异议，反而觉得很快乐，还说会不断地继续下去。失学的儿童是无辜的，他们生不逢时，失去了被教育的权利，他们的人生裂痕，是许多城里的孩子无法体会的。这对走进暮年的夫妇，用自己的双手黏合那些穷孩子的成长漏洞，用七彩夕阳刷亮孩子的白纸人生，快乐地做着一对"浆糊"夫妇。

浆糊，为人处世是低调的，它在黑暗中顽强生存。它，和至爱的人一起，笑对凄风冷雨，傲立寒冬酷夏暑。浆糊的人生履历表上清楚地写着：夹缝生存。任人拍打。风雨同舟。

"筷" 意人生

在一次作家协会的茶话会上，全国政协副主席霍英东先生感慨地说："现在各地时兴举办这个节、那个节，我认为最能普及于群众的就是'筷子文化节'。"说这话时，中国的上海早就有了自己的筷子文化节，并举办了四五届。但只是没被广泛流传。在"文化是一种力量"已成为共识的今天，在这个新旧节日风起云涌、中西文化风生水起国土里，有着三千多年历史、炎黄子孙勤劳和智慧的结晶，筷子——是应该拥有自己的节日了。

造就一个"筷子文化节"是很有必要的。不单因为中国是筷子的故乡，中国是筷箸的发源地，是世界上以筷为食的母国，是筷子的开山鼻祖。你想啊，在中国，无论是皇宫贵族，还是黎民百姓，就像那首歌词中的"鱼儿离不开水，花儿离不开阳光"，中国人和筷子的感情笃深程度，他的至尊地位是任何东西都无法取代的。

屈指算算，从我们的孩童时代就开始"两根竹子打天下"，每天把手真情相握，用嘴热情相吻，可以说筷子是伴随我们一生成长的。两根小小的筷子就像一对亲兄弟。他们总有几个相一致：个头一致，长短一致，款式一致，质地一致，步调一致。永远相亲相爱，相沫以共，腹心相照，冷暖相恤，惺惺相惜，惜惜相知。如果有一根是木筷，另一半绝不会一根是金属筷；如果一方是象牙筷，那么另一方绝不会是塑料筷。握在手中的筷子，只要一发生争执，或一交叉打架，便会从手中滑落。即使临时有另一伙伴介入，他都会心神不定，因为他心有所属，总要等到真正的伴侣到来那一刻。

长相平凡的筷子，生活并不平庸。正因为他们"竹"字当头，大多取材迎风舒展的竹子，取材华冠茂密的参天大树。"一根易断，一把难折。"他们的生活习性决定他们"仁爱"起步江湖，"守信"行走天下。注定他们拥有淳朴厚道的风格，虚还若谷的风度，众志成城的风采，正气凛然的风骨。他让进餐的人总怀着一颗平和的心：平稳地夹住食物，平缓的移至碗中，再平静地张口进食。筷子甘当桥梁，传递送往，无论走多远的路机械重复同一动作，却能把世间百种美味和营养平安输送。与只有四五百年历史的、"动刀动叉"的西方餐具相比，中国的木筷少一分硬心肠，少一份攻击性，少一份先声夺人。他远离血腥，拒绝撕斗，反对破坏，忠于职守。他是和气、和祥、和平的信使。

筷子实用轻便的质地，趋合了社会"人为本""诚为先""效为尺"的生活理念；不离不弃的筷子，迎合了中国婚姻向往"同心结"和"连心锁"的美好愿望；成群结对的筷子多了一份"和为贵""敛为衡"的深层意蕴，真正符合了中国几千年优秀文化代表的儒家思想。

筷子看起来只是非常简单的两根小细棒，但它有挑、拨、夹、拌、扒等功能。我国著名的物理学家李政道博士这样称赞："筷子，如此简单的两根木头，却精妙绝伦地应用了物理学上的杠杆原理。"现代科学表明，长期使用筷子，可以使手指灵活，头脑聪明，有益于身心健康。筷子进食时，要牵动人体三十多个关节和五十多条肌肉，从而刺激大脑神经系统的活动，让人动作灵活、思维敏捷。筷子中暗藏科学原理已毋庸置疑。民间中那些谚语"用乌木筷没喉痛、用紫檀木筷治肠胃"的说法仍在侨民中珍珍乐道。无论是身处故土的国人，还是旅居他乡的游子，都对筷子寄予了一种特殊的感情。新婚之夜，在洞房地上扔几双筷子，意为"快生贵子"图个吉利。

尽管今天许多物品都向"时尚"靠拢了，而在中国许多地方，比如广州天成路，那里有一间百年筷子老铺，摒弃各种新潮，仍然坚守筷子春秋不变的阵地。许多落户于异域的老华侨，为了让子女留住中华民族的根，除了中秋吃月、端午包粽子、除夕吃团年饭外，要求合家都要懂得使用筷子。为此，唐人街内的筷子店一个挨一个。但前来的西方人很难学会使用筷子。如果找不到两根筷子的平衡点，就不能把两根毫不相干的筷子牢牢地夹住食物，如果其中的一根稍稍放低姿态，给另一根筷子一个有力的支点，五个手指的力度再巧妙的配合，才能伸屈自如，方能水中探宝，火中取栗。

中国人活用筷子的技巧，常常令外国人瞠目咋舌，据说西方还有专门教人使用筷子的"培训中心"。外国人因为极难掌握用中国筷的要领，走进中餐馆，只能"望筷兴叹"。所以国外许多华侨都以用筷进餐为荣。

是的，造就我们中国的"筷子文化节"很有必要。因为筷子象征着古老而悠远的中国文明，浓缩了中华民族五千年的精华。单从我们的祖先发明了近百种筷子的款式，以及用筷的禁忌——"品箸留声""击盏敲盅""执箸巡城""迷箸刨坟""泪箸遗珠"等千年古训中就可领略优秀的文化修养以及工艺造诣，无处不彰显我们华夏民族乃礼仪之邦，文明古国。

无论我们的脚走多远，一双只认"筷子"的黄皮肤的手，每天每日将筷子紧攥于手，深藏于心，生怕掉落，不愿遗弃。因为忘却意味着背叛。忘却了为人的根本，忘却了自己的草根文化，忘却了那块曾经养育我们的热土，无论我们的双脚驶上时间的风火轮，都不会走得很远。

熟人老是看错秤

家附近有个菜市场。每当下班晚了，我就去买些熟菜，去的次数多了，便认识那个专做卤肉的老大妈。每次去，她麻利得很，笑呵呵地抓起一块就称。我是个不太懂秤的人，刚开始我还伸头过去，装着会看秤的样子，多少？老大妈笑眯眯说，我做生意从来不蒙人，你看，半斤。然后切好、打包、收钱。时间长了，我和大妈也熟络了，每次都由她抓，由她称，交钱，然后很满意地离去。

有一次，梅来我家，说好留下来吃饭，我们一起去买菜。来到熟食摊，老大妈远远就招呼我们了，很热情。我们挑了一大块五香卤肉，一称，八两。又挑了几块酸甜猪蹄，又称，一斤。这时，梅探过头去看秤，说大妈，才八两。我扯了一下梅的衣服，意思说，怎么会呢，我跟大妈这么熟。梅连看也不看我，然后又拿过那块半肥瘦，说再称。大妈说，够秤了，不用称。梅不依不饶，大妈只得拿起重称。梅说，还没到六两，接着嘟嘟嚷嚷：两个菜，少四两多。大妈说：看错秤，看错秤了。是的大妈看错秤，我边打点着也边说。

后来，这样的情况又出现一次。梅说，她也有这样的经历，每次去熟人那买东西，总不够秤。天！自从有了这个菜市，我就隔三岔五来光顾这大妈，一个月不知帮她买了多少钱的菜，而且从不问秤，没想到她利用我对她的信任，短斤少两。难怪我母亲常常说，小妹买的菜——特贵。

生活中，当我们的信任被利用时，再漂亮的语言也是毒药；当真诚遭遇欺骗时，再美丽的笑容也是寒冬。我，真的很难过。这"秤"，不仅仅是用来称菜，同时也"称"着人心啊！熟人老是看错秤——尽管商贩们耍秤不能发财，却也反应出社会道德水准普遍下降！如果因耍秤而发了大财，那就是中国人的悲哀了。

有香港人说国人喜欢贪小便宜，在十多年前，我不以为然。你说啊，中国人好不容易走出贫困，多吃些多捞些实在不应千夫所指。喜欢贪小便宜，其根源不就在于"人多"，另外就是"无产"嘛。如果衣物殷实，粮食富足，谁还会去多占别人的东西啊。所谓"人无恒产，必无恒心"。无恒产者必无恒心，而无恒心者，也必相机行事，投机取巧，得过且过。

后来，中国人生活水平提高了。又听说，日本人因为深谙中国人这些老毛病，常用小恩小惠跟贪小便宜的中国人套近乎，而且屡屡得胜。再后来，国民生产总值提高了，中国人过上富裕的生活。许多人走出国门，留洋。知识武装了头脑，但贪小便宜的念头却如根盘踞，不但没有拔除，据说前不久，中国留学生还将这一民族劣根伸到发达国家。

在欧洲一国家，有一电脑公司促销，承诺"试用期内如有问题即可退还"。中国留学生趋之若鹜，把电脑扛回去，用了半年的试用期，随即给电脑制造一点"问题"，钻"即可退还"的空子又还给了商家，屡试屡爽。直到有一次，因范围太大，数量过多，引起了高层的重视，经明察暗访，发现是中国留学生所为。商家说，我们都以为中国人勤劳、诚实，我们被他们利用了，我们再也不上他们的当了。

看来人的这些毛病不会因时而异，所谓"江山易移，秉性难改"。人的思想决定其行为，人的行为养成其习惯，人的习惯形成他的性格。中国人的这些性格由来已久，积重难返。

当尊重被玩弄，你就失去被重视的机会；当感情被巧取，爱人就会离你而去；当真诚被利用，朋友就会越来越少。利用真诚，这种人被古人称为"阴贼良善"、"虚诬诈伪"、"侵凌道德"，看似一时得意，结果都不会有好下场。"君子可欺以其方"，但君子不是傻瓜，君子明辨是非，认得善恶。不管是对待傻子，还是对待智者、君子；对待朋友、同事还是亲人。无论是在物资短缺的过去，还是物质富裕的今天，只要生存着，诚信，始终是社会的灵魂，是个人修身立命之本。

谁折断你的双翅

　　有一位青年，大专毕业后去深圳找工作。一个公司答应给他三个月的试用期。上班的第一天，部门经理让他专送资料，顺便做一下走廊的卫生清洁，下午时间用来替换一下门管，因为这位门管得照顾一位病人。青年人听了有些不乐意，大学生成了清洁工，同时还兼看门的跑腿的，但他想这样的工作不会太久。半个月过去了，他的工作没有任何改变。他一封辞呈递了上去，走了。

　　接下去三年间换了六个职业，都以失败告终。青年人看到一篇文章。一位和他经历很相像的年轻人，去请教一位禅师，禅师以茶相待。禅师将茶水倒入杯中，杯子里茶水满了，禅师还继续往里倒。年轻人赶忙说："师父，茶满了，不好再倒了。"

　　"你也知道满了不好再倒？"禅师淡然一笑说，"可你自己就像这只杯子一样，里面装满了你自己的想法。你不先把自己的杯子倒空，叫我如何对你说禅？"一个"满"字，道出了年轻人的病症。

　　这位青年幡然醒悟。大学四年，刚刚走出校门，踌躇满志，他心里有着许多事构想，什么都想急着干，结果什么也干不成。

　　在蛾的世界里，有一种叫"帝王蛾"。它的幼虫时期，是在一个洞口极其狭小且黑暗无比的茧中度过的。当帝王蛾的生命要发生质的飞跃时，它必须将身体从这个狭小的通道冲出。只有穿越这道"鬼门关"，通过用力挤压，血液才能顺利送到蛾翼的组织中去；唯有两翼充血，帝王蛾才能振翅高飞。有人看见起了恻隐之心，用剪子将茧洞剪大，结果蛾子的翼翅就失去了充血的机会，生出来的帝王蛾永远与飞翔绝缘。

　　对于那个青年，来自底层的工作就是那道鬼门关。它考验你的意志，耐

今天的觉明天醒 JINTIANDEJIAOMINGTIANXING

力，和人生态度。在现实生活中，有些人面对一点困难就退缩。我们不可能要求生活处处顺意，也没有谁能施舍我们一双奋飞的翅膀。只有独自穿越那漆黑且狭长的隧道，我们才获得战胜困难的勇气与坚韧，最终抵达成功的彼岸。

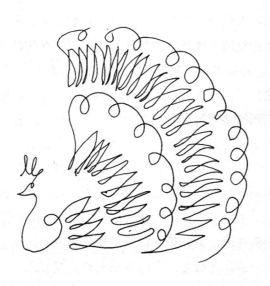

买的就是风景

美国西雅图的华盛顿大学，准备在湖畔一侧修建一座体育馆。消息传出，立刻引起了教授们的反对。原因是体育馆一旦建成，恰恰挡住了从窗户可以欣赏到的湖光山色。与美国教授平均工资水平相比，华盛顿大学教授的工资一般要低 20% 左右。教授们权当用那部分的钱，买下这迷人的西雅图风光。

生活中，真正有价值的，往往就是那些"风光"背后的，隐藏在物质表面之下的另一种风景。多少年来，人们对秧苗、稻米充满由衷的好。"民以食为天"，是的，人们一天也离不开粮食。有谁会走到丰硕的稻米背后，歌颂由太阳所带来的温暖，氧气、空气等人类赖以生存的最基本东西？我们苦苦追寻和赞美的，往往都是那些最直接的能立竿见影带来好处的东西。

许多家庭建立了，后来又散了。有了房子，有了锅碗碟筷，有了家具还远远不够，我们还需要爱情。爱情是什么？不是柴米油盐，不是一桌菜，一顿饭。它好像什么都不是，但是就是这种什么都不是的东西，时隐时现，像一线无形的线，牵挂和维系着两个男女，穿梭在我们有形的生活之中。

人生的意趣确实全在那些不相干的事情上。风，将一张纸吹起来了，飞一下又翻在地上，接着又随风飞起来，但我们连看都不看一眼，说什么乱七八糟的，还污染环境。但如果你将纸稍稍折叠一下，涂上色彩，或画成一只蝴蝶，用线牵引着，飞舞着，立即引来上百人观看。一个捣乱风景；另一个创造风景。一个拥有生命；另一个没有魂灵。这就是一张纸和一只风筝的区别。

有一个公司扩建后招兵买马，来应聘的人一个个面试后离开了。一个女孩走到门边，看见地上有一颗钉子，过往的行人这么多，一旦踩着后果不堪设想，别人置之不理，她却弯腰捡了起来。结果长相平平的女孩接到了公司的录用通知。单位与单位，企业与企业之间也是这样，不是因为你拥有金钱、权力、楼房子就赢得胜利。人和人之间的较量，其实就是那些与能力、才华无关的较量。就像华盛顿大学边的那个西雅图湖畔，最终值钱的是那个窗户所展示的无限风景。

跨越人生栏杆

　　朋友从海南回来，给我送来了一个椰子。因为第一次相见，实在好奇和喜欢，于是重点保护，一再交代家人不要动。对于椰子，电视上我是见过了，吃的都是椰子糖块，如此亲密接触从树上抱回的新鲜椰子，还是头一回。家人说，开吧，开了吧。嘻，我说，这是朋友送的珍贵着呢，一见面我就爱上它了，翠绿色的大外套，胖乎乎的模样着实好让人疼爱。

　　一个星期后，朋友来玩。看见椰子，说怎么还不开啊。我说舍不得。半个月后，朋友又来，看见椰子，又说怎么还原封不动。我说真的舍不得。朋友摇摇头笑笑，走了。

　　看着朋友远去的身影，我捧下椰子。看着那诱人的果，我一遍又一遍地想象里边清凉的椰汁，还有脆香的果肉！心里开始痒痒。我决心动手了，我找来了刀和锤子，我说对不起了，因为再美丽的东西不使用亦会失去价值，我还要将椰肉分给朋友，剩下部分再细心切成薄片，加上糖浆泡渍几天，吃起来一定别有一番风味。当脑间闪过这样的念头，我就无法等待了。

　　这是一个撕心裂肺的过程。用了整整两个小时，我和家人终于突破了那层坚美的栏栅。只见里边洁滑的肉脯呼之欲出，白得动人心弦！接下来，我开始和家人品尝，一小片一小块，就这一上午，我们终于品尝到了这世人传颂的椰香。

　　这是一个多么艰难的过程。或许，正是这层坚硬的外壳，里面的内容才那么教人神往。但如果我们都因为其美得可爱，坚得无奈，而舍不得花上时间和精力去用心开启，那么就永远无法享用，那些遥远的神话就无法一一来到眼前。

　　生活中，我们常常心甘情愿地被一些美好事物所牵绊。当我们周逢的一切自认为很难超越时，或望而却步，或或趋或步，或在力所能及的范围内尽善尽美，要想收获得更多，我们还必须跨越现实的或心理的某些屏障。

　　人是直立行走的动物，与世界上所有的动物相比，直立，不仅仅使人的视野得到开拓，更重要的是，直立使人成为自然界唯一不满自己生存现状的一种奇特动物。它，直接将人的眼睛和脑部，置于整个身体的顶部，弱化行动的同时强化脑部和感官的运动，使人轻易地区别于其他动物，成为以感官和智能活动为主的非完全自然的超智力动物。医学研究表明，人如果不直立行走，就不会产生许多致命的疾病，诸如高血压、肝病、胃炎，还有胃下垂、结肠炎、痔疮等痛苦，都是直立行走带来的结果。

　　虽然直立行走使人付出巨大代价，但如果不直立，行走，和跨越，人——就和世界上所有动物没有区别！还有什么比爬着还要低微的姿态？如果不直立行走，人就不能成为万物灵长。直立行走，让我们够得着月亮。直立行走，最终改变和创造了世界。这就是有得必有失，有失必有得的辩证结果。

落在地上的太阳

在众多的奇花异草中，我尤其偏爱向日葵。不单因为向日葵——是我舞台生涯中最美丽的演出道具。每逢节假日，学校里有什么活动，老师就教会我们："手里拿向阳花的孩子要步调一致。"后来知道，向日葵也叫向阳花——向着太阳盛开的花，多好的名字！有一年我还因为画向日葵画得出色，得了年级优胜奖，从此便展开了我的人生画卷。

参加工作后，我给自己的居室买的第一束花就是向日葵。每天起来，看着小孩般笑容和脸庞的向日葵，我便心花怒放！每年除夕，母亲说要除旧换新，都要我把那摆放多年的向日葵换了。街市中的花店我也逛了个遍，我努力摆正我的主观意志，希望自己不要对别的花抱有成见。但在众多的花朵中，我还是认为只有向日葵最有生命力，最具喜庆色彩。每次出去，回来的我，怀里总是抱回几大朵几大朵的向日葵。

若干年后的一天。我听说，向日葵之所以总是朝着太阳，是因为在它的花托茎部的地方，含有一种奇妙的"植物生长素"，这种生长素十分怕光，一遇到光线照射，就会自动跑到背光的那一面去躲起来，因此，向日葵的花托总是躲着太阳，人们才会看到它的花盘是向着太阳；造成向日葵总是向阳的"植物生长素"，还有另一种功能，那就是刺激细胞生长，加速分裂、繁殖。就因为这种生长素总是躲在向日葵背光一面，并刺激背光面的细胞迅速繁殖，所以，向日葵背光面总是比向光面生长得快，结果使得向日葵花盘在朝向太阳时，总是低下了腰。

这件事让我伤透了心。多年来我所敬仰、爱慕的向阳花，竟然不是因为热爱太阳而向着太阳，而是因为害怕阳光而躲着阳光！我宁愿不相信科学，永远不知道真相。可能我们这一代人，或多或少受语录渲染的缘故——心中的太阳就是毛主席，心中的花就是向阳花。以至好长的一段时间我都鄙视向日葵，认为她虚伪，蒙骗了我们整整一代人，还为自己多年来所倾注的爱瞬间荒芜而黯然神伤。

从黑暗中走来的、历经无数苦难的中国人，对向日葵有着很深的情结，当看到一大片的向日葵用热情和不屈站在土地上，永远朝着一个方向，就会想到我们屹立不倒的华夏儿女，多像一个团结的民族大家庭啊。据说，前苏联人民因为热爱向日葵，"更无柳絮因风起，惟有葵花向日倾"，最终把它定为国花。尽管如此，每次见到一如既往向我张开脸笑的向日葵，我都无法走出"怕太阳"的向阳花的阴影。

有一次，我去野外写生，来到一片空旷的草地，我被一种熟悉的颜色牵引，越近越亲切，越近越耀眼——是向日葵！这让我又爱又恨的向日葵，此刻在被我冷落多年之后再次倔强出现在我的眼前，我那颗失意多年的心再次被失散多年的朋友唤醒，激活。我惊呼着奔了过去，站在她的身旁，嗅着她的气息，朴实、自然、宽忍、大方，平凡而不庸俗，谦虚而又傲骨。就那一刻！我听得见我的心怦怦直跳。我想，这就是爱了。不管关于向阳花的传闻有多少版本，笼罩在向日葵身上的光环以及荣辱、悲欢都化作云烟，一切尘埃落定，之后，我想我还是爱着她的。这就是真爱——问心，就知道了。就像喜欢收藏小古董的老舍先生，面对郑振铎质疑回答的一样——"我看着舒服"就够了。不为他人动摇，不为世俗左右，为自己的意愿所追求，还有什么比这更有价值的呢。

自然界中，我认为只有向日葵才赋以"花"的姿容与生命。我喜欢的是花的本身，那些附加在花之外的东西都是人为的，次要的；我喜欢的仅仅就是花的本身，不因她的名字，出生的背景，所处的地域，以及时代赋予她的种种意义。向日葵——金灿灿的、无限舒展的花瓣，每一页都凝聚了太阳给世间万物予生命的色彩——太阳的颜色：温暖，热情，执着，炽诚。看见向日葵，我就会有"太阳落到人间"的错觉。是她，让我更加接近温暖，接近热度。这就是我喜欢向日葵的唯一缘由。

2005 年 7 月

家有外甥初长成

　　我买了个文曲星。因为里面有私人秘密，我精心加设了密码。没想到才 5 岁的小外甥竟一指解了我的密码。在我们看来，一般人的思维是，密码越长越安全，最好是数字英文混杂，极尽复杂之能事。

　　我自以为聪明，反常人之道行之，取了最简单的一串数字 123456789，心想，谁也不会想到，还窃喜，为自己"高"扼腕兴叹。此刻，欲出"奇"制胜的我，却栽在一个没有"奇"想的、思维最直接的孩子手里。密码，在小外甥看来，不就是一串顺口的数字吗，就这么简单，嘀嘀嘀，便破了。

　　不谙世事的他，曾经受不了金钱的诱惑，拿了大人的钱，那一年他 10 岁。小小的外甥如今长大了，现在是一个 1.75 米的俊小伙。前不久，他做了一件好事。所有的人为之侧目！电视，报纸争相报道。这件事让我们全家人不胜荣光……

　　2006 年 11 月 29 日，钦南区尖山镇九鸦村的一位村民，给钦州外国语学校送来一封感谢信，信中说："为感谢贵校涌现出来的雷锋式见义勇为的热心人，恳请广大师生提供线索寻找……"这位名叫"庞宁春"的中年人还在信中留下了联系电话。

　　这是怎么回事？师生们围在一旁，纷纷猜测这位同学到底做了一件什么好事？六天过去了，学校里依然没有任何回音。这位"活雷锋"到底在哪里呢？钦州电视台新闻 9 点半栏目的记者得知这一情况后，希望能帮助这位中年人实现"当面道谢学生"的心愿。12 月 4 日，一个"寻找恩人"的行动开始了。

　　据庞大叔介绍，11 月 18 日，他在市区"锦绣花园"的工地干活，中午休息期间感到肚子有点痛，骑上自行车来到外国语学校校门旁的一药店购药，后来疼痛加剧，昏倒在路边，以后的事便没有记忆了……说者无心，听者有意。有人想到了那个药店老板，或许她能提供一些线索。

找到药店老板，她才想起了半个月前的那一天：这位大叔昏倒之后，一位学生把他抱上了车，他长着高高的个儿，可能是外国语学校的学生。一句"凡是学生迟到的都有记录"提醒了大伙。根据这些重要信息，大家来到了外国语学校——学生迟到的当天确实有记录！从里边，老师们锁定了11月18日，即事发当天三位迟到学生的名字。其中的一位就是高一（14）班的"李艺"同学。

"小恩人"终于显山露水。嘿，正在上课的李艺同学还不知发生了什么事，来到门口，李艺一眼就认出了那位叔叔，张口就问：很久不见了，你没事了吧？身体恢复好了吗？

终于见到了"小恩人"，激动万分的庞大叔紧紧握着李艺同学的手，说了许多感谢的话，然后塞给他一个大红包。李艺同学连忙推却，说："这是一件小事，不算得什么，这是做人的本分……希望市民多些帮助别人，不要做那种见了别人趴倒在地也置之不理的人……"

原来，18日那天中午，李艺像往常一样去上学。快到学校时，看见这位大叔虚汗淋漓，突然昏倒在地，眼看上课的时间就到了，路过的行人又没有一个肯出手相助，李艺同学见状已顾不了那么多了，叫来过路的士，司机竟然拒载！李艺同学怒不可遏，厉声喝道："我们会付钱！"抱起庞大叔强拦了其中的一辆并上了车。

来到市一医院，医生说这是急性盲肠炎，需要立刻住院。李艺连忙帮庞大叔挂了号，付了入院手续费，并给他家里人打了电话。等了约莫半个小时，李艺从医生那里知道没什么事了，便悄然离去。

细心的李艺并没有直接赶回学校，他打听到庞大叔是"锦绣房地产"的一位建筑工人，这时的他还惦记着庞大叔的自行车！于是他返回原处，把庞大叔的自行车骑回工地，并告知其工友，然后才匆匆赶去学校。

住院期间，庞大叔念念不忘那双在危难中向他伸来的温暖之手，"连恩人的模样还没看清呐"，他说，只依稀记得那是一位背着书包的学生。12月4日，这位摆脱了病痛的庞大叔，专程从尖山镇赶来。于是，才有了"寻找恩人"动人的一幕。

做了好事不留名。这件事在外国语学校掀起了阵阵波澜。高一（14）班的同学都为身边这位"小雷锋"欢呼不已，大家都送他一个称号：hero（小英雄）！当大家都在收看电视台播出的"寻找小恩人"这一专题时，这位"小英雄"竟抢过家里人手中的遥控器，原来他要看动画片……

这位"小英雄"，就是我那可爱的小外甥——李艺。

做好事，不足为奇。在成长的岁月中，或多或少，我们都曾做过好事。出于同情心，出于报恩，或瞬间的名利心使然；我们做的好事，或大或小，它让我们好奇，让我们满足，让我们为之兴奋。

我们的这位外甥——做完好事，悄然离去。在当今的社会，尤其在当今的孩子中，确实难能可贵！

或许小孩子做的每件事情，都出于本能，就像他解我的密码一样，都是心里最直接的想法。

2006 年 12 月

带上耳朵就好

友人叫我送幅画，慵懒的我连忙推却，久不拾笔，怕是不敢出手了。春天来了，朝霞不断淌过我的手臂，好像说该出去走走了。适逢单位组织一次外出活动——去大新县看"德天"跨国大瀑布。

出门之前，我结结实实打了个背包。一摄影朋友说，瞧你，带上耳朵就行了。我没放心上，"有些小朋友今天没带耳朵"那是幼儿园老师说的话。帽具、春装、毛衣、数码相机，出游我是样样俱全，一个都不能少。当一条水泥路被辗至400公里的长度，春，一路派风送我们到了南宁地区的边陲小镇。

远远我们就看见了那幅图景。如此将山水锦绣尽集于此，形成数百里的天然山水画廊，真是神来之笔，难怪这么多人说要来看德天。"一水护田将绿绕，两山排闼送青来……"那是怎样一幅南国田园美景。因其特殊的地理位置，战争曾给这片土地带来炮火硝烟，无数的地雷一触即发。随着大规模的边境排雷工作结束，人们纷纷踏着和平的春风慕名而来。商贾之影与交易之音，终日游移于城乡往来之中。鸡犬相闻，江水同饮。

归春河——中越边境的国界河，多好的名字！回归春天的河，潺潺河水终日在两国之间绵绵流长。据说有两个异国年轻人相爱了，他们的婚事在这里引起轩然大波，两边的村民甚至要和自己的亲人断绝往来。坚贞的越南姑娘冲破世俗的偏见，跨越疆界，追随心上人来到了中国。

我们沿着归春河，听着这些动人的边陲故事，渐渐走近那幅画。近了，画，开始动起来。近了，更近了，流水的声音漫过画，朝我们涌来，淹没一拨一拨的人群，盖过了人喧车鸣，突然间天地里都是潮水般汹涌的声音。久不听音的我，真有点猝不及防！

要与瀑布合影的那几个人，站在游船上捂着耳朵，好像也受了惊吓，要把船划远点，再远点！摆着手势，打着哑语，怎么喊都枉然。

这一下我想起朋友那句话。我闭目凝神，让自己慢慢适应这突如其来的，来自大自然的最大分贝的声的轰炸和袭击。过了许久，才又从心底里感到无限幽静。孔子云"知者乐水，仁者乐山；知者动，仁者静"。世间万物，动是静的启端，静是动的延续，静动依存，韵律天成。游走江湖，处在浪尖上，我们又能否做到"面朝瀑布是动，背对瀑布是静"，悠然间转身静观人生？苏轼那句古训说得好："猝然临之而不惊，无故加之而不怒。"身处纷繁都市，我们能否不为浮华虚荣随波逐流，不为金钱和谗言所左右，做到荣辱不惊，保持一颗平坦的心？我们要像这波涛溪流，崇山峻岭，静的时候屹立挺拔，动的时候翻江倒海，寂静但不消沉，躁动但不放纵。风雨过处，兴酣落笔摇五岳，诗成笑傲凌沧海。

我站在动的画前，站在水的声音里。用心聆听大自然，眼前没有海鸥，但我却听到了鸟雀白鹤翻飞之声。捡拾丢失许久的灵感，我才发现我是很久没有作画了。有句哲语：灵感的来源，多产生于那些愿意倾听的耳朵。享誉世界的美国人沃尔特·迪斯尼，就是在无数个失落的日子里，在那充满汽油味的车库里，聆听和捕捉老鼠的"吱吱"声，创作出有史以来最伟大的动物卡通形象——米老鼠。深夜熟睡的人，醒，首先是耳朵。大厦将倾，航舟将没，救人，首先将他叫醒，只要把耳朵叫醒，才会以最快的速度寻找出处。倾听世界，总有一个声音属于你。

同伴嬉笑拍打的水花落了我一脸，我一看，嗬，她拎着水的衣裾笑个不停。水真是个奇妙的东西，它奔腾起来惊涛骇浪，落入谷底又温情脉脉，水能载舟也能覆舟，能将亲情骨肉阻隔分离，也能将两个陌生的国度维系在一起。

眼前哪里是中国的山，哪里是越南的水？藤绕着蔓，树攀树，草挨着草，花牵花，德天瀑布与越南的板约瀑布相互依恋，连为一体。他们以大地作舞台，蓝天为背景，日夜在这里组团合唱，随着四季变化盛装出场。真可谓"条条彩船互往来，瀑布连绵设歌台；中越歌手喜相会，友好邻邦充满爱。"我们分明是来赶一场世纪的交响音乐盛会。几百个架子鼓在叩击，上百名摇滚歌手在演唱。锣鼓喧天，山回谷应，我们仿佛置身于大自然的乐池中，四周声浪迭起，逃不掉躲不了，恨不能一声长啸，跟着感受到生命的快意和灵魂的躁动。

　　当命运迈着嘈杂的脚步，一路向我们呼啸而来。即使厄运来临，所有的梦想都沉睡，你也不应该忘记把耳朵叫醒。但凡去看瀑布的人，都必须带上耳朵。瀑，是奔泻千里的生命之源，听瀑，那是对生命最原始冲动的尊重。从那里走进出的人，眼睛是缥缈的，嘴巴是枉然的，"发于父母"之耳朵，装着松涛，林海，江河，满载而归。

云南印象

我一直想去云南，这个想法好像是与生俱来的。八月，听说有一个机会去云南，我那一池春水漾起阵阵浅澜，瞬间泛动整个心湖。

临行前，同伴中有人仔细翻阅地图，了解它的地形、外貌；了解它富于特色的地方小吃；了解它的历史渊源、风土人情。我按捺激动的心，远离那些冲耳而来的，各种美好的推介和善意的经验。我不去了解她的过去和现在，我只想用我的身心，去见识一个真真切切的云南。就像一对相识许久的年轻人，等了这么多年，今天，要和我的情人相见，我是带着一份虔诚去的。

心灵之交　为爱追随

火车穿绿载红，一路上美景不少，但此刻，我的心已装不下其他。火车奔驰了十多个小时，抵达云南，天还没亮，颠了一夜想了一夜，一点倦意都没有。当天幕撩起它神秘的一角，虽然准备了这么多年，相识了这么久，我仍像一位被领着来相亲的年轻人，心怦怦地跳。

这厢"大理三月好风光，蝴蝶泉边好梳妆"唤醒我的记忆；那边"马铃响来玉鸟唱，我和阿诗玛回家乡"又荡起心中涟漪。一幕《五朵金花》，一位漂亮的女演员杨丽坤，使我对大理有解不了的情结。琼瑶片中的格格出嫁走的不就眼前这道城门吗。

当我眼前出现金庸笔下的点苍山的十九峰，看见其云弄峰下有一潭三丈宽、清澈见底的泉水——著名的蝴蝶泉边的时候。我确切我是真的来到我梦里无数次出现过的地方了。只可惜此时已没有了当年郭沫若秋游蝴蝶泉留下的"蝴蝶飞来万千数"的景象。幸好一棵千年合欢树，荫护着一泓清清泉水，寄托着人们的几许相思。青年男女纷纷把手中香囊抛向合欢树，祈求一生能平安幸福。

虽然自小长于南国海边，当我们登上游轮徜徉在著名的洱海时，仍然被眼前的山光水色迷住了。苍山傍着洱海，秀美雄奇；洱海倚着苍山，曼妙迷离。山水相依，刚柔并济。"玉洱银苍"舒展地坐落在莽莽的云贵高原里，虽然历经无数荣辱盛衰，却一点不显沧桑。在崇圣寺三塔下，我们领略了唐宋古文化的神韵：它经历30余次地震顶住千万年风雨让人叹为观止；它裂而复合的奇迹更让世人拍手惊奇。也许就是这份坚韧，锻造了我们悠久的千年不衰的历史文化。

上海有位老画家，一生向往大理的苍山洱海，退休之后自费得以一游。老画家日夜奔走在苍山峭壁中挥毫作画，忘却人间烟火。每天神游风花雪月景，饱览白族文化情，醉在洱海的日出日落之中。几个月过去了，人们发现画家微笑长眠在残雪未溶的苍山之巅。

音乐家的灵魂寄居在音符里，画家的灵魂常寄居在画作里。真正的好作品就算献出躯体也在所不惜，因为画家找到了他的灵魂居所。美的魅力是巨大的，为了追求美，许多人情愿付出生命之代价。

似曾相识　悲欣相向

到达丽江的当天晚上，我不小心摔了一跤，眼泪抑也抑不住。一夜辗转，我想好好休息一晚，明天就没事了，丽江古城——我是不得不去的。第二天醒来，左肋骨处疼痛难忍。同伴陪着我来到丽江市人民医院，拍片的医生告诉我："7、8、9、10根肋骨挫伤骨折。"着实吓了我一跳！心绪苦苦的。

我把短信息发往家乡。家乡急电：若是骨折，飞机速回！医生用绑带把我的腰部牢牢绑紧，固定，一再嘱咐："别走动了，躺着好好休息！"

真是天意弄人。云南——我梦牵魂绕的地方；丽江古城——我心驰神往久矣。今天，我款款深情，千里迢迢奔赴这里，我的情人却以这样的方式抱拥我。弘一法师的那句遗墨："悲欣交集"瞬间涌上心头。举望天空，雨云低垂，卷舒不定。

但此刻，我的心一如既往被远处的街景所牵引。我头也不回，钻进的士，直奔古城。

长街曲巷，逶迤而来。漫步走在雨季不泥、旱季无尘的五花石上，眼前那些古朴，处处透着似曾相识的感觉。

小桥，流水，行人，这不是我诗里画里出现过的地方吗？两轮古老的水车在玉龙桥边辘辘转动，幽幽不知经年，这也和我梦中的某个片段吻合！偶尔听闻远处有风铃，闪响在黛瓦粉墙之中，又隐没在雕梁画栋之间。这些，都那样熟悉，那样真切……

此时，我想起一首诗：

花在结它的种子

风在摇它的叶子

我们站着，不说话

就十分美好

我顺着古老的青石碧瓦、小桥流水中迸出的气息，漂移在板桥石阶之间，步履迟迟，意态阑珊；时而又被眼前的古式装裱深深迷恋，扶住腰部，碎步疾迈，逢店必进。一进去半天不出来，同伴都怕了，拦也拦不住。

终于和同伴走散了。我四处张望，怕她们担心，便站着不动了。雨不知什么时候渐渐沥沥四处漫延。由于我走的急，心也切，腰部背部早已沁出汗意，伤口也由于我的极度不关照，隐隐约约有种裂痛的感觉。我就近找了个地方傍靠，才愈来愈发现痛灶来自深处，喘气都痛得揪心。穿着蓝淀衣裳的卖画姑娘关心地问我：你怎么了？我说我摔着了。她便递过一张椅，给了一杯水。我吃了几颗医生开的云南白族秘方，专治跌打伤痛的特效药。小坐片刻，才缓过神来。姑娘在屋里屋外穿梭来去，招呼客人。就这一下，我却有了"坐在家里"的错觉。

亦真亦幻间，才慢慢感到有些凉意，一阵一阵的像摇扇子摇出来的风，扇下分明有纤纤细腕在轻轻摆动。如果时间不赶人，我想我可以在这里坐上一整天。木制的空间，摆的挂的都传送着暖色的感动，时光在这儿弹奏出的似乎只有温馨的调子。

不知道是丽江人怀旧还是这里本身就兴荣？近处远处，游人如织，繁华但不喧哗的气息着实讨人心欢喜。据说很多人在国外打工半年，然后在这里住上一年半载，等钱花完，再回去打工挣钱，然后再回来。

美人在侧　佳期有约

同伴终于在店里觅着我，一见便是"吓死我们了"。我狡黠一笑，有丝"偷得浮生半日闲"的妙意掠过。

丽江有很多风情店铺，如果有闲情，可以淘到一些很漂亮很有特色的服饰。同伴们对丽江的披肩情有独钟，争相购买。我忍不住为家乡的朋友也精心挑了几款。随着丝丝银雨满天飘逸，曲巷里姑娘们身上的披肩愈来愈多彩，像花海一样几乎要灼伤我的眼眸。

如果把城市比做女子，我想，丽江并非是那种让人惊艳的，她是一个披着挽肩的温婉女子，轻轻盈盈走在青石小巷上。当你的目光穿越无数娇美的，或现代时尚的，或风情万种的女子……眼前这个和你擦肩而过的，衣袂相接，暗香浮动。蓦然回首，那个背影，有种让人追随的冲动，然而急移几步，转过一个折角，又消失在视野之外，让你怅然顿足……

丽江就是这样一位女子。要走近她，你就不要用蜻蜓点水般姿态敷衍；要读懂她，你就不要以一种现代的心态出现；要欣赏她，你就取出一份纯粹的时间，放牧一份悠然的心绪；要爱她，你就要与她来一场来自心底深处的长时间的约会。

此时，我脑间又涌现一首诗：

我在追寻我的爱
你在爱中等待
我们相遇，话不多
不必嗔怪

既已相识过，何故言又止。

古人说"伤筋动骨一百天"。丽江，你给我留下的深深印痕，还需许多时日无法消弭。挥手自兹去，更哪堪悲欣相向。是真的离开的时候了，心里却有种很稠很稠的化不开的伤感。

云南，我还会再来的。在我依依惜别的时候，梦中的香格里拉，西双版纳又在那边向我招手了……

观澜·听涛·品海

每一个城市，都拥有自己的名片，"广场""草地"，"天空""大海"。每一张名片，都拥有我们记忆中的表情，"热闹的广场""蔚蓝的天空""碧绿的草地"，"无边的大海"。这几天，"大海"以夏天的名义递给我们一张"观潮节"的门票，据说在三娘湾将有一场旷世演出——钦州近年来最大的海潮将如期而至。

在记忆的表情中，对于潮水，我们认识的都是"怒潮""狂澜"，"惊涛""骇浪"，常以"搏击""驾驭""制服"处之。观——观看、欣赏。观潮节——观赏潮水的节日。把观看发怒的大潮当成一个节日，还第一回听说。为了观海潮，我们一行八人在海边待了一个晚上。

生长南国海边的我，对于大海此刻温柔的表情并不陌生，天亮时它又是另一副模样。很久以前，有人给了我一个小测验，如果你是精灵，你会选择生活在哪里？有个男孩毫不犹豫地选择了大海，据说，选择大海的人，都有博爱的胸怀。也因为他喜欢《大西洋底来的人》，对麦克那双腿并拢像鱼一样的游姿非常着迷。儿时和他一起学游泳，我被水浪呛过一次，便有点惧怕水了。也因为海的喜怒无常，深不可测，每次和别人结队去学游泳，喊得最欢的我，藏在花伞下换上泳装，奔向大海的那一刻却胆怯了。

此刻，面对夜幕下的大海，我会想起雨果《海上劳工》中的那个片断："海洋的性情是残暴的。它打破一只船，随即掩盖把它埋起来；海的另一种罪行，就是伪善。它杀、偷，做出不理不睬的神气，反而微笑起来；然后它又咆哮、又翻白浪……"貌似平静的它，正一肚子坏水呢，我着实生不出热爱海的冲动。

朋友们说下海冲浪，远远的浪潮飞奔而来，我连忙往回跑，追逐了几个

今天的觉明天醒 JINTANDEJUEMINGTIANXING

来回，我还是逃掉了。朋友们一次次向我发出邀请，把手伸给我，说别怕，有我们保护你。失败无数次，也不在乎再趟这一次，居于此，我又再一次走进大海。一个浪头扑打过来，我双手作桨，两脚齐蹬，一次又一次地给自己鼓气："不怕它！""我要战胜它！"搏了几个来回，心力交瘁的我都无法和它打平。

在水中悠然自得的朋友一个劲地喊，大海啊母亲，大海啊母亲，惹得我都笑了，也累了，站在水中干脆不游了，任凭海水由拍打、抚摸。它拥抱着我，把我整个包容，渐渐的我发觉浪没那么可怕了，一摇一荡，还像儿时在摇篮里的感觉。我面对大海，看着潮水远远涌来，随着浪起双脚蹬离地面，银色的浪花把我高高举起，然后把我送回到原地，一次又一次地感受这份浪漫与温情，就是这种不经意的弄潮，使我享受到心情与浪尖共起舞的兴奋，也因此变得勇敢起来。我想，学不会游泳也罢，享受过这快乐的过程足矣，和睦——就是我们之间最好的相处方式。

亲历过无数战役的海明威，渗透着美国人的英雄主义思想，强调征服力量的他，失明后开始思考征服的意义，所以才有《老人和海》。如果盲目地强调一个生命对另一个生命的征服和占有，结果只有他所写的，老人活下了，到手的大鱼只剩下一个白骨架子。用小说中老人的话来说："一个人并不是生来就要被打败的"，人如此，其他生命亦然。据说有一年，钱塘江的浪潮，曾把一只一吨多重的"镇海雄师"冲出 100 多米远。大海，岂是一根"定海神针"就能令"四海千山皆拱伏"？面对怒海狂潮，真正"力挽狂澜"能有几人？中国古文化的内涵和精髓，就在于亲和力，而不是征服的力量。

我们漫步在木麻树下，几个渔民摇着网床悠闲说笑，原来这段时间是休渔期，都难得和家人朋友团聚聊天呢，他们深知"如要子孙有鱼吃、必须保护鱼子孙"的道理，给大海以休养生息，大海将用丰硕回报于你。这里的村民手里都有一份关于保护海豚的小册子，字里行间充满人文关怀：不可追逐海豚的路线，避免分开海豚母子；发现海豚搁浅时，要保持海豚的湿度（浇海水），避免受到阳光照射。这至真至善的话语，这里淳朴的人，这里优美的风景，就是三浪湾海豚不忍离去的原因。

枕着涛声，我躺了一夜，想起儿时听海螺。大人们说：听海螺就能听到海，甚至说能听远古时期的海。虽然我知道事实并非如此，那只是慰藉思念的人的一个美丽谎言，但我还是宁愿相信这个童话，它给了我很多畅念的空间。

新的一天在我的无限遐想中到来。远远近近的人来了，车队进驻。大家漫步于沙滩之上，迎着飒飒海风，每个人心中都有一个共同的愿望，终于等来潮涌时刻。海，积蓄了一夜的力量，伴着隆隆的声响由远而近，飞驰而来，一浪拍一浪，一浪叠一浪。真是不鸣则已，一鸣惊人！其景壮观，其力无穷。弱小的意志或疲乏的心灵，也要被眼前的这种气象激越和苏醒。几个胆子大的年轻人，争相弄潮。为了抓镜头，我接近潮水，一个浪头扑来，全身湿透，就这突如其来的袭击教我既难过，又欢喜，因为我的勇敢捕捉到了"水往高处流"的最有力证据！

等待许久的摄影大师们，扛着各式各样拍摄工具，或低头领首，或凝神远眺，或蹲或跪或匍匐，长焦距大光圈，在潮起潮落中捕捉精彩的瞬间。海水撞击着岸边的岩石，欢叫着永不言败，粉碎自己成就朵朵飞花，变成了琉璃，变成珍珠，在阳光下烁烁地生辉。一下又觉得古代诗人对涌潮的诗句都贴切：如白虹、霜雪、银练；似银河、瀑布、山岳；像骏马、雄狮、蛟龙。海，哪里是在发怒，分明是用生命在舞蹈！

每一次涌潮，"嬉笑"，"怒骂"。眼前的海，恣意纵横，快意恩仇，悲恐喜怒尽在浪中翻滚。

每一次退潮，都是一次人生态度的宽忍与退让。"海量"表现的正是海的万丈豪气和起伏的优美风度。

每一次弄潮，都是人生一回拼搏。如果遭遇一次失败就退缩，你就永远无法品尝成功的喜悦。

每一次归航，都是一次最浪漫心路返乡。"从明天起，做一个幸福的人，喂马，劈柴，关心粮食和蔬菜，我有所房子，面朝大海，春暖花开"，海子的诗句是何等的人生境致！

每一次启航，都是生命的一次远征。鼓起信念之风帆，掌好前进的航向，冲击澎湃之风浪，志在远方，"晴空万里无云色，碧海千帆共潮声"。

每一片海洋，都赋予人类活动的诸多感情，比如"爱护"，"破坏"，或"给予"，"索取"。为官一任，致富一方，如果为官的不为民，到头来"马临崖畔收缰晚，船到江心补漏迟"。

三娘湾的海水，蕴含着深沉而和谐的生命音韵，静夜里有着渔家女的万般柔情，天亮时又有渔家男儿勇敢弄潮的刚强性格。海的深处还有无数的生命精灵，这种和谐之音，需要我们用心去聆听，用生命去感受。

谁拿我的爱伤害我

长沙有家饭店开张，用《开国大典》作噱头。高约2米，长4米左右的宣传画上，毛泽东主席正在向世界宣布："同志们大饭锅成立了！"我相信，那画面一定深深的刺痛所有经历过那段历史的人的眼睛和感情。

油画《开国大典》是著名画家董希文的作品。1949年10月1日，毛泽东在北京天安门城楼上，向全世界庄严宣告：中华人民共和国成立了，中国人民从此站起来了！该油画记录了开国大典这一激动人心的历史场面，堪称经典之作。但就在中国的土地上，竟有人"恶搞"这一伟大历史事件。对这样牵涉到国家、民族感情的作品如此儿戏，为带来商业的轰动效应，以吸引眼球为目的，不惜扰乱思想和认知，将光荣历史拿来恶意涂抹。"大锅饭"是那个物质短缺时代的产物，回忆起来就像啃菜梗一样的苦。不管是"大饭锅"还是"大锅饭"都不是我们的传家宝，没有必要津津乐道。

前不久，央视CCTV举办青歌大赛，来自"二炮"歌手石占明接受文化素质考试的时候，把新西兰国旗说成是中国国旗，引起全国上下一片哗然震惊，骂声四起，说我们从小学起就天天听国歌，升国旗，这位歌手到底还是不是一个中国人，认为这是一件非常无知和丢人的事情。

国内有个艺员，把日本国海军军旗当连衣裙穿在身上，于是也招来一片"汉奸"、"卖国贼"的唾骂。如果她穿的是五星红旗，难道就是极大的"爱国主义行为"了？在中国，好像人人都喜欢把"爱国"挂在嘴上，但真正爱自己国家的人，又有多少是发自己内心深处的呢。

走马一些旅游景点，小国旗促卖随处可见。游客拿到了小国旗，便交给小孩当玩具，玩够了丢得满地都是；甚至休息时把国旗当坐垫，坐完随手扔到垃圾桶里。当有人问怎么可以这样教育孩子时，做父母的嘟嘟哝哝，说这不就是一幅小红旗吗，用得着这么大惊小怪吗。爱国，难道不包括对自己国家国旗的尊重与爱护？在中国本土，参观"爱国主义教育基地"南京大屠杀纪念馆还得掏一张价格不菲的门票；《新闻联播》前几分钟的节目就是放国歌升国旗，可是不知从哪一天起，大家发现这档节目取消了，为了收获更多黄金商机（有多家银行"扎堆聚集"竞标），这几分钟算是实实在在用在刀刃上了。

　　爱国主义，历来是一个沉重的话题。我们如何爱国？并不是说说而已，它体现在你的一言一行之中，体现在生活中的每一个细节。拿伟大历史事件作秀，不尊重国家领导人，无法分清历史荣辱观的人，根本谈不上是一个合格甚至文明的公民。

教我如何不悲伤

春天到了，万物复苏。正是踏青好时节，田边的花儿开了，蟋蟀叫鸣了，青蛙也张开大嗓门，所有的动物都在欢呼春姑娘的到来。瞧——小狗出来了，小山羊也出来了。咦，怎么这些小山羊戴着口罩，莫非可怕的"非典"卷土重来？一打听，原来是人们刻意给它们戴上的，怕小山羊啃他们的禾苗和蔬菜呢。

前不久，我才听一位曾在山区长大的人说，山羊没有门牙，吃草都得靠下牙拱着吃。吃得如此辛苦的山羊本来就够我们担心的了。如今春天到了，好不容易熬过隆冬迎来一地翠意欲滴，本想饱餐一顿嫩草绿芽，却被人类戴上紧箍！再瞧瞧那只密密匝匝的紧箍，恐怕连老草长叶也吃不到吧，更别说发出那漫山遍岭的悦耳歌声了"咩咩……咩咩"……

在英国，有个畜禽福利协会，提出畜禽应享应五项权利，比如不应受饥渴；不应生活在不舒适环境下；不能遭受疼痛、损伤和疾病；不能受惊吓和精神打击；不能被剥夺自然生活习性。西方国家认为，众生平等，每一物种都从造物主那里被赋予了同等的生命。这使我想起两年前，有一名叫琼斯的英国游客来到她梦想许久的中国，回去以后致信给中国环境保护与动物教育组，她说，在桂林的"七星公园"里看到猴子和老虎的生存条件极其恶劣，那些猴子被关在光秃秃的笼子里，几乎没有食物，水也很少，笼子里连一棵供他们嬉戏和攀援的树或植物也没有。那个威猛的动物吧，被关在一个狭小的笼子里，牙和爪子被拔光，为的就是让游客付钱，贴近老虎照相。末了她在信中说，我的朋友和我决定再也不会去你们的国家，如果你们要想被西方国家所接受，你们就需要做些停止虐待动物的事情。我们在失去动物朋友的同时，也失去更多的国际友人，得到的只有越来越多的良心评叛和道德谴责。

伦理学家杰里米·边沁在对待动物的问题上认为，判断人的行为善恶时，必须要把动物的苦乐也考虑进去。在中国，人们口口声声说"动物是我们的朋友"。但在对待动物的问题上总是随心所欲。你看，每当周末，大人带着小孩子驱车到山野海边，猎鸟捕鱼，然后活剥生吞，大快朵颐，其行为粗鲁，完全不考虑对孩子的爱心教育。其带来的伤害不仅是动物本身，更重要的是麻痹我们的恻隐之心，养成随意残害动物的不良惯性。一个民族，如果不能阻止其成员残酷虐待动物，最终也将危及自身。

两朵花呼吸的距离

前不久，南京一学校为了防止早恋，要求男女生保持距离44厘米。你方唱罢我登台，这边堵来那边开。最近教育部又有新规定，华尔兹将成为高中男女生的指定舞蹈。此举一出台，又立刻引来全社会议论纷纷。

一位人类学家曾经指出，44厘米是人际交往中的最小间隔，低于44厘米这个距离，就属于"亲密距离"；但很早以前又听说，跳舞的起源是性的炫耀，是为了吸引异性的目光。

人类中有三种关系，男与男的关系，女与女的关系，男与女的关系。世界上，最难相处就是男女之间的关系了。前两种关系，可以亲如兄弟，可以情同姐妹，可以是任何一种形式。后一种关系，除了夫妻之间可以零距离，否则就是非正常。所以世界上关于男女之间的话题最多，引发的故事也最多。

在亘古时期，人类始祖——"女娲娘娘"打碎一个你，打碎一个我，再重捏在一起。于是"你中有我，我中有你"也成了男女爱情结合的标志。这种"二合一"的爱情历经社会嬗递变更。上古男女往来无束，进入宗法社会后，女性逐渐沦为男性的附庸。然直至西周时的中原地区，男女可以自由相会。战国时期，儒家出现了各种繁文缛礼，强调男女隔离与疏远。在家庭内部，也严格区别男妇，即使递东西也不允许。宋代以后，士大夫之家，男女之分更为严格。给妇女看病，牵一条线隔着纱帷，对远距离脉象进行强弱浮沉猜想，妇女更被囚禁于一个狭小的天地，摧残和扭曲女性的思想和感情。多少悲剧就葬送在封建道德强大的力量之下。

进入现代文明社会。伦理学家们又根据需要，统计出各种复杂的人际关系。比如，亲密关系的精确距离，即父母和子女、情人、夫妻间的距离为18英寸；个人关系，即朋友、熟人间的距离为1.5—4英尺；社会关系，即一般认识者之间的距离，一般为 4—12 英尺；公共关系，即陌生人、上下级之间的距离为 12—25 英尺。和异性朋友之间的最佳对话距离是 0.5 米；和朋友散步的距离则应该保持在 1 米左右。如此种种，生活着的我们，整天的和各种各样的人际遇，目前中国人口十三多亿。如果人的平均寿命是七十岁，每年有 365 天，一生就有 25550 天，每天都有多少不确定的状态发生，要和多少人相遇，打交道，我们都无法预计。如果我们每天携着尺子，进行如此这般的物理测量。如果每天我们会因此活得这么累，还不如建造一个男人国，一个女儿国。

前几年，有人因为距离太近，给围城里的人提出了"周末同居"、"候鸟夫妻"的主张，鼓励有间的亲密、适当的不即不离，给自己和他人留一个空间。因为人与人之间的亲密关系只能是阶段性的距离，谁也无法保证持久，这是专家根据人首先是动物的特质达成的一个共识。

凡此种种，都只是专家们的构想和建议。是人与人之间一种友好相处的方法，是夫妻婚姻中的一种保鲜式样。相握着的手有没有温度，地板上的鞋究竟适不适合行走的脚，我想还与当事人的知觉、血型、情感、环境、场所，还有当时的天气、星月、花草等因素有关。

专家归专家，理论归理论。亲人有血缘牵引，朋友有情谊相伴，同事同窗有工作学业作媒，爱情来时由心跳决定。人是世间最复杂的动物，有思想，有情感，其中的微妙指数不是厘米、英寸说得清的。泰戈尔不是有首经典的爱情诗吗？世界上最远的距离不是我在你身边，你却不知道我爱你；而是两个明明相爱的人，却不能在一起长相厮守。是的，男女之间，如果有爱，身与心的距离差不多就等于零；如果无爱，身与心的距离则是近在咫尺却远似天涯。身体的物理距离可以测量，但心的距离呢？谁能为心的距离作界定呢？

两个人之间的关系，不管是男与男的距离，女与女，还是男与女之间的距离，不应该由专家说了算，也不应该由尺寸来安排。当我们走上人生舞台，灯光打来的时候，我们的台词乃是：自尊，自爱，自立，顺其自然，泰然自若，自自然然。两个人之间的最美距离，是一朵花与另一朵花呼吸的距离。两朵花儿悄然绽放，如果你被香气袅袅熏了枝蔓，请勿见怪，对着风儿招招手摇摇臂，做个深呼吸，你会感觉心旷神怡。相爱的两个人之间的距离，则像诗人舒婷说的那样，如同橡树和木棉，两人站在各自的天空里，互相欣赏，互相爱慕，在泥土里，他们的根须却紧紧相依。

靠近胃的是心

我有个朋友，年迈的双亲和兄弟姐妹，共七人。他们有吃面食的习惯。今天大姐煮，明天小妹煮。时间一长，一家人得出一个经验，小妹煮的面特别好吃。问小妹有什么绝招，她笑一笑，说不出个所以然。大姐说，我每天就这样煮啊，鸡蛋和肉丁，青菜、番茄、葱花，油和盐，酱油和浙江老陈醋，天天如此，数量均等，不多分也不少给。

我家也有好吃面的习惯。个中原委，我揣摩出一二。

煮面条，水要宽，火要旺。一开始面条得过一次清水，煮出的面条才爽口，汤水才不会浊。面条以沸水下锅最合适，用筷子轻轻向上挑几下，以防面条黏结在一起，随开随点适量的凉水，这样面条柔软而汤清。依次放进鸡蛋、青菜、炒好的肉碎和番茄。面条刚好变软熟，尔后捞起。不硬心、不糊汤、不黏烂的面条最清润，爽口。以大姐和小妹多年来的经验，这些繁杂的工序和过程，她们一路做来不急不躁，哪一道都掌握得非常到位。

但每次捞起面条的时候，大姐就没那么多讲究了。因为人口多，到最后她总有点手忙脚乱。然而，正是这最后的一分钟，却是决定她们的成功关键。

以我多年来摸出的经验，面条煮熟的时候，颜色会变深而透明，尽管你已经及时熄火，但锅里的水还很滚烫，留在水里的面，早一点或晚一点，效果都大大不一样。小妹每次煮面之前，细心的她先把家里的人的碗摆放好，这些事前工作至关重要，煮熟捞面时才不至于"落汤螃蟹"——手足无措。

小妹捞起的面，按先后给妹，弟，姐，哥，再给妈妈，爸爸。然后再按每人佐料及卤汁的喜好多少配给。

爱吃面的人都知道，面的吸水性强，捞面时很有讲究，差半分钟或晚十几秒，或柔软润滑，或柔中带韧，含水量多与否，弹力、筋力和骨力都千差万别。小妹——把最好的时间依次给了最熟悉的人。

人生其实就是一碗面，做面不能只做"表面"功夫。童年就像烧开的一片蛋花，明艳、灿烂；少年步入青葱岁月，略带些许西红柿的甜涩；青年的面筋骨力刚好，有无限的弹性和冲劲，柔韧而有嚼头；中年就像红衣盛装的那一碗，酸辣味儿千回百转；老年就是最后那碗厚顺和淡定，末了还有回香的味道。

小妹，吃的总是最后捞的面，最糊、最胀，最黏，长久以来，她毫无怨言，每次都细心的依次重复这些程序。就是这些看似不入"菜谱"的"次序"，使得小妹的面条特别"对口"。大姐因为没有自己的次序，致使他们吃起来，一天好吃，一天不好吃。总的来说，就是不及小妹做的好吃。

水，煮至一百度才算开水。干净的水与不干净的水，液体和气体，区别就差这么一度。有些事情之所以有天壤之别，往往就是因为这微不足道的一度。但凡世界上的一切饮料，百分之九十九都是水、糖、碳酸和咖啡因。然而举世闻名的可口可乐，就是有 1% 的神秘配方，使得它每年有上亿多美元的纯利润。水，在足够的压力下沸腾，才能转动机器，才能推动水车。"温热"打动不了任何东西，更无法推动生命的火车。

正如可口可乐的广告语：所谓幸福，就是有人为你着想。小妹说，看家人吃得津津有味，就是她最开心的时刻。胃的上方是心，凡事敌不过用心。就是"开心"二字，为小妹的成功开了路。凡事用"心"，对亲人用心，对朋友用心，做什么事情都会像花儿一样美。

放屁要交税

前不久，才看见农家人为了阻止羊吃他们的蔬菜，给羊的嘴巴戴上紧箍咒；今天又听说，科学家为了阻止羊打嗝，研制出一种添加剂，只要拌在饲料中，就可以解决绵羊打嗝的问题。

为什么人类要阻止绵羊打嗝？据说一只羊由于打嗝放屁，一天会放出上百升的臭气，而这臭气中含有大量的甲烷。甲烷是什么？甲烷能破坏臭氧层，危害人类健康，事关重大啊。

据说，牛在消化或反刍过程中，也产生大量的甲烷。牛打嗝，羊放屁，的确是个很严肃的话题。我们生活在地球上，牛和羊每天都在威胁着每一个人。

牛和羊打嗝放屁，虽然被人类讨厌，但我们却一天也离不开牛和羊。你看，牛羊对人类的贡献多大呵，饿了牛给你种粮食。不想吃粮食时，牛和羊又供你吃肉（甚至被赤碳烤着吃）。当你渴了，又给你奶喝。不喝奶时又给你献上毛和皮。当你闷了的时候，牛又供你牛皮吹。西班牙人不吹牛皮，而是玩实的，让牛和牛自己斗……

而人类给予牛和羊多少呢？只不过是一点草料，一瓢水而已。伙食不好就罢了，生存环境糟糕还不算，如今连放个屁都要横加干涉。美国开始酝酿立法，要求研制新技术防止牛打嗝放屁；有的科学家设计出一种戴在牛、羊脖子上的项圈，可以减少它们打嗝；英国科学家，为牛设计出一套环保餐单，以减少牛群排放甲烷的含量；新西兰政府，还决定向农民征收牛羊的"放屁税"，以控制对大气的污染。

俗话说，"管天管地，管不着放屁"。是啊，吃喝拉撒，天经地义。拉屎放屁是天皇老子也管不着的事。科学显示，正常人每天要放5～10次屁，

今天的觉明天醒 JINTIANDEJIAOMINGTIANXING

约排出 500 毫升（比羊多 5 倍）左右的气体。在医学上一再强调，屁不放出来对身体极其有害，因为有毒的气体被肠壁吸收，时间长了要生病的。"有话就说，有屁就放"——差点没写进宪法。打嗝，是常见的消化道受刺激的现象，动物吃得饱会打嗝。不仅大人打嗝，小孩打嗝，甚至在妈妈腹内的胎儿也会打嗝，小狗小猫等都会打嗝。这是大自然赋予每一个动物最基本的权利。

　　人类自己不单充分享受自己的权利，如今还凌驾于权利之上；不单屁股放屁，连嘴巴都擅长放屁。为了制造出轰动效应，常常"于无声处惊雷"。无中生有，似无还有，莫须有——都是人类的拿手好戏。人，还喜欢往兽群密集、毛毛虫密集的地方钻，做个响当当的跟屁虫，乐此不疲。

　　话又转回来。佛曰：有屁就放，浑身舒畅；有屁不放，憋坏五脏；没屁愣挤，小心身体。小时候还听大人谆谆教诲：放屁响，当军长；放屁臭，当教授；放屁不响也不臭，说明功夫还不够。

　　佛还曰：屁乃肚中之气，哪有不放之理！既是身体上的，就是大自然的部分。人类只准气出自自身，不准其出现在牛羊体内；人类既要养牲口，又拒绝牲口放屁。人类屁股底下的汽车，一刻不停地放屁，反过来却怪罪于牛羊，说它们打嗝放屁是导致地球气候变暖的元凶！

　　人，说到底是天下间最自私和最残忍的动物了。怪只能怪牛太厚道啦！怪只能怪羊太温善啦！

　　突然想起一句话：欲加之罪，何患无词！

面子问题

宿舍区不远处有个菜市。每次我去买菜，总能遇见附近住宅楼那位美丽的少妇，脚下踩着一双六七厘米高的高跟鞋，娇滴滴的模样，她的出现总会吸引众多目光。

有一天，她穿了一套新式短装，衣裳有着高贵的颜色和图案。好像麻雀林里飞来了金凤凰，菜场一下被映照得艳丽多彩。这个花布上的图案确实好看，短装做得很别致，只有像她这样姣好的身材才穿得如此得体。对衣着尤其上心的我，不由得多看了几眼。

买菜的当下，来了几个城管的人。抓了一个姑娘，估计她从海边来，好不容易捉了些新鲜鱼虾，第一次到这里，情况还不熟，摆的不是地方。城管中有个男的，把她视作"惯犯"，厉声斥了几句，缴了她的秤。姑娘被眼前突来的事件吓坏了，眼眶红红的。

这时，那位少妇踩着她特有的金属声走过来，划了划挂着银首饰的手，说了几句话。秤，终于回到了姑娘手中。

大家议论纷纷，即刻对她肃然起敬。从此，我也对少妇另眼相看。

有一次，我来到肉食行。买鸭子的是一位妇女，快刀起落，麻利地抓秤，她的土鸭子迎来了众多食客。我看见她穿的那套短装，无论是花样还是款式，和那个少妇穿的都一模一样。可能因为太短的缘故，她在里边又多加了一件。

这时候，那位少妇来买菜。就这一下，两位身份迥异，穿着惊人相似的女人，在众多的目光中瞬间相遇。少妇的眼睛像突然被电击中似的，逃了回去，她很快地低下头，脸色涨红起来，并漫延至耳根。这时，不知谁说了一句，"呀！你们的衣服……"大家闻声都转过脸，拎鸭子的妇女这才发现她们穿着同样的衣服，她看着少妇，眼睛里写满"羡慕"二字，是啊她穿得这么美！笑眯眯的刚想和她说话，却遭遇了少妇掷来的"厌恶"的眼神。少妇连鸭子也不买了，丢下一地陌夷的目光，带着复杂的心情迅速离去。

身后一片窃窃私语声。少妇的背影依然娇美，妩媚。但就这刹那间，大家觉得这个女人一点不可爱了。

从那以后，我再也没能看到，少妇穿那套短装的绰约风姿。

人的虚荣心其实就是面子问题。虚荣心作怪时，面子的大小和轻重就起来争执。把面子看得很大，内心就会计较所有小之细微；把面子看得太重，就会颠覆所有的善良和美丽。

当然，一个长年站在菜场，行走泥土，靠手和脚吃饭，从烈日泡到黄昏；一个游离于菜场，靠衣服养身，为了肠胃抑或养貌，才来这里挑红拣绿。花钱的人，面子——肯定要比花力气的人大得多。

在少妇看来，衣物是高贵身份的象征。如今她那身独特的衣服却被这样一个卖菜女人共拥并穿得如此不堪。在她心里，她和她是泾渭分明的两种人，是这可恶的衣物把她们归类了。她讨厌那个妇女，而且迁怒于这身让她的虚荣心受到极大伤害的衣物。

有时候，虚荣心就像魔瓶，它可以让妖怪瞬间化作天使，也可以让天使瞬间变为妖怪；它是潘多拉盒子，一打开，里面躺着的伪善，就会快乐地跑出来，乱了一切美景，然后把眼睛迷惑。

万物众生皆平等。所以，不要轻易把别人列入自己的对立面。是天使或妖怪，太阳光照射下一切都会现身。快乐平和的心，比华丽的衣裳更能映衬女人的可爱和美丽。

你那边几点

新华路口，一个衣着非常得体的男士，一边急匆匆地赶路，一边对着手机大声说话，还一边问对方："好，好，你那边几点？"

听得出对方也不知道。这位衣着非常得体的男士，只得来回地边跑边听手机，一边问过路的行人。"请问，请问，现在几点？"

被问的大姐，老伯，阿姨很疑惑地看着他，"你不拿着手机吗？"有一个还丢了一句："神经病！"

男士看着一个个离去的充满质问的眼神，一副很痛苦的模样。

手机里没有时间——这话说给谁也不会相信。手机的发明者啊，当初你为什么顾此失彼，有些手机接听电话的时候，没有设置时间显示。智者千虑，必有一失。真是百密总有一漏啊，再高尖的科技也不例外。

我想起我身边的同事，也曾多次遭遇这片刻的尴尬。因为有些手机，接听电话的时候，屏幕上真的无法显示时间（噢对了，只显示计费时间）。紧张起来问身边的人，不是别人对你笑笑，答非所问；就是疑惑地看着你，总得不到及时的回答，生怕被愚弄了。好像告诉了别人准确地时间，就会损耗多少人生黄金似的。

科技越发达，人性越冷漠。手机是朋友间最快捷的通信工具，但手机也阻隔了人情往来，这是不争事实。

迂直之计

晚上，安琪嚷着要吃芝麻糊。听说向阳派出所路口有一对老夫妻，经营的芝麻糊物美价廉，附近的人都喜欢去吃。如果跑到楼顶，那个灯火通明的小推点还能看得见，我决定就去这最近的。

走着走着。安琪就问，妈妈，怎么还没到啊？按理说，这能看得见的地儿，才多远啊，量直径不外乎五十米，但我和安琪却走了很久。走走，停停。我说快了，就在前面了。于是又抱，又背。最后我们整整花去四十分钟，才来到目的地。

两点之间直线距离最短，这是我们读小学就懂的道理。但因为巷小人多，固定摊位的，移动摊位的，诱惑多多，这边看一会，那边摸一下，拐七弯八，根本不以你的意志为转移。你抢位一下，我礼让一下，遇到熟人聊两句。遇到不想说话的人，还躲一边去。无形中的壁垒，如影随形。真应了那句话"反将便宜买成贵"。两点之间直线距离最近，但不一定最快。

直径近，曲路远，这是一般人的习惯思维。但是如果和环境的虚实、路障的优劣，和个人的努力，和实现长远目标，等等划上线，就是另一番景况。生活中，近路不直反而远，曲路很远反而近。孙子兵法曾云："先知迂直之计者胜。"曲中有直，直中有曲，这是辩证法的真谛。

人与人之间的交往亦然。直线性思维在很多时候会碰壁。我们很难直截了当就把事情做好。欲速则不达。一件貌似容易的事，需要我们更多的等待，放弃，争取，合作，技巧。

喜相逢

2009年12月8日，一大清早，接到来自南宁谢叔叔的电话，说贺喜啊。我说何喜之有？谢叔叔是广西日报驻钦州站的老报人，老邻居了，说话向来以事实为依据。所以我很认真聆听。他说，今天是广西日报六十周年庆典，推出六十个版，还刊出了这历年获奖的文章，你爸爸1985年撰写的《五个农民告状记》名列榜首。在当年，首创广西获全国新闻奖先河，这确实是我家的特大喜讯。

我将消息告诉妈妈，她听了甚时欣慰，喜极而泣。让我跟谢叔叔讨要报纸，留作纪念。

今天真是我们家的喜庆日子。因为母亲迎来五十多年前的小学同学会聚到家里。九点多钟，母亲特意叫我挑一件好看的衣服，等待她的老同学。

约莫十点钟，母亲的小学同学十多个人笑声朗朗地来了，一见面就和母亲"亲亲""抱抱"。看着她们打开着的温暖的怀抱，手拉着手，脸碰碰脸，然后是开心舒展的笑。那一脸皱纹呵，此刻多像秋天的菊花一样，美丽迷人，在窗外微暖的阳光照耀下一朵朵生动地绽放。我在一旁感慨万千。

"你看看我是谁？"一个同学来快速走到母亲面前，侧着头，笑眯眯，调皮地瞧着母亲。大家就等母亲一句话。

"斑鸠！"母亲惊呼着。接着几个人几乎同时念出在师范念书时《诗经》的那一句"关关雎鸠，在河之洲。窈窕淑女，君子好逑……"原来有出处啊。

还有春儿，秋翁，周公，地主崽，开口枣，蚊子，大鼻头，小泥鳅。如此亲切的绰号在同学口中串串而出。

"唐安！"一个同学亲切地朝母亲叫了又叫。我母亲快乐地应了又应"哎，哎"。我在一旁很是疑惑？！

原来，当时的小学校长名叫陈进安。因为母亲长得白白胖胖，光洁的额头粉红的脸，很可爱的苹果模样很讨陈进安校长的喜欢，这件事学校里尽人皆知。于是大家取校长的字，我母亲的姓，便成就了"唐安"一名，如今还在同学中一直流传。

咯咯。原来我母亲年少时还有这么"浪漫"的一段往事。

母亲拿出毕业照，斑驳的边沿颜色些许泛黄，但经我们过塑过，照片仍能很好地保存。大家抢着一个个分辨，一个个相认。

"小泥鳅去年去了。"同学中有人沉静了，眼角边泛着泪花。"是啊，小泥鳅是我们的活宝，她快乐我们便快乐。"有些事老去了，有些人远去了。乍闻秋意凉，应是携手好时光，如今天地两茫茫。一朵花儿谢了，留下一片片落红，让人感叹稀嘘，但曾经的她如此美丽存活在彼此记忆。

我的耳畔响起一首老曲子："旧时光就这么溜走，转头回去看看时，已匆匆数年。"今日相逢时，人杳如黄鹤，望尽天涯，无处寻觅。是谁的手轻轻翻过这一页，在某个时分碾碎日月光华？这胭脂花红的一页，又是如何繁华落尽，铅华洗遍？

屋子里一会沉默无语。一会是少女般银铃的笑声。一会是爽朗豪放的开怀大笑。这朵朵花儿，在那过去的日子里，曾经如此灿烂纯真地盛开；在那青葱岁月里，她们曾经怎样相知相惜相伴。是啊，假如时光能够倒流，假如她们还年少如昔。

蓦地，我心中有潮水轻轻涌动，还有一种柔软的心疼漫延。想起一句爱人之间的话，用在此时却很恰当：若你流泪，先湿的总是我的脸；若你悲伤，先痛的总是我的心。

大家念想着，回忆着。哭着，笑着。

我说，过去的，已不可追寻，今天不诉离伤，望尽旧时光，大家相泯一笑。

我在一旁泪光闪闪，拿着相机的手微微温热。我被眼前的一幕感动着，一边按下快门，留下这永恒的瞬间。

动听不是 "123"

　　一个孩子过生日，去了一个酒家庆生。菜上齐了，孩子见没有他喜欢的萝卜糕，就嚷着要。父亲指着一碗水鱼炖鸡汤，说"吃什么萝卜糕，喝这个靓汤"。孩子尝了一下，不肯吃。父母俩硬是要他喝。孩子不依。父亲恼了："我说'一二三'。"并扬起右手："喝！"孩子"哇"一声就哭开了。

　　吃完饭，孩子欢喜雀跃，突而左边突而右边。母亲明显不悦，说好好走路。孩子边挣脱母亲边说："你们都很久没陪我玩了"，就没有上车。走到书店门口，孩子看见很多人用水彩笔画画，很好奇的他，也想试一试。母亲立刻制止："等一下弄脏衣服。"孩子不肯，硬是要去拿笔。父亲恼了，远远地追了上来："你听不听话"，并扬起了手："一二三……"

　　本来一个有意义的生日，因父亲一而再再而三发出"最后通牒"，孩子一路很不开心的样子。

　　"一二三"曾多么亲切地伴随我们牙牙学语。"一二三"曾那么轻易地开启我们的人生心智。如今的大人们都怎么啦？

　　生活中，由于工作忙碌，我们常常没有时间去陪孩子，更没有耐性去聆听孩子的内心感觉。大人们总喜欢把自己的要求强加给孩子；面对孩子的要求，大人们又常常三下五除二下地拒绝。

　　如果让做父母的你，几秒钟决定一个想法，或完成一件不喜欢的事，你会怎样？如果孩子一而再再而三地朝你喊："一二三，给我买玩具；一二三，送我去公园；一二二，给我关电视……"习惯发指令的你，又将如何？

　　兴趣是金。兴趣来临时，千万不要错过给孩子试一试机会。孔子说："知之者不如好之者，好之者不如乐之者。"对孩子而言，一旦对某个事物有了兴趣，就会主动去尝试，而这个尝试，说不定就是日后通向成功的一把金钥匙，产生了愉悦的情绪和体验，就会引发创新创造的动力。牛顿、爱迪生、比尔·盖茨……概莫如此。

所以，别轻易数"一二三"。教孩子们"爱干净"的同时，也应给他们"闹腾脏"的机会；教他们规矩做人的同时，也应该给他们个性释放的机会。

上苍赐予一个生命的时候，都是从无知到有知，从无知到有为。孩子，不是我们闲暇时的一个陪衬。一生二，二生三，三生万物。"一二三"是上天赐给我们最好的礼物。"最后通牒"，是谈判破裂前的"最后的话"，是强者欺侮弱者所采用的一种威胁手段。孩子，不是我们谈判对象，用多了，适得其反，百害无一利。

看比说好

朋友家正在看台湾剧《世间路》。

看到主人公变成了一个不孝儿，父母、兄妹哭成一团。朋友在一旁边吃瓜子，边大声猜测剧情将如何变化，发展。

她用黄瓜皮拍脸，在客厅里走来走去，嘴上一句"精彩"，时不时又一句"精彩"。突然看见读高二的儿子，坐在一旁眼里含着泪花。朋友"呵……"的一愣，然后对我怪笑，随即用手指孩子的头，骂声四起："你这个仔，这么差劲，这样你都哭。""呵……呵呵……真不争气，男儿有泪不轻弹……""回去，学你的习去，假的有什么好哭的……呵。"

其实，在一旁的我，看到此时早也泪眼滂沱。只是我和她"这个仔"一样，一直看一直忍。孩子本来心情不好，被母亲这样当众"挑明"，赶回去学习，真不是滋味。但此时此刻，他只有躲回去的份。高二了，明年高考了。

看电视，随剧情同悲同喜，又哭又笑，真是常有的事。作为母亲，应为这样感性而善良的孩子高兴才对。我想，就算此刻恶补一百页书，得到收获远没眼下这几分钟的多。

十年寒窗，课本里的理论我们学得够精深了，但许多知识恐怕一辈子也用不上。如果你说，看电视花时间多、耗损精力，电视给我们一碗水，而课本给了我们一江河。而恰恰是这碗水，伴我们度过生活的艰难困境，甚至洗涮世俗的污垢，使我们的生命得到滋润，灵魂得到荡涤。

我们明明知道，电视里的故事，都是编剧在绞劲地编，演员在倾情地演，作为观众的我们，愿意陪上时间，随剧情唏嘘感叹，泪水稀里哇啦，痛到眼睛睁不开，思绪停不下来。它给我们一份来自亲情，友情和爱情的情感体验，潜移默化中，心灵得到陶冶，心智得到锻造……文学作品来源于生活，也高

今天的觉明天醒　JINTIANDEJIAOMINGTIANXING

于生活。方寸荧屏给我们展现的生态场，就是跃身汪洋大海也无法体验得到。

逢周末给孩子看看电视，听听别人的故事，我觉得，远比父母轮番说教，逼孩子埋头看书，或上网玩游戏，都收获得多。

作业不是做的

英国的科学家，给地里生长的南瓜做实验。在上面加上一定重量的物体，随着南瓜越长越大，科学家也相应地添加重物。南瓜成熟了，科学家决定把它切开。出乎意料的是，这颗经受了重大压力的南瓜，内部的纤维组织已经完全固化，死去。科学家找来电锯，才把南瓜锯成两半。实验失败了，不堪重负的南瓜再也无法被人类享用！

都说人要有压力才会有进步，才有可能创造奇迹。但压力也会产生异变。

我认识一个朋友。她有一个在学校每年都拿第一名的优秀儿子，在初三那年优秀儿子突然拒绝上学。孩子说："我的压力真的很大，因为父母很优秀，我考第一名是理所当然的。我花了好多时间读书来维持第一名，我真的很累。"

有人说0至3岁，3岁至6岁是人生教育的黄金段——甚至有"一年顶十年"的说法。过去，一般情况下，我们谈论竞争，是指大学生毕业后进入就业状态。可现在，社会的竞争，几乎延伸到了人生的源头。如此一来，很多家长把园前教育摆到了议事日程。目前中国的许多家长，只重视孩子的早期教育和学习，很少顾及品质和意志方面的磨炼。

在日本学校，曾有这样的作业：要求学生们吃饱早餐，不带任何食品和饮料去登山。大家艰难地前进着，以为登上山顶就好了，结果山上没有一滴水，也没有一口粮食，大家必须返回到自己的家中，才能吃到午饭。到了晚上，同学们才回到家。其中，一位同学在家门口体力不支倒下了，他的父母站在一旁，没有一个人去搀扶。父亲说："孩子，你今天做的是一次有意义的作业，它的含义是让你知道，在人生道路上必须承受挫折和艰难。"于是，这个孩子咬紧牙关，忍着饥渴和疲劳，一步一步地爬回到自己的家中。

由此，我们想到这样一个问题，关于作业的问题。

是的，"作业"留给我们的记忆，包括如今的孩子，不是终日手酸背痛的抄抄写写，就是机械而枯燥乏味的练习，往往作业做完了却收获甚少。不仅空耗老师和学生的宝贵时间，而且导致学生厌学，逃学。

即便是学生日后学有所成，但在中国，大多数的高考状元都不是职场状元。因为从小到大，他们太缺乏像国外这样有意义的作业训练。因为中国人关心的只是孩子的文化课成绩，而外国人关心的是孩子处理问题的能力。

泥鳅也有优美一跳

七月流火，正值各高校招生的时候，有人如同这流火的天气，焦虑，不安。

古有科举，今有高考。这个中国历代最高等级的考试，承载着为国选才的重任，犹如一把命运筛子，在历史长河中，一路筛干多少泪水汗滴才"化鱼为龙"？多少家长以爱的名义，把孩子使劲拱往高考"独木桥"，一路踉跄走来，又演绎多少人间悲喜？谁来捞一把在逆流中挣扎的孩子，让"泥鳅"也能在水中轻盈跃跳？

有人曾出示两份名单给10人看。第一份名单有7人不知道何许人也。第二份的名单大多数人都知道，其中分别是李渔、洪昇、顾炎武、金圣叹、黄宗羲、吴敬梓、蒲松龄、洪秀全。在当时，第一份名单全是清朝的科举状元，上至皇帝，下至平民，他们像明月一般，被众星拱着，万人敬慕；而第二份名单中的人物，全是那个朝代的落第秀才，曾是那样让人唏嘘，门庭冷落。

然而，多少年过去了，当年那让人瞩目的科举状元"泯然众人矣"。倒是那些个落第之士，一个个光芒万象，名垂千古。李渔的作品被翻译至日本及欧洲国家；洪昇的《长生殿》成为戏剧界永恒的保留剧目；顾炎武是清朝"开国儒师"；金圣叹批注《水浒传》皇帝赞其"古文高手"。黄宗羲被誉"中国思想启蒙之父"；吴敬梓著有《儒林外史》；蒲松龄的《聊斋志异》妇孺皆知，与法国的莫泊桑、俄罗斯的契诃夫并誉为"世界短篇小说之王"。洪秀全著有《原道醒世训》。不一而足。

小时了了，大未必佳。若是，王安石就不会"伤仲永"，叹少年湮没在成长路上。状元不"壮"，成菜成才，后天的努力至关重要。芸芸众生，潺潺万物。贩夫走卒，引车卖浆，或从政或经商或行医或做学问。江河不分湍细，流水不争先后，人生各有各的精彩。有人一心争做科举状元，有人力图成为行业状元。改变命运的姿势，从来迎得敬仰目光，积极乐观的态度，更应值得每个人喝彩。幸福的意义往往就是有事做，能做事。

为高考卸魅，让规则澄明。不仅要帮失利考生度过清凉一夏，更要打造宽松的、让底层草根公平上游的竞技环境。让他们轻装上阵，重新设计人生，在"能力为王"的社会，有做事的能力，和做有能力的人。

除却"龙门"，面对大海，每一个人都有最优美的跳跃。

快乐换位

今天上班，骑着摩托车转过新华路，遇见一对有趣的母子。小孩子才两三岁的模样，坐着一辆类似我们小时候那种四个轮的小木车。路面很宽，可能是小孩想往外驶吧，年轻的母亲怕车多不安全，不让他往外驶。小孩大声喊了一句：我有驾驶证。

我以为我听错了，一个两三岁的小孩，怎么会说这大人话嘛。年轻的母亲接着说：有驾驶证也不行啊，得靠边边开。

呵呵！确实没错，孩子就这么说的"我还要带外婆上街街"。我即刻笑了，立马想起张爱玲"8岁我要梳爱司头，10岁我要穿高跟鞋"的少年梦想。

想起正在上幼儿园的孩子安琪，背书包——就是她最快乐的事。每次大人去接她，很不乐意的样子。她说她的工作还没完成。她称她上幼儿园是"工作"。走出楼梯，便又飞似的去爬滑滑梯。看着孩子们窜上窜下，在这个幼儿园毕业的我，眼前即刻浮现那些快乐无忧的童年时光。

一分钟希冀，一分钟怀念。幻觉，错觉。是不是每个小孩，都渴望长大？而长大的我们，常常又想回到童年？

据说如今，社会上成人的玩具礼物分外热销。魔方、孔明锁、解套等益智小玩具在成年人中颇为流行。"六一"儿童节到来之际，专为出生于20世纪70—80年代的朋友们设计的活动火热进行。活动中，大家唱起"采蘑菇的小姑娘"，玩跳皮筋、丢沙包、捉迷藏等游戏。吸引了大量上班一族，使繁重的工作压力瞬间得到释放。

艺术大师齐白石90岁的时候，拿起70岁作的画，看了又看说，我儿时画的画还不错嘛。他能一生能不止地创作精品，与他有着一颗童趣的心分不开。快乐，更是创造一切的源泉所在。

西方有谚语"三岁之翁，百岁之童"。一个人的心态，与年龄无关。在生命的长河里，童年与成年，有些身份已无法交互，但快乐可以传递，感染。以节日的名义，以孩子的名义，重拾片刻肆意奔放的情感享受，何尝不是一种积极的人生态度。

你的钥匙开我的门

住在二楼的卢萍萍小朋友，截至今天两岁零八个月。下午我回家的时候，上到二楼，因为她长得很袖珍，近视的我差点看不见她。

"阿姨，帮我开门——"我低头一看，楚楚如她，好可怜的样子。

"哦，卢萍萍小朋友进不了门啊。"我伸手帮她拉门。门是锁的。

"哦，门是锁的。"我很遗憾地告诉她。

"钥匙啊——"她指了指我的挎包。

"不行啊，钥匙开不了。"

"阿姨怎么开不了？"

"这是我的钥匙，这是你家的门。"我拿出钥匙比画道。

"你的钥匙开我家的门呀。"

这如诗的声音，天籁一般传入我的耳际。

呵，这个小人儿，以为我的钥匙可以开她的家门。我笑了，又低头一看，精致如她，好可爱的样子。她竟然以为，只要伸出钥匙，就不分谁的家谁的门；只要伸出手，什么都可以开启。

卢萍萍那双大眼睛水汪汪地看着我，一副很亲近，既天真又茫然的模样。

记得安琪三岁的时候。有一次，我和她在游乐场地，朋友打来电话说来找在我们，现在就在我家门外。因为之前也有类似的事，虹姨英姨黄叔叔来找，恰逢我们在外面。安琪说，妈妈为什么不把钥匙发给他们，每人一把，叔叔阿姨就可以自己开门进去了。孩子的心，透亮而清澈。

眼前这份钻石般珍贵的童真，再次让我怦然心动。

和孩子捉太阳

冬天的早晨，绿色还很吝啬。阳光大大方方地来了。

孩子安琪趴在阳台上，一动不动。我很奇怪，问："安琪在干什么？"她回头叫我不作声。只见她双手一捞，又一捞。"我在捉阳光。""你做什么？捉阳光？""是的，我的口袋。"小安琪要我摸摸她的口袋。看我不信的样子，她就把我的手，轻轻放进她的口袋里，侧着头说："暖暖的。"

此时，法国作家福楼拜"按时看日出"的话语，没有邀约就跳出了脑际。

诗人说，阳光不是金币，即使撒了一地，也没有人去捡拾。是的，回想这些年，我和许多人一样，每天忙着工作，每天忙着裹挟车流、人流和物欲前行。难得停下脚步，抬一下头，看看天天如约而至的太阳。

福楼拜给女友的信中这样写："我天天洗澡，不接待来访，按时看日出"；巴金说："为了看日出，我常常早起。我知道太阳就要升起来了，便目不转睛地望着。"是啊，在辉煌的日出中，我们的少年曾那样健步而飞，和许许多多的中年人、老年人，天天迎着晨曦跑步，成了那个年代一道迷人的风景。

现在的我们，好比城市里的盆景，失去了广阔的泥土芬芳，也缺乏阳光的和熙照耀。在忙碌的日子里，我们脸色不再光鲜和透亮。不可否认，城市里有阳光，但已被高楼切割。城市里有强烈的炫目的阳光，但那是被各种欲望涂抹、有机产品反照折射的效果。

伦敦汤普森急救中心的墙壁上有力的铭刻：你的身躯再庞大，但你需要的仅仅是一颗心脏。现代人患的病自己不知道，医生治不了，都是因为欲望太多，生活太复杂。要知道，生命的原色犹如太阳一样。有时候，我们需要的仅仅是一轮太阳。

现在，有人为了看阳光，留住月光，从网上售购阳光瓶、月光罐。阳光就在身边，不要花钱去买。早起，和孩子一起捉太阳，让身心感受阳光一层层镀亮，抚摸。每天，"日出而作，日落而息"，这是一种生活态度，更是对精神美学和生命哲学的一种追求，探索。

"慢一点轻一点"

傍晚，家里的煤气灶坏了，我们打电话请师傅过来修。热心的大叔忙了一天，身上油渍渍的。修好时，已是晚上八点多。

母亲忙叫我送送大叔。我打开门，看着大叔拎着装满工具的挎包走出去，便随手要关门。母亲在后面小声说："慢一点轻一点。"夏天快到了，蚊子很多，我想都没想就"呼"关上了门。回过头，看见母亲脸色有点愠怒。

有一次，我和同事去南宁办事。天下起了大雨，我想起一位曾居住钦州的朋友，上次她一家来三娘湾，一别也有好几年了。平时电话里时有邀约。

我仓促敲开她的门。朋友显得异常惊讶兴奋，看着湿淋淋的我们，连忙帮抹水珠，倒热水。我心里暖洋洋的。儿时玩伴的情感最纯真，最难忘。无论何时，只要一相见，总能拨动内心那根敏感的琴弦。一个温馨的拥抱便打开了久不聊的话匣。我们说当年离别之情，说近年中年之忧。聊着笑着，时间很快就过去了。

天转晴了，司机电话来催。我们依依不舍地起身，说今天太高兴了，还看到了你的孩子。朋友说难得来了住一夜再走，我说下次有机会一定。朋友真是有心，临走还问起我母亲的身体。走到楼梯转角，我那打开了的话匣一时还关不了，想到还有几句紧要的，回过身去，看着朋友急促转去的背影，头也不回边说"再见"边"砰"一声关上了防盗门。

一时间，我们愣在那里。门一下把我们隔在那里，委屈与落寞瞬时袭来……突然想起母亲为什么送客人时，总是"慢一点轻一点"。虽然这只是一个小小的动作，却流露出温和的做人道理。

"插队"之路

大年三十，我去为摩托车加油。来到加油站，人不算多。

在一辆大货车旁，我跟上了其中一辆摩托车。排了十多分钟，大货车加完油，庞大的身影离开，我这才发现，我的身后是一条三十多米长的摩托车长龙！因为货车挡住了，我竟一时跟错了队，成了"插队"之人。

快十一点了，我还得赶回报社，顾不了这么多了。就这"将计就计"的心理，促使我继续"插队"之路。

前面的人有规律地向前移动，我把摩托车头盔压得低低的，背脊上好像被无数双眼睛盯着；时而又从观后镜里瞄一下后面的人，倘若跟在他们后面，可能得排上一个小时……我自责的同时，又庆幸捡了一个大便宜。

后面的人一步步跟上，来加油的人接二连三。人们行色匆匆，都急着购年货，或赶回家的路。眼下，凛冽的寒风吹打着一张张冻红的脸，一双双手脚在不止地哆嗦，人们一步步地往前挪动，没有人计较我的插队，或用宽容的眼光看着我，继续他们漫长的移师之旅。

很快轮到我了，因为内心有疚，便多"让"了几个后面的人，紧接着的大叔让我赶紧加油，要不工作人员计较起来"你就麻烦了"。大叔话音刚落，我的心，却突然痛起来。为这里善良的人，为眼前自己所做的一切。

对手你好！

我开着新的电动车，飞快在马路上行驶。突然，迎面而来的一个男子大喝我一声："熄灯！"我丢了一句"神经病"，飞驰而去。

驶到前面的十字路，交警向我行了一个礼，用手拦住了我的车。我急急停下来。原来我的车一直开着远光灯。突然想起刚才朝我大喝一声的那位大哥。本来好心提醒你一声，你还骂人家神经病。

同向而行，不会对你造成威胁，也因为看不见，你当然不闻不顾。只有对手，才是关注你的那一个。只有对手，才看得到你的毛病。我问一个老司机，遇到这样的问题你会怎么办？老司机说，你可以拨远光灯闪动几下，这样让自己在突发情况下看清前方的状况，同时还能有效提醒对方关闭远光灯。一位司机赶夜路，因为对面的车辆开远光灯，一怒之下也开远光灯和对方对射，结果在双方致盲状态下发生了严重车祸。老司机说，新手上路经常会忘记关远光灯，如果你蔑视对方突发"路怒症"，得不偿失。

向对手致敬。因为只有对手，才会发现你的致命伤，只有对手，才会给予你真诚的忠告。

孝而不顺

母亲喜欢听收音。每天早上六点新闻从不间断，这样她必须有个优质的收音机。

有天早上，她说收音机坏了。姐姐拿起调试了几下，"吱吱……""吱吱……"发出奇怪的声音。姐说是不是天线的问题？母亲说是坏了，真的坏了。我见母亲急了，便附和道，是的，应该是坏了。按母亲的经验，说坏了就是坏了。

母亲急着让我们拿去修。我说买个新的吧，用这么久了，但马上又打住了。母亲当然不会同意买个新的，节俭——一直是她的美德。亦是我们全家的美德。何况这个收音机还是名牌，中央人民广播电台指定产品，一直用得好好的。

吃完晚餐六点多，我和堂妹带上收音机，便散步出去。今晚最大的任务是找到钟表修理工。时下已经没多少人听收音了。我们已经做好准备，打算挨家挨户的寻找修理工。

走了大半个钦州城之后，我们终于在一个小街巷，找到了一个会修理钟表的老大爷。我们把收音机的情况大致说了。堂妹说不是一时半会就能修好，去逛逛街改天来取，我们便走了。

耽搁了母亲一个早上的新闻，第二天中午，我快快骑上摩托车去取收音机。

老大爷递过收音机，说没坏，只是电池没了。

不是吧，怎么可能，电池没了，大爷您再仔细检查检查，这么远找到这，回去再坏不好交差。

老大爷身旁的年轻小伙说，是没坏，只是没电池了，并"噗"的笑出声来。

我一下傻了。啊？！真的！？真是这样吗？是真的，电池没了。你听，好好的。

一直以来，我们做子女的，对父母之言，从不敢怠慢。母亲叫去做什么，我们不加思索，接过话便去做。因为听话——是孝顺父母最直接的体现。

这使我想起，前不久看《新结婚时代》。顾小西的丈夫，一个农村出来的十足十的大孝子，对于父母之言，总是唯命是从。为村里的九亲六戚七姑八姨来城里找关系；大讲风水迷信为刚刚出生的小孩找坟地……工作上很有原则性的一个部门领导，对父母的无理要求从不顶嘴还口从没有一句反悖和质疑的话。顾小西丈夫的"大孝观"终于惹火了城里人顾小西的父母双亲。

从收音机这件事上看，如果我们不是如此唯唯诺诺，或多一句"质疑"的话，做到"孝"而不"顺"，就不会出现如此低级的笑话了。当然，这也怪我们做子女的，脑子少一根筋。老人嘛，看事情看不准，我们年轻人手脚勤快，遇事还要细心多找原因，动动脑子学聪明点。

"把信送给加西亚"

美西战争期间，美国总统急需一名特使，把信送给古巴的加西亚将军——一个掌握着决定性力量的人。军事情报局推荐了安德鲁·罗文。接受命令后，罗文毫不迟疑地出发了。因为他的机智勇敢和坚忍不拔，他最终不辱使命，成功地完成了国家赋予他的使命。他的事迹100多年来在全世界广为流传，最终晋升为永恒的"罗文精神"。

最近一本《没有任何借口》成了政府机关员工的精神读物，和"把信送给加西亚"异曲同工。"没有任何借口"看似冷漠，缺乏人情味，但它可以激发一个人最大极限的潜力，在面对困难、克服困难的过程中，能够产生勇气、坚毅和高尚的品格。然而，无论从事什么行业，无论到什么地方，我们总是能看见许多投机取巧、逃避责任的人，他们不仅缺乏神圣的使命感，而且缺乏对敬业精神的理解。

这使我想起一个故事。耶稣带着门徒彼得远行，途中发现一块破烂的马蹄铁。耶稣让彼得把这块马蹄铁捡起来，但彼得懒得弯腰，假装没有听见。耶稣自己弯腰捡起了马蹄铁，用它换来3文钱并买了18颗樱桃。出了城，师徒二人继续前行。他们经过茫茫荒野和干涸的土地。耶稣猜到彼得渴得厉害，就把藏在袖子里的樱桃悄悄地掉出一颗。彼得一见樱桃，赶紧捡起来吃掉。耶稣边走边"掉"樱桃，彼得也就费力地弯了18次腰。耶稣笑着对彼得说："如果一开始按我要求去做，你只要弯一次腰就行了。"彼得因为没有有效落实，不能顺利吃上"樱桃"，甚至吃不上"樱桃"。

这里说到一个"执行力"的问题，其实在世界很多国家的大企业，都非常重视"执行文化"的建设。当年，卫留成到海南任代省长，一个月批示57份文件，结果只落实了2件，其他的要么不知下落，要么"正在办理"，各部门互相推诿，面对这样的效能，企业家出身的卫留成觉得："不可理喻！"随后，"执行文化"便成了海南改造拖沓低效机关文化的一次可贵尝试。如今我们钦州也像海南当年一样，不缺乏中央正确决策和支持，不缺乏好的发展思路和政策，也不缺乏令人振奋的目标，接下来一个重要原因，就是"执行力"的实施。金融危机席卷全球之下，各公司、机关、系统更应以"把信送给加西亚"为动力，增强国家凝聚力，塑造团队合作精神，应对一切危机，同克时艰。

世界上有各种各样的"送信"使命，无数人奔忙不息为此而"执行"，你是否具备"送信人"和"执行力"这些精神？职业是每个人的使命所在，敬业是人类共同拥有和崇尚的品格。从世俗的角度来说，敬业就是敬重自己的工作，将工作当成自己的事。其具体表现为尽职尽责、善始善终，融合使命感和道德感，其核心是敬业、责任、服从，诚实。人生路上，如果我们能够用双脚踏实工作，用大脑善于思考，用双手敢于创造，必定会成为一名合格"信使"。

失信，与孩子一个约会

为确保竞职工作公正和透明，近日，18 名小学生参与监考一场公检法干部公开竞职考试，就在"红领巾"考官小小的眼皮底下，竟有作弊者近 25 名，平均每人揪出 1.5 个。这源自甘肃省某市区的"非常规"举措，引起社会一片哗然。

如果说这是一场成年人与小孩子之间的游戏，那么游戏一开始就注定成年人输得无处藏身。百科全书这样界定"成年人"，达到成年且精神健全的人具有完全的民事行为能力是完全民事行为能力人。按理说心智成熟的人，应该具备一定的自觉性，即能、责、权、利的统一。成人考试应该说不用考官才对，在这场游戏中，年龄如此悬殊，心理和生理年龄如此失调，身体的巨人瞬间变成道德的矮子，活脱脱现代版"官场现形记"。

一直以来，我们都把目光锁定孩子，用最严厉的规矩约束孩子，用最尖端科技对付孩子，一旦偷卷作弊即罪不可赦，以各种手段惩戒、处罚，在孩子心灵的答卷上记下人生最沉重的一笔。而在大人的考试场上，秩序混乱，毫无规则可言。包括一年一度的普法考试，不是备有答题，就是公开抄写，甚至员工之间互相帮助，领导找部下抄写、替考。

考虑到交给成年人监考，或碍于情面，或怕打击报复。"红领巾"考官纯真率直，心无旁骛，能认真完成老师交给的任务。本想让监考从行为监督上升到一种道德层面的监督，用孩子的纯真激发成人考场自觉意识。如此严肃的公检法公开选拔考试，干警们竟然在孩子面前作苟营取巧之事，实在让人大跌眼镜！

想起前段时间，发生在杭州的"飙车"和爱心斑马线上醉酒驾车撞人事件，导致花季少年相继奔赴黄泉的，均拜"成年人"所赐！为此，有个留学生，说起在英国的一件事，生出感慨万千。因为急着赶路，的士司机在斑马线上戛然而止，留学生说现在没人冲过去吧。司机执意不肯，说孩子或许在远处的窗户看着呢。好一句"孩子在远处看着"！在司机眼里，社会是个大考场，人人都是教科书，给孩子最好的教育是每一个成年人的职责。

鲁迅曾说，道德这事，必须人人做，才有存在的价值。这是对道德的定义。不只孩子们该做，大人更该做给孩子们看。

反观这场人生考场上令人可笑的一幕，从考人员均正、副科级的领导干部，审判员，检察员，侦查员，这是谁的爸爸妈妈，是不是得用一生来铭记和洗刷？这是一支纪律何等严明高素质的队伍，难道说，大人的世界真到了靠孩子来监督，方能风清气正，确保竞职公正透明？老师不是常常教育我们要诚实做人？小孩子玩"抓小偷"游戏都争着当警察，不都因为警察叔叔在心中是个大英雄吗？

正如生活中——不能做榜样，就别当狗熊。也不能玩"老鹰捉小鸡""踢皮球""狼扮羊""躲猫猫"的游戏。我们习惯于从"娃娃抓起"，"做一个有道德的人"都是针对未成年人，而成年人却处处给自己抹黑。"老师，有大人插队"常让挤公交的大人相形见绌；有些父母亲是公务员，回到家就打麻将，结果孩子的日记10篇有8篇跟麻将有关；大人要外出就骗孩子玩躲猫猫，自己一去不复返；知错不肯改，孩子面前是一套背地另一套。当孩子犯错时，常常是穷追猛打，苛责求全；我们要求他们"听话""自觉""做个好孩子"，身为成年人、领导官员如此严重"缺钙"，还谈怎么立足社会乃至世界民族之林？

有人说，若想改变中国诚信普遍缺失的现状，唯一出路就是从政府做起，让党政官员在诚信上做出表率。可喜的是，中国"诚信身份证"日前在青岛隆重首发，据说《人才国家公信进程证书》的出台，意味着中国诚信社会建设步入了新的发展阶段。

但愿这不是一场成年人的游戏。

坏消息有多坏

由于媒体负面新闻太多，美国一个 12 岁男孩马克斯·琼斯创办了"快乐新闻"网站，每天浏览量达到 5000 人次。许多美国人说："如今的媒体让人们觉得世界正在分崩离析，疾病、战争、环境恶化……"这些消息让一个原本快乐的人变得压抑和沮丧；西方一些媒体长期热衷报道负面新闻，受众对此日益厌倦，一些人干脆"不看新闻了"。

"快乐指数"助推"和谐社会"建设。相信每个人都赞同这样的说法。反过来，如果一个社会治安混乱，车祸频繁，腐败案件花样迭出，势必会影响国家民众的"快乐指数"。

某日无事，打开"谷歌"浏览器，一则旧闻跳入眼帘——"四川 36 名医院领导落马职工放鞭炮庆贺"。消息虽然令人振奋，但我想无论是放鞭炮者，还是围观百姓，灿烂的笑容中肯定饱含泪花。只要搜索"领导落马"，起码不下十条："衡阳 10 名县处级领导落马""40 多个教育厅局长因教材问题落马""山西省 373 名领导干部因职务犯罪'落马'"……触目惊心。"当地百姓得知，俱欢欣鼓舞，奔走相告，无不拍手称快焉"这样"快乐"的新闻背后，隐忍多少心酸泪水；这样的父母官，能给予他的子民多少真正的快乐呢？

随着信息灵通、触角敏锐的网络作用日益凸显，"蝴蝶效应"不断在网络反腐领域中呈现。"蝴蝶效应"令人激动，教人着迷，有着其深刻的科学内涵和内在的哲学魅力，但迷醉于这令人眩晕的美学色彩中，代价是昂贵的。

或许基于此，近日 QQ 流传一张报纸，从头条到倒头条，从报眼、报肩到报谷，每一则新闻都令人鼓舞，每一个好消息都是我们心中祈盼。后来得知这是有人蓄意"谋划"一帧假报纸，但还是让我辈传了又传看了又看，乐在其非凡的构想中。

从医学角度来说，看了不开心的事情，会给人带来坏情绪，它会使我们的脑细胞释放出肾上腺素和皮质固醇，这些生化物使我们身体转入一个动员能量去应付威胁的状态，长期在这个状态中会引起健康上的问题。"坏情绪"较之于"好情绪"，更容易被传染和形成病态，这是因为在进化力的作用下，人们更容易和消极的情感因素步调一致。有人问美国前总统尼克松，在竞选时你从早到晚到处与人握手、微笑，怎能受得了？他回答："……你在对他们微笑的时候，心里一直在想踹他们一脚。"类似这样的"笑不由衷"，时间长了会给皮肤带来皱纹或造成脸部肌肉痉挛，而且会耗气伤神、扭曲心灵，于健康毫无益裨可言。就像花纹越妖艳的毒蛇一样，教人着迷的"蝴蝶效应"，其毒性最大，杀伤力也最大。

人之初，性本善。按理说，人，是不该分好坏的，如果要分且一定要分，那结果就是两种人，一种是大心眼，另一种是小心眼。"大心眼"目极千里造福万千子民；"小心眼"目光短浅只筑个人安乐窝。百姓生存状态如何，民生是最大的政治，而改善民生就是最温暖的政治。调查显示，民众对政府的信任度，和平等和谐的社会氛围，是决定国民快乐与否的重要因素。

在兰州，一位迟暮老人，为捍卫"斑马线"上最后的尊严，用愤怒的砖块砸向违章车。此举曾一度成为广大网友的"快乐源泉"。我想，如果哪天，百姓的"快乐"不源自"愤怒"，呼声越来越少，语句越来越温暖，那么这个社会才真正快乐，祥和。引用孩子的一句话：世界干净了，地球才会笑。

今天的觉明天醒

在手机更新换代的今天，我喜欢打朋友的固定电话。

给朋友打手机，专线一接通，朋友必接无异。这当然不包括朋友正在"忙音"，或开会或开车。而拨打固定电话，就像茫茫人海中寻找最需要寻找的那一位。电话响了，朋友竟然在，是意外。并接了说是你？是意外更是惊喜。是特定的时间特定的收获。是万分之一的中奖概率。

如果朋友因事外出，在不确定的时间里给不确定的我，回拨，那又是一份意外之外的惊喜。哦想我了吧！当然，这样的意外和惊喜，是双方的。

想起若干年前，那时还没有手机。一个区域，一个单位，一个村委会，只有那么一台电话。找人得经过总机转达。接一个电话弯山曲水大半天。村民拿起电话就叫"大伯父"的笑话，比比皆是。我想这样的笑话，也正是那个年代最简单也最复杂的幸福了。常常能让人久久回味。

如今手机响了。开车的，用右手接；开会的，缩头缩脑接；蹲厕所的，屈身卑膝接。忙碌与不忙碌，开心不开心，指令一来，你都得接。反正是你设的专线，找你办事，找你应酬。嘀嘀嘀，嘀嘀嘀，一遍一遍，撩拨你的神经。"未接电话"一个个记录在案，你不回？就等着更长的唠叨和数落。你不去？因你造成的损失和伤害，一句话"朋友很生气，后果很严重。"

给朋友打固定电话，这样的困扰大多不存在。你可以因为太累暂时"不在服务区"，知道朋友很想你，你很满足。这时的你，可以让心作稍息状态，待心境好了，再做立正姿势，认真回复。倘若当天不回复也问题不大，你有你的生活，我有我的事情，朋友决不会因你的"无知"而责备。

曾看过两期电视相亲节目。女方提出条件，男方能不能当即在全国观众面前将手机给她查阅，意思是说结婚后要"我hold得住"；一个男生问一个女生"如果我俩吵架了,你会怎么处理?"女生说"除了'生死'没什么大事。"后者给我留下了深刻的印象。

每个人都是独立的个体,谁也不是谁的手中沙,谁也不是谁的掌中物。正如法国艺术大师杜尚说的"没有什么最重要"。人生不能苦苦追问,"急"只能给生活减分。一旦你认定中的那份"固而稳定",不确定了,"不在服务区"了,你是否能让自己很快从"围城"正装信步地走出来?再比如,走了大半路程,你回头看看那位她或他,还能微笑着傻傻看你。走到岁月的尽头,伸手一摸,竟然还能牵到那只心甘情愿为你固定的手。你是否感叹,人生从此收获了一份大大的意外和惊喜?

如果今天的车一定要到目的地,如果今天的爱一定要谈完,如果今天的错一定要争辩清楚,如果今天的觉不能在今天入睡。那么一切如果都没有结果。

既然没有什么"最重要",那么就不必要"太重视"。偶尔让步伐慢下来,"让生活不在服务区"。慢,不是轻慢,不是疏慢。不是消极怠工,不是吊儿郎当。而是一种心态,是处世不惊的生活态度。

正如一杯纯白开水,不加冰不加糖,不求蜜甜不求速溶,却能持久解渴一样。一路慢慢地走来,一路淡淡的品味,生活才能恒久而有滋味。

一副沉重担子

亲戚给我们送来几棵"台湾枸杞"，叶片呈圆弧状，描着不均匀的藕红，据说这是新引进的食叶菜品种，有清肝明目的功效。正好有几个闲置的花盆。装上新泥，天天浇水。很快我们就能摘下嫩叶，变着花样做汤，口感滑嫩，味道醇和甘鲜。

这期间，常有老鼠爬上来偷吃，我们发现一次诅咒一次；远处的小鸟被这新鲜吸引，也来光顾，一边啄食一边吱喳欢叫。如果是"长尾"贼头贼脑的"偷食"，我们便愤恨不已，又喝斥、又棒打、又诱捕；如果是小鸟，我们便欢欣雀跃，躲在背处观望，生怕惊吓着它们，更希望下次再来。

于是，我想起一个词"偏见"。是的，人类对动物的偏见，由来已久。从小学到中学，我们认识了"如虎添翼""老马识途""老牛舔犊"。并带着这样的偏见和动物相处。见人就骂"贼眉鼠眼"，"猪狗不如""狼子野心"……用动物借喻或影射达到赞美或讽刺目的。

生活中，我们一刻也离不开动物。听鸡鸣起床；让家狗看门；用驴马节省人力；用动物烹饪各式美味；用动物的皮毛制衣，入药；仿生学告诉我们，鹰可以使人类想象并创造飞机；为了攻克人类难题治愈各种疑难杂症，小白鼠常被科学家们用作实验对象。

面对同样是动物，因其特性不同，我们却报以不同的喜好乃至待遇！"过街老鼠，人人喊打"；给好吃农家菜的羊上牙罩；给柔美的鱼儿以美食；给"宠物狗"以美丽的外套；给"国宝"大熊猫最舒适的居所；

而实际上，人和动物，对于食物的喜好是由环境和基因决定的。比如熊猫吃竹子，兔子吃萝卜，羊吃草，猫吃鱼等。鸡鸭猪等"家禽"因为有人工饲养，当然不用偷食。老鼠要生存下去，必然得花心机四处觅寻，因为基因不同，吃了谷物，于是被人类冠以"害虫"，千秋万代打入另删。想不挨骂有一点是可能的，那就是人类的基因改变，全都不吃谷物，那么老鼠才有翻身之日。但人类，是不会改变与生俱来的高贵的基因，而讨老鼠所好的。

如今，在英国专家们常用老鼠排爆或缉毒；神经生物学家证明"弄清胳肢老鼠发出的唧喳声"会更好地了解人类笑的历史；俄科学家研制"人鼠奶"质量将超越人类母乳。于是人类又给"过街之鼠"重新定义——老鼠将是人类未来的奶娘！从偏见到"正见"，到"高见"，全赖一己之见，一种发现，一项发明。

其结论就是，只有做对人类有益的事，才会受到拥护和爱戴。反之，如果做了有害于人类的事，必受到唾骂和遗弃。人类永远只会立足于自我的角度，带着主观情感看待眼前的一切事物。

"偏见"是人们因认识世界不全产生的主观臆断，论人就事常常浮于现象，或深或浅，依凭自我见解或见我情感，发表"以偏概全"的论说和观点。

其实，只要是生活中的人，谁都逃脱不了曾经有或现在有的某种偏见。只是这种偏见常常用作他人，从不针对自己。

据医学显示，人心的位置，并不正中，有点偏左。于是我明白了，原来人的偏见，是以生俱来的。是一种无意识倾向，就像激烈争吵时，人的身体总是向对方倾斜，在表示骄慢时，头部会不自觉地侧仰。《醒世奇言》曰"从左道一时失足，纳忠言立刻回头"，可见"偏左"并不是好事，古人将"旁门左道"沦为不耻之道。西方学者早就知道，"傲慢与偏见"是一对同胞兄弟。在这狭小褊隘的圈子打转，往往刁钻执狂，多半会硬碰磕死在里面。

傲慢与偏见是生活中一副沉重的担子。一头挑着狭隘，一头挑起自负，这不是轻松的人生旅程。所以造物主赐予人类左右各两只眼睛，两个耳朵，两只手，两条腿。一边自审修正，一边阔步前行。

道德外援

一辆 120 救护车被困车流中央。突然，人群中冲出一名老外，这位老外在车流中不断来回跑动。先是拦截了由北向南的出租车，双手撑在挡风玻璃上使劲把车往后面推，用并不标准的中文说着："不要来了不要来了，让 120 先走。"随后，又跑向另一侧拦截一辆欲左转的别克车，同样使劲将车往后推。热心市民受影响也加入疏导交通，120 救护车随即"脱困"！

日前这一幕就发生在中国四川省成都市浆洗街。热心、果敢的马丁已经 61 岁了，在英国长大，两年前来到成都。马丁的中国妻子周善碧这样评价丈夫："浪漫，和善。"

一直以来，我们以文明古国自居，有诸多解难救困的经典故事流芳百世。作为中国传统文化最典型的代表，"孔子学院"在世界各地兴办并成了一道道亮丽的风景。而眼下，"老外推车为 120 让出生命通道"成了老外在中国的最亮丽风景。

对于记者的采访，马丁用并不标准的普通话说：在国外很多车辆开车时，会考虑让他人车辆先通行，但在中国却不一样。这里很多司机都不太管别人，只管自己一直往前走。马丁多次重复说"这有点奇怪"。

老外的举动让中国人敬佩，怀揣抢尽一己私利德行的人应感到羞愧。孔子曰：礼失求诸野。明代许次纾有"礼失求诸野，今求之夷矣。"真可谓一语成谶。先哲早就想到要学习国外先进文化，只是没有想到世风日下的今日，我们需要的是道德上的援助。

莫以利小不为

某日，收到朋友寄来一封信。

在电脑 QQ 伊妹儿嘀嘀嗒嗒的今天，收到信件是一件令人异外和惊喜的事。

信件来自本市，和我所在单位只有一路之隔。但落到我手上是一星期之后。用朋友的话说"迟来的祝福"。用现在的话说"科技让生活离人越来越远"。

放眼当下，传统业已经没人搭理。人们足不出户可以"环球购物"，电子商务的爆发式增长让快递行业突飞猛进。是啊，谁会为一封本市的信件快马加鞭？做小不如做大，谁会去为蝇头小利扭转高科技的马达？

据报载，在遭遇了几次丢信事件后，西安市 66 岁的田玉成老人给自己发了一封信，想验证一下市内信件需要几天能到达。试验结果让老人深感失望，100 米远的距离需要 6 天时间。老人是个老报友，看报投稿的历史达 10 年之久。但十年后的今天，他无法投稿了，这让他很气愤和迷茫。

在高速路为年轻人快速运转的今天，生活中仍有很大一部分人特别是老年人，他们不会上网打字发邮件，传统的手写发信仍是他们的必由之路，但现实中，生活已经将他们远远抛在时代的穷乡僻野。

有言道：莫以善小而不为。我想做生意亦然。莫以利小而不为。

比如吸管。小而微，轻若尘埃。在英文中，"吸管"还有"稻草"的含义。它被人漫不经心地叼在嘴里，随即被丢弃。但吸管在人们生活中，却有着举足轻重的作用。

从孩子的角度，吸管是开心的，饮料就是一个奖赏。

从大人的角度，吸管是有趣的，它能让人重回童年。

从病人的角度，吸管能帮助流质食物的有效吸收。

从瘫症患者的角度，它能改进舌头机能，提高说话清晰度。

从急性子的角度，它能改善人类粗躁的生活态度和思维。

从现代人的角度，吸管是时尚的代言人，啜着吸管能发出时代前进的声音……

中国浙江省义乌市"双童"吸管公司的老板楼仲平，正是在全球化的怒海狂涛中，如何将生命轻贱如稻草的"吸管"做成英文Ｖ——战胜和征服无数不屑目光。用大手笔书写"8毫利成就商业帝国"的世界神话。

一根细细的吸管，平均销售价格为8.5厘钱，利润占10%。有人说："仅仅0.0085元，能赚多少钱？"正是这个几乎可以忽略利润的产品，楼仲平把全世界都"吸"了过来。他在一片面积仅为18亩的土地上设计建造了工厂、生活和家，这种节约型、环保式"立体式土地利用"的设计，阐述和证明着"以小搏大"的人生智慧。他倡导的"小客户原则"和"精细化管理"，被几十家大专院校的MBA教材广泛引用。

时代还赋予这个鱼米丰饶之地无数传奇。比如打火机大王，比如纽扣大王，比如拉链大王，等等。像楼仲平一样，甘于做平凡事，做细小的事，也能"用18亩的土地创造相当于当地260亩土地的价值"，成了这些行业中真正的"隐形冠军"。

正所谓："故廊庙之材，盖非一木之枝也；粹白之裘，盖非一狐之皮也。"皮毛虽小，但聚集起来就能制成皮衣。因此，无论做人做事还是做生意，只要有正确的人生态度和经营理念，"善"虽小"利"虽微，以人为本"感性"经营，最终也会让我们成为强者。

"眼高"遇到"手低"

　　"你的孩子4岁时在做什么？瑞典的孩子用电钻当木工。"在南京召开的2013届亚太技术教育国际会议上，几祯国外孩子参加主题活动的照片令在场的中国家长感到震惊。

　　"你的孩子4岁时在做什么？"要回答这简单一问，于中国父母尤为窘迫。因为从那时开始，他们的孩子就走在对书本知识的求索路上，一刻也不能停歇。

　　意大利的北部，有一座少年工艺教育学校。这里陈列着孩子们制作的工艺品，瓷砖贴成的海马、珠子串成的人物、泥塑的树木和纸做的树叶等。仅一座小城就有33所工艺教育学校。孩子们从娱乐中学会了各种技能，了解现实世界。

　　有一个在加拿大的中国留学生说，学生生活几年最难忘的就是动手课。他说烹饪课、种植课，还有机械课……让他觉得生活是那么有趣，"动手拆装汽车，让我很有成就感"，他说，毕业回国后，很快就进入状态，和一家外资企业签了约。

　　有趣。动手。是的，还有什么比有趣着动手更富有人生意义呢。手，是人类智慧的翅膀。苏联著名教育家苏霍姆林斯基说："儿童的智慧在他的手指尖上。"我国著名教育家陶行知先生也提出了"手脑并用"的理论。在国内，很多学生都反映"动手的课程太少了"。其实，中国孩子的动手能力也很强，就是缺少实践机会。学校教育一味固守模式化，流水线，有些该做的学生也喜欢做的实验，为了赶进度都不做了。所以成就了中国孩子在考卷上总是遥遥领先，但动手能力却远远落后于外国学生。这种迫使孩子在书本中寻找生活和未来只是中国式教育的一场"独角戏"。

教育专家唐晓芸，曾在一次大学生面试中，问："你有什么能力？"并引导对方谈具体事情。

　　大学生回答："我的内核很强大，我非常有思想，我对社会和世界的思考比任何人都深刻……我的思想使得我想做任何事情都能做到。我看过非常非常多的书……思想很深刻……我就是非常与众不同。"大学生一再在"思想"上绕绕，令心理学专家直言"快崩溃了"。

　　毕业就失业。对于中国大学生来说，这并非一句戏言。2013更被称为"史上最难就业年"。大学生从校园走上社会，一个现实的问题就是无法接上地气。学生各方面都很好，但所学知识不实用，职业过于理想化。当"眼高"和"手低"相撞，当"志大"遇到"才疏"，很容易和现实产生距离感和对抗感。知识无法融入生活，学生无法融入群体。中国父母都深知这其中害处，业内人士也天天说日日讲，但要撼动这种现状，别让"钱学森之问"成了无解的谜，还得拷问全社会的"动手能力"。

"五分钟"人情

我所居住的大院，规定每晚十二点关大门。

以前值班的是个年轻人，每天都很准时，十二点整，不快半分，不慢一秒。铁门很重，深夜归家，下得车来，开门、拉门，真的很费力。所以，快到十二点的时候，总有一些人在"铁将军"挂上之际赶到。

后来，值班室来了一位大叔。

大院的居民楼，又逐渐添进买房、租房的人。

单位的工作，常常加班至深夜。这不，又逢下雨天，刚过十二点，又得对付那个又重又冰凉的"铁将军"了。

回到大院，发现门还开着，我窃喜，捡了个大便宜。

接下来的日子，我发现，这位大叔每晚关门，总要拖延那么五分钟。就是这关键的几分钟，许多在外的人作最后的"冲刺"，避免让自己"关"在院外。他们或形单影只，或同伴几个；他们或情侣，隔着门依依难说"再见"。在这寒雨料峭，露气浓重的夜晚，值班室仍能透着亮堂堂的光，仍能看见大叔披着一件外套，站在门内笑眯眯地等候。

对于这位上了年纪的大叔，五分钟可以让他免去许多麻烦，五分钟可以让他早点进入梦乡。但善良的大叔每天晚睡五分钟，用一份细心迎回许多夜归的人。

生活中，我们天天际遇人情。千里漂泊，街角相遇，檐下数落，门边守候。每一个言谈，每一个举动都饱含人情。

拖延，都说是一种症，"没有时间观念"，指责为一种时间管理失当，拖沓的行为。推迟，延误，误点，故意，故伎重演。这些词，在这样的季节，突然变得很有味：人情味。给人情添加了温暖的味道。物为人开道，理在情先行。这种味道，使每个异乡都像家，每次归来都踏实。

人情味，是有人的地方最香最浓最温暖的力量。

陈小春的歌曲《人情味》就这样弥漫了夜色：

虽然初到贵宝地 / 有一些担心 / 不管我究竟 / 从哪里啊来到这里 / 一切风尘仆仆 / 全都不必在意 / 熟悉的人情味 / 贴心的人情味 / 飘香在空气 / 纵然漂洋千万里 / 离乡又背井……

"一米"奇迹

"赢在起点"相信许多人不否认，所以有"孩子，从胎教开始"一说。人生就像一场赛跑，当发令枪响起时，比赛开始。如果在此时你比别人慢半拍，在这竞争激烈的赛道上，便很难赢回来。

然而，在2014年索契冬季奥运会上，短道速滑比赛的中国选手李坚柔，坚定而柔软打破这个神话，一举夺取了索契奥运会首枚金牌。

决赛开始，擅长长距离的李坚柔起跑比其他三人慢了半拍，落后了前三位选手一米左右。李坚柔并不是一个好的短距离选手。然而，就在大家纷纷击起争分夺秒的掌声的时候，夺冠大热门的选手们急于超越接二连三地摔倒。正是起跑时那一米的差距，让李坚柔避开了锋芒和冲撞。她瞬间成为场上唯一的正常滑行者。赛后的李坚柔说了一句意味深长的话，"只有努力才会出现奇迹"。

教育亦然。在"赢在起点"的"能力早教"盛行的今天，许多幼儿学堂，打着"先进的国际教育理念""优秀专业的师资队伍"口号。一个对世界充满新奇的生命，本应在溪涧花径中享受最快乐时光，却因"幼前教育"推上了人生沧桑大道。许多家长说："别人的孩子都学，我们不学就输在起跑线上了。"然而人生，决定输赢的，往往是在路上；赢得奖杯，最后还是在终点。

有人说李坚柔太幸运了，她捧得奖杯是上天眷顾的结果。其实不然。在千万学子争过独木桥，就有人另辟蹊径，沉下心来苦学一技之长。

广西考生王诚伟，二本分数线的他选择了放弃，因为对计算机感兴趣，他先是进了一家IT培训机构，他说"拿大学文凭是次要的，重要的是学到真本事。"成绩优秀的他后来得到一家公司重用。而他的昔日同窗，大学毕业几年，还在为工作四处奔走。

现在的用人单位越来越青睐于"技能型学生"，"高分"弃学的人不在少数。退一步，进两步。今天看来，你好像比别人迟了。但深挖一口井，比你蜻蜓点水更有意义。

"流水不争先"，正如日本棋坛名宿高川秀格所言。人生如行云流水，动静之间，应该不急不躁，心平气和。机会，总给有准备的人。

一双手一张嘴一副神情

杭州文澜中学的任校长，因为在食堂给学生打饭，被学生亲切地称"打饭校长"。有人认为，校长此举纯粹是作秀。从 2004 年至今，他坚持了 9 个年头，任校长替学生打饭，你甚至看不到他的嘴，他的脸，因为天天打饭的他，戴着一副口罩。他用一双手，将一项工作"秀"成了一种常态，实属超乎孩子"父亲"之上的爱。

这让我想起了一位"用一张嘴和一副神情"和学生交流的人——夏丏尊。他曾饱含热泪翻译了《教育的爱》。他说"教育上的水是什么？就是情，就是爱。教师没有了情爱，就成了无水的池，任你四方形也罢，圆形也罢，总逃不了一个空虚。"在封建旧文化、旧礼教盛行的年代，他极力反对封建奴化的教育秩序，反对"对待教员要用当时官场下属见上司的'庭参'礼节"。他尊重学生，礼遇学生，曾自告奋勇地兼任被人瞧不起的"舍监"，负责管理学生食宿，指导学生的生活和行为。他向教务处取来全体学生的相片，一张张地摆在桌上，认识学生的面貌、姓名及其年龄、籍贯、学历等。学生无故请假外出，夏不应允，晓之以理一二小时才止。每天早晨，一一叫起还没睡醒的孩子；夜间熄灯后，见点烛者立刻没收。刚开始学生总和他对着干，他总是一副真诚的表情，从不记学生过，有事不告诉校长，只是自己"用一张嘴和一副神情"和学生交流。他致力于对学生提倡人格教育和爱的教育，晓之以理，动之以情，最后竟达到"无为而治"。被学生亲切称为"妈妈的爱"。

校长"打饭"，实际上也是对学校饮食卫生最好的监督。贵州遵义某小学用"腐烂的蔬菜"给学生做中午，就曾激怒学生家长，将烂菜搬到街道中间，"晒"学校食堂黑心之举。"打饭校长"首先食饱了学生的胃，健康了学生的身体，然后是温暖了学生和家长的心。任校长甚至记得哪些个学生喜欢吃的菜，经常问学生够不够饱，要不要再加一点，有时还会和学生聊两句："作业量多不多？""老师有没有拖堂？"……受校长的影响，副校长也加入给学生打酱油的队列，因为打酱油，学校很多学生的口味都一清二楚，甚至能辨出哪些爱添酱油，哪些喜欢来点醋，哪些喜欢又加醋又加酱油。

曾有过一份问卷调查。"大学生，你见过校长几次？"广东外语外贸大学的调查显示：45%的学生从没有见过校长；而在高校中面向50多人的调查显示，八成学生表示渴望见到校长。

几年前，长沙某理工学校，就有学生在阳台拉餐布——"邀请校长某某某来食堂吃饭"，以此表达对学校饭菜质量的不满，希望校方对此予以重视。许多学生几年的大学生涯，连校长的脸都没见过，就连与学生一起照张毕业照，校长也称"抽不出时间"，更别说关心学生伙食给学生打饭了。

古人言，"亲其师"才能"信其道"。诚然，一个学校，靠"校长打饭"、"副校长打酱油"并不是长远之计。但有一点是肯定的，校长这种在生活细节上的关心，比在主席台上的高谈阔论，更容易被学生接受。正如教育志士夏丏尊所倡导"以言教者讼，以身教者从"。每一位教育工作者，都应从中得到启示，如何以一颗"心"，和学生相处，和教育相处。

哥告的就是你

职场是一个大舞台，每个人的出场总是有限的，都有坐"冷板凳"的时候，有人就此一蹶不振。但有这样一个人，"冷板凳"一坐就是8年，"心太热"的他不久前一"发声"，将自己所在的单位告上了法院。

工资一分不少，工作基本不干。这是不少人渴望的工作生活状态。可杭州的老李不答应，53岁的他在杭州某省级机关的下属事业单位，从2005年调入，单位一直没给他安排具体工作，老李是不甘心白拿工资"被吃空饷"。

有人说没听错吧，有工资领还不用干活，这是上辈子修来的福，此人告单位是不知好歹。

中国有句俗话：占着茅坑不拉屎。说的是，在其位而不谋其职；《伊索寓言》类似的故事有"狗站马槽"。说的是，不吃草的狗，却躺在马槽对马嚎咆狂哮。讽刺那些占据职位或某些物质却不做事的人。老李觉得，占着屎坑不拉屎，实在是憋得慌啊。都说"吃人家嘴软，拿人家手短"，人都要有点良心，拿了公家的饷银，就要回报公家做点事。

在中国，吃空饷古已有之。"粮多冒领，则有饷无兵"，只是多发生在军队。中国"吃"文化是出了名的，"酒肉穿肠过，快意心中留"，现代社会将这种现象发挥极致。这些人不哼不哈，不咆不哮，"饷"声咂咂："从未上过一天班却领了9年工资"的"旷工饷"；长期病事假或超假不归的"病假饷"；拿着财政薪水却在从事第二职业的"多头饷"。贵州一个思南小县城，一次挖出"吃空饷"236人，最长时间超过10年，其中包括死亡的幽灵官员。还有"冒名饷"、"死人饷"……"娃娃干部"、"书包干部"等都是中国近些年特有的新名词。

不扯远的，就说近的吧。在刚刚过去的春节上班日，安徽省滁州市一名城管局副局长"提前签到"6个工作日。这都是吃空饷的奇招怪式。

有句老话说得好，"人比人得死，货比货得扔"。长沙环卫工人刘永亮患感冒因当天事情没做完挂着吊瓶坚持到底；吉林宋宝珠一边打吊瓶一边推垃圾车……这些生活在社会底层的敬岗爱业者，还有"心太热"的老李，都给了"占屎坑"的人以"饷"亮耳光。

职业，是上天赐予每个人的一份恩赏。职业不分大小，更无贵贱之分。对所从事的职业有敬畏之心，才会知道有所为有所不为。谁也不能随意让员工坐"冷板凳"，无作为和错作为，和"空饷"无异。吃空饷，将公共资源侵占为个人私利，貌同"贪污"，丑陋无比。无论他藏得多深，我们都要将他揪出来，拉下马。

爱不是大包大揽

大连 74 岁的周奶奶接到快递，打开包裹一看，原来是刚上大学的孙女，寄回了一大包脏衣服让她洗，从里到外一共七套，连内裤、袜子都没落下。在今年的两会上，就有国家邮政局官员在谈及快递便捷化话题时，忍不住爆料，高校学生把积攒的脏衣服寄洗，已经成了邮政的一种新业务。

有古训"喜不应喜无事之事"。意思是，不应该对不值得高兴的事情高兴。邮政局官员在全国"两会"如是"忍不住"爆料"新业务"，不是行业的荣光，也不是大学生思维创新，更不是两会的亮点，而是国家教育的悲哀。

一屋不扫何以扫天下。一个人，连自己的皮毛都不无法打理，还指望将来怎样展翅飞翔？

邮政官员一句"市场说了算"道出天机。

回想我们读大学那些岁月，请学校大妈或用洗衣机洗衣，那是不可想象的。我们省吃俭用，和男同学一样，每天提水上六楼，那是常有的事。"你只需负责学习"，如今的父母，除了关注孩子的成绩，其余一切，大包大揽。很多学生把穿过的衣服积攒一周，再全部拿去洗；高校针对学生的需求，顺应推出收费洗衣，一天七八十桶不等，生意异常火爆。

曾有国外院校明确表示：拒绝接收中国独生子女。中国孩子的独立能力差，已演变成一种社会病态。

"我的孩子留学不是去受罪的。"

"我的孩子从小就没离开过我们身边，他不会洗衣、不会做饭，怎么能让人放心呢。"

"我的孩子在那边吃不到中国菜，又没人给他洗衣服，想起来就心碎。"

真可谓"念兹在兹，无日或忘"。中国父母向中介结机构提出"开小灶"，硬要给自己的儿子配个保姆。校方表示，从没有给留学生配保姆的先例。中国留学生娇气，什么事情都喜欢找学校，弄得学校很头疼，不胜其扰。为此，国外院校一句"我们不要 Chinese"将中国学生打入另册。

从洗衣这些生活小事，看出一个人的品行，乃至折射社会的价值取向。好高骛远，好逸恶劳，好吃懒做。家庭的溺爱，学校教育的缺位，社会风气的养成，是形成孩子恶习的大市场，其结果就是生产人格不健全的劣质产品。

"欲思其利，必虑其害。"凡事不能只想好的方面，还要想想坏的方面。高尔基说过：只靠本能爱孩子，那是母鸡都会的事情。爱不是一揽包收。爱不是越俎代庖。祛除病态"公共污染源"，让孩子成长路上"无病无灾"，健康成长。

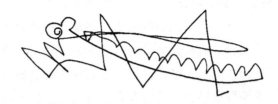

没风险才有风险

逢开学季，家长们便整"车"待发。"中国式接送"告别肩挑背扛的时代，"车"拥而至，汇成江河，成为举国上下一道别样的开学景观。

然而，杭州的彭衢杭同学从来不用父母接送。他的校长在回忆当年在大门口迎接孩子的情景这样说，"彭衢杭同学脚踩轮滑鞋、带着护具、头盔来到了学校，并且很有礼貌地跟我打了个招呼"，从小学二年级开始就一直这样，其父亲的教育理念和学校的教育理念很吻合。校长一句话"我觉得很有意思"，也让笔者觉得很有意思。

面对家长的质问"谁家孩子这么危险？"彭衢杭的父亲这样回答："危险不危险和孩子大小不成正比，只和会不会成正比。"的确，生活中有许多这样的例子。比如，五岁小孩会滑轮；五十岁大人不敢游泳。五岁孩子说坐海盗船"真开心"；五十岁大人坐海盗船"很受伤"。

因为危险，伴随着每个人的成长，家长要做的事是教孩子怎么规避危险。

我有个朋友，小孩刚学走路时，经常摔跤，奶奶一看到就要马上去抱。朋友从来不抱不扶，她先告诉孩子，走路要注意看路。有一次，孩子一开心忘了看路，结果摔倒了，奶奶抢着要去抱，朋友说，必须让他自己起来。孩子看见没人抱，就慢慢学着爬起来，而且还学会了看路走路。过马路，她有意识"放手"，让他一个人先过，自己在后面提醒和引导。上学第一天，朋友很认真地说"学校要自己去，马路要自己过。"然后尾随、观察了一个星期。这期间，朋友发现问题，解决问题。掌握了孩子一些好习性、坏毛病、不良动向。比如孩子方向明确注意力比较集中；比如他会给老奶奶让道会找同伴相约而行；比如他喜欢吃冰激凌想着法子叫爸爸给钱……

上学的路。人生之路。父母，总不能陪着孩子一起飞。孩子成长的过程，如果没有遭遇任何风险，恰恰才是最大的风险。

捡拾人生碎片

同学虹多年不见了，再见面时，仍是那副文艺青年的模样。她和朋友开了一个精品屋。屋里全是陶艺品，其中有一小角，里边全是文自己动手制作的布贴画。据说许多年轻人都是奔她的布贴画而来。每天收入不菲，还能做自己喜欢的事，这让我好生羡慕。

她说，你不也一直有这个梦想吗，只是你不去做而已。她掷出这么一句，狠狠击中了我。她说当初若不是你，我现在还一事无成呢。

学生时代，我最喜欢收集生活中遗弃的小玩意，在我眼里这些东西全是宝贝。比如铅笔屑，玉米衣，鸡蛋壳。我会将它们生变出许多图案，再经艺术处理、包装，就成了一件精致、让人玩味的艺术品。当时我的梦想就是开一个精品屋。

当年一个劲羡慕我的文，说"只有做梦的份"。如今的她却通过一双"笨拙"的手，零零碎碎的将她的梦捡拾起来，还实现了我一直没有实现的愿望。

在伊朗的德黑兰皇宫，你可以欣赏到世界上最漂亮的马赛克建筑。那里的天花板和四周的壁，看上去就像由一颗颗璀璨夺目的钻石镶嵌而成，走近细看，你会惊讶地发现，这些流光溢彩的"钻石"其实就是普普通通镜子的碎片而已。

在修建皇宫时，工人们发现破损了的镜子不能用，便弃之山洞。后来，一设计师将丢弃的镜子碎片捡回来，镶嵌到天花板和墙壁上。在阳光和灯光的映照下，好似一颗颗闪闪发光的钻石。谁能料到，玻璃碎片成就了德黑兰皇宫最完美的艺术品。

人生长长，梦想多多。生活中，这样的碎片随处可见，只是我们没有很好地守护和珍惜。有人为支离的破碎美景伤心不已，有人却能在一地水花中发现珍珠。

在场与缺席

一辆车停在路边，两只脚从车里伸出来，一位妇女坐在门口低头为脚擦鞋。日前，这一幕被"抓拍"传到网上引来众多围观。

身逢读图时代，能享受每一祯图片给我们予美感，实属幸事。面对这样一张图片，它冲击我们眼球，却给不了我们感官上的愉悦。

想象之前一幕：警车"哇呜哇呜"来了，"吱"打开门，主人公像《复活》的典狱长吆喝狗一样吆喝他的犯人——"过来！"于是，在烈日下的擦鞋妇女屁颠屁颠的携家带口奔过来。体力劳动伺候脑力劳动、两只脚伺候四个轮子。从"伸脚哥"的角度看，擦鞋人是下等人，伸脚给你是看得起你；从擦鞋人角度看，有生意就好，不管上门还是"下门"，上帝还是"下低"，多一分收入，孩子上学便成为可能。是"合乎福音的慈善"，此刻的心情，应或有若简·爱，得合掌感谢——在还不配获得的时候就已经获得了似乎平等的赐予和仁慈。

古有忍者身俱异术，蒙脸蔽体与黑暗为伍。现代人大隐于市朝。隐疾，隐收入，隐财产，隐姓埋名，隐匿党员身份，还擅于潜伏、潜匿、潜水、潜规则，逃逸、逃债、逃责、逃罪，必要时"断尾"逃生。胡长清做江西省副省长那会，用假身份证混迹，有关部门找不到副省长，不得不出动警力，成为改革开放以来第一个被假身份"牵连"落马的高官；福建省县书记的黄金高，因查腐受到人身威胁，不得不穿防弹衣，后来因受贿500多万元败迹。活脱脱新版官场现形记。

正所谓欺世盗名成风，索隐行怪者众，潜德秘行者少之甚少。傲慢与谦卑，勤劳与享乐，在场与缺位。壁垒对立泾渭分明，已经构成了某些官民生态镜像。诚然，现实生活中，不少领导干部"五官"不正，说官话，卖官腔，板官脸，摆官谱，写官文。用老百姓的话"官越小架子越大"。所以，官员下基层自己不打伞与温总理自己打伞"一伞擎天"对比，就引爆"领导能否自己打伞"的社会话题。

据悉，有城市"为官员进行商务礼仪培训"，要求领导干部"站有站相，坐有坐姿，从着装搭配，到握手迎送，说话声音"等都要讲究礼仪的"套路"。窃以为，领导干部不单要进行"礼仪培训"，还要时不时进行"政治体检"，摆正"位子"祛除"脚气"，才能找准出发点和落脚点，立足于社会。精神流失，道义缺席都会导致钙质退化，而不能支撑起"人"的基本状态。

虽然事后经调查，公安以"司机属编外人员"回应。只要出问题，官方如"断尾"壁虎，态度惊人一致，"临时工"——成了社会问责的替罪羊。一个社会是否和谐，很大程度体现在上层对底层的态度。上层越谦逊，态度越诚恳，民众越拥戴，国家才有希望。

天堂里的昆虫

城市的灯，可以照亮乡村，而且多多益善。但乡村的"灯"移植城市，有时是单方的，一厢情愿。近闻，青岛花巨资从广西大明山引进万只萤火虫，然而，这些美丽的小精灵仅待了 3 天就死去一半。

古人有诗"逢君拾光彩，不吝此生轻"，只要遇到知音，萤火虫就会发光表达爱意；"雨打灯难灭，风吹色更明"——李白说萤火虫，"雨打"都不灭。"青岛花巨资"侬本多情，却"引"不来萤火虫，如此看来，城市真不是可留之地，虽然没有狂风恶雨，不是知音，也会一个个含恨而去。

在记忆中，萤火虫曾是我们儿时的好玩伴。就像冯骥才那篇"天堂里的昆虫们"描绘的那样，夏天，真正是孩子们的天堂。

二十世纪七八十年代，我住在地委大院。每到夏季的夜晚，在大院玩耍的我们，时常看见草坪上飞来星星点点的萤火虫。大一点的孩子捉到一只就放到药瓶子里，越攒越多，最后送给我，抱着亮闪闪的小瓶子就能香甜入睡。蹒跚学步的我就是从追逐萤火虫开始走向人生的。有萤火虫陪伴的那些岁月，我还为她作下诗句：

> 那只提着灯笼的精灵呵
> 昨晚又在我的窗前扑闪驻足
> 都深秋了，你也不添加衣裳么？
> 我吩咐院中的玉兰树
> 适当时候，翠袖轻举
> 为辛勤照看花草的你
> 挡那滴正在滑落的露珠

床边那只的蝗蚱呵

见了你的呼唤，一跃一蹴

因了你流动的血脉

我听见蚯蚓一拱一拱腰边泥土

青蛙也不愿睡了，纷纷出来深呼吸

草儿攀升，叶脉颤动

还有成片成片熟透的稻谷

都因了光之灵动，活色生香

你提着灯笼田塍地头走遍

生命的光辉，燃烧在夜幕深处

......

如今，在城市里看到萤火飞舞的情景，近乎神话了。面对钢筋水泥构筑的城市，那些与萤火虫有关的嬉戏童年和青涩初恋，已成为人们不可追忆的一种怀念。

要看到萤火虫，只能跑到遥远的乡村，或从专门养殖基地去观赏。只要在淘宝网打入"萤火虫活体"字样，就会出现各种出售萤火虫的信息：50只起卖，一百只299元，保证成活。据说，为了制造浪漫，向意中人表达爱情，做萤火虫的生意，最好就是七夕节或集体婚礼。越来越多的东西正被明码标价。

可怜之人，必有可恨之处。"我的爱只为你发光"实属现代人一厢情愿。青岛两万市民争相竞看，镁光灯猎猎，"钱时代"——萤火虫正在"被恋爱"。难怪有哈佛美国教授说，中国真正是"市场经济"了，有些事只要掏钱，就能进入"绿色通道"。刻意追求生物多样性，结果破坏了生态平衡，为满足自己欲求，动辄斥巨资，让爱成了"夺命金"。祸虽未至，福已远矣。没有赖以生存的栖息居所，何谈将浪漫和爱情移植？面对"此恨绵绵无绝期"的悲剧，我们怎样跟孩子说：钱，到底可以买来什么？

据说，蜗牛是萤火虫的食物来源。如今萤火虫要见蜗牛，等同于"与虎谋皮"，人类爱自己已胜过一切。以前一片片原生态青草地，如今正被贪欲、贪名、贪乐分隔着。昆虫之间已无法相见、相识、相恋。生态碎片化——给儿时常见的青蛙、螳螂、蜻蜓、蜢蚱、萤火虫带来致命威胁。"独坐池塘如虎踞，绿荫树下养精神""日长篱落无人过，唯有蜻蜓蛱蝶飞""轻罗小扇扑流萤"，古今诗句中那些活色生香的小动物，已经渐渐离我们远去。

感官刺激，不是真正的享受。内心安详，才是下手之处。萤火虫是生态环境的指示物种。如果人类不检讨自己，萤火虫——真成了"天堂里的昆虫们"，如同李白诗中所描绘，化作天上"月边星"。

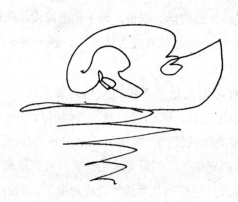

手下流情

　　每每过年，祝福短信便随风而动。我和许多人一样，用心编写一个短信。在新年钟声敲响之际，群发——祝福一样，祝词一样。字体一样，字数一样。然而，在这繁花生树，群莺乱飞的季节，有一种祝福，让我看到别样的年味。有一种提醒，让我五味杂陈。

　　"一则短信，一份友情；一声问候，一生朋友！馬年快樂！闔家幸福！"是的，先是这简单一个祝福，手写，拍下来，然后用手机传给了我。接着，我又不约而同地收到四五个，来自不同时期的朋友、同窗或同事的手写体，手机或QQ，传给了我。真可谓"笔墨与键盘齐飞，春水共长天一色"。

　　见字如晤。是的，看到字如同见了面一样。我看到了二十多年的同窗友谊，伸手可及，不曾离去。友人花样的笑容和熟悉的墨迹，在洁白的纸面上一一漾开。有质感有温度，隽永温润。在这样的初春，在这样的季节，多年不见的朋友，一行手迹，就这样暖暖的淌过我的心河。

　　于是，我想起和"写字"有关的那些岁月。班上最高那个男生，他的字却是最矮的，让我们常常掩笑不已；长得最狙犷的那个，写字像女孩儿一般，有段时间还让人瞧不起；长得最不好看的女生，字体娟秀又隽美，让我们懂得"人不可貌相"；有一同桌总不好好写字，所有"口"都是圆的，现如今却成了画家……真所谓"字如其人"。每一个字都是心迹再现，每一个字都是生命的震颤与脉动。它的形貌，是无可替代的；它的情感，是不可复制的。它是无与伦比的人间精灵和瑰宝。

　　然而，你还记得上一次写字是什么时候？在"还用信纸联络朋友吗？"的调查中，超过70%的人选择"早就没有了，都什么年代了"。不少人认为，慢吞吞的书信已经和快节奏的生活格格不入；有的回答最近一次写信还是学生时代，"太麻烦，要纸、笔，还要信封、邮票"；一在校大学生如是说：
"他从不给女朋友写信，因为怕给以后留下白纸黑字的'证据'，而电话里
的海誓山盟，不会留下任何痕迹，所以，他宁可多花钱打电话，也不愿意写
信。"

　　见字如晤。一般说法是，您见到这封信就好像我亲自去拜见您一样。《辞
海》释义："日"表示"太阳照见的地方"；"吾"表示"中立的、中间
的"。"晤"则表示"在太阳底下见面会谈"。"相遇，面对面"；晤，也
同"焐"，温暖之意；也表示"受启发而明白"。

　　"见光死"使现代人不幸死亡于无法晾晒的爱情。林觉民《与妻书》中
的"卿卿如晤"，笔过留痕，历经俗世烤炼，不失其本真。在千人一面千字
一体短信横流的当下，人们玩味着不清不楚不明不白"真情表白"——连名
字都时有发错，哪里还有"恐汝不察吾衷"而"泪珠和笔墨齐下"的诚挚情
感？因为疏懒，朋友间的鸿雁天使，已经变为了冷冰冰的"我很忙有事请留
言"。晤叙，见面叙谈；晤教，当面聆听教诲；晤别，见面告别。苏轼"留
灯坐达晓，要与影晤言"的情景，已难以觅寻。

　　日本早期教育家井深大说："汉字，是智慧和想象力的宝库。汉字模式
教育，是拯救日本教育的主要方法"；印度前总理尼赫鲁曾对女儿说："世
界上有一个伟大的国家，她的每个字，都是一首优美的诗，一幅美丽的画，
你要好好学习。我说的这个国家就是中国。"然而，在汉字诞生的国度，却
有"天之骄子"谈"写"色变；尺素美好，已成了彼此间的追忆与怀念。

　　今时今日，同窗旧友的新年祝福，传统既又时尚。又好像用笔提醒我，
没有束手就擒和一劳永逸的感情；又好像用老体字告诫我，不要忘记我们从
哪里来到哪里去。

　　友情，总有一些往事在诉说。年，总有一些情愫在维系。历史，总需一
些文化来承载。一支笔，一张纸。一捌，一捺。正在世界大行其通的汉字，
凝聚中国人的眼力，手力，心力，和千年古文化的张力和合力。情感，不能
游离历史之外。汉字，不仅让华夏子孙手擎先人的智慧明灯，也让世界看到
照亮未来的文明火炬。

快不过"马上"

　　"马上有钱""马上有房""马上有车""马上有对象""马上有一切"……马年的大门被这匹野马一脚踢开，我忽有一下实行了"中国梦"的错觉。"马上体"随着新年的到来，此刻正在大江南北脱缰驰行。

　　其实，在高科技迅猛向前的今天，"马上"状态，并不少见。电梯的出现，就实现了人们"马上到"的梦想。1楼到30楼，立等可"去"。

　　然而不久前发生在电梯的一件事，让里面的人恍如下了一趟地狱。"18个人挤入电梯，工作人员喊了半天，没一个人肯下来。结果，电梯因超重直坠到负一楼。"这就是发生湖北樊城写字楼的惊魂一幕。

　　这是一个"闯"优"争"先的时代。正如张爱玲那句经典名言：成名要趁早。中国人喜欢多快好省，快马加鞭，快递，快流量，高铁，高效率。自从来到世上，我们便理所当然地享受着加法和乘法。享受父母给我们喂食，给我们穿衣，然后供我们读书、工作，一边"啃老"一边成家。买东西的时候，我们总不断往秤里加，不见秤砣起飞不罢休；上公交车的时候，大家抢着占座位，生怕自己会吃亏。

　　我去乘电梯，碰到一对夫妻。每次电梯没到，有人就直跺脚，电梯没停稳，外面的人就往里挤。夫妻俩总不急，他们慢声细语，或一转身去爬楼梯，两人很默契，权当锻炼身体。谦恭礼让，历来是中华民族的传统美德。"电梯超重直坠负一楼"，看起来是"目中无安全"，实则是"胸无公德线"导致的一场集体下坡。

　　有人说，过年博口彩讨喜庆，无可厚非。专家说，"马上心态"是对国人的一次心理测试。它折射了国人的浮躁心态。淡然处之者自得其乐，那些渴望"付出少收益大"，则容易陷入纠结的泥沼。"马上拥有"不如"马上放下"。人生也在不断做减法和除法。比如辍学，生病，朋友分离，父母去世，失业，失窃，失败，失重。加法乘法做多了，我们要适当做减法除法。放下欲望，减去名利，抛开烦恼，去掉浮华。

人生在世，到底谁主沉浮？是上帝，还是你自己？梦想到底是什么？是睡着，还是清醒，是实干？《中国合伙人》有一句台词：梦想就是一种让你感到坚持就是幸福的东西。新东方掌门人的"骆驼定理"告诫人们，生活不需要像骏马一样炫目与驰骋，而是要像骆驼，因为马做什么都比骆驼快，但是骆驼一生走过的路却是马的两倍。

"恐聚"为哪般

同窗，人生旅程一个特殊符号。常常与感性的形容词搭配，纯真，诚挚，友好，相惜。同师受业。同窗抵足。同室之君。同窗故友。如今更是花样翻新，同门师兄妹。同桌的你。同学糗事。中国好室友……

有这样一说"同志不如同乡，同乡不如同学"。的确，相比同志、同乡，同学更有共同空间和时间培育出来的独特优势。因为有这份情谊在，同学，可以十多年不联系，一朝相见，也会碰撞出无穷火花。同学糗事——饭团即便成了糊，饱肚，温实的本质不变。因为有同学这份情谊，即便糊了，饭还是粘成块抱成团，摔之不去，你中有我我中有你。分别多年，即使各自有了新的择友观和社交圈，同窗友谊亦是其他情感无法取代的。

伟人毛泽东与周世钊的同窗情义，酬唱奉和为世人所难忘；"五四运动"被颂扬为"同学"中最夺目的时代；"双子星"胡斌和蒋海兵，以"遥控器"为钥匙，打开电子世界大门，谱写"同窗业绩"新篇章。

历史长河惊涛拍岸，左边友情，右边欲望。不知什么时候，"同室"开始"操戈"，同学聚会"让我伤心让我憔悴"。很多人在参加同学聚会时悲喜交织。喜的是同学重逢，悲的是自身境况。有的人意气风发；有的人相形见绌。聚会要你逼视自己毕业后取得的成绩，引发你关于个人价值的巨大焦虑和徒然担忧。老子说，一生二，二生三，三生万物。同学成长，我们分甘同味。同学事业有成，我们乐见其成。同学人缘好，我们资源共享。互促人脉积累，编织新的关系网络，何乐而不为？

翻山越岭，只为相会。同学不是用来"恐聚"的。来了，就是缘分，不谈成败，不计得失。见了，只有相惜，没有顾虑，没有失落。"半世功名一鸡肋，生平道路九羊肠。"当岁月的痕迹爬上额际，繁华落尽，我们轻轻哼唱的，可能是"睡在我上铺的兄弟，睡在我寂寞的回忆"。

"嗨，保持联系！"谁叫我们是同学呢。谁叫我们曾在第一时间植入了感情之花？谁叫我们曾在同一空间培育人生理想。谁叫我们还有那么多你知我知天知地知的窘事糗事？

同窗者。知足也。常乐矣。

瞻前和顾后

听说韩国要将"暖炕"申请世界文化遗产了。有国人就呼吁要将北方"火炕"申遗。文化部表示"不按韩国节奏走"，暂不会将火炕技术申遗。

对于韩国"要抢在中国面前"一说，有人风趣调侃："我家祖上的锅碗瓢盆多了去了，难道什么都要去申遗？耐得住寂寞，才守得住繁华。"好一句"不按韩国节奏走"。好一句"耐得住寂寞"。不仅彰显了中国的"理性申遗"，而且还看到了充满自信的中国人。

老祖宗留给我们的锦衣华食，真的多了去了。先秦文学之《诗经》，早就出现"菹"，意为酸菜。后来酸菜辗转韩国，才有了今天韩国为"泡菜"申遗；汉服，从黄帝"垂衣裳而治天下"那天起，便成了华夏民族的"皮肤"；书法源自中国，"至初唐而极盛"。如今听说韩国又要将"汉服""书艺"申遗……

曾几何时，中国也热热闹闹掀起"申遗"风潮。自1985年加入《世界遗产公约》至今，我国已有35处世界遗产，排名全球第三，是世界遗产大国。而中国每年用于申报就花费3亿元。有些贫穷地区也在逐利路上狂奔，"再穷也不能穷申遗"。鉴前世之兴衰，考当今之得失。观古是为了知今，以劳民伤财为代价，"申遗"就会陷入逻辑怪圈难以自拔。

春天到来之时，也说说老祖宗留下来的一点好东西。

春分，在中国民间上是个重要的节气。在每年的春分，世界各地都有数以万计的人在玩一个"中国习俗"，叫作"竖蛋"。选择一个刚生下四五天的新鲜鸡蛋，轻轻地让它在桌子竖起来。"春分到，蛋儿俏"，春分成了竖蛋游戏的最佳时光。

竖蛋，不仅是个技术活，还占尽了"天时地利人和"。春分这一天，地球地轴与轨道平面刚好处于一种力的相对平衡状态。这就是"天时"；鸡蛋表面并非光滑无比，只要用好上面的"小疙瘩"，鸡蛋就能竖立起来，当然，这只是微乎其微的客观现象；隆冬过后，大地回春，人的呼吸和心态都相对平和，加上思维敏捷和动作利索，为"人和"平添了客观因素。

"春分竖蛋"，是4000年前华夏先人留给我们的小游戏。春风过处，如今却成了一个有趣的"世界游戏"。"二十四节气"乃中国人"敬畏天地""呵护自然""天人合一"的生存法宝；那一个个饱含有对自然秩序敬畏、尊重、顺应的词汇和富于寓意的谚语，是我国劳动人民集体创造的智慧结晶。西方科学家曾预测，世界的科学中心将有可能转移中国，尽管西方有先进的科学技术，但缺乏中国人特有的思维方式，看问题的整体观和较为先进的方法论，而二十四节气，就是例证。

辑珍数典，中华文明五千年，类似这样的大智大慧，不胜枚举。

据统计，全国约有二百个申遗项目，其中一百个进入预备清单，按照联合国一个国家一年只准申报一个项目的规定，排队都要等上几百年。这一次，"中国式申遗"理性抽身。观念的转变实属难能可贵。

韩国申遗如是说，"暖炕"远比石油和煤炭"环保"。嘉善矜恶，取是舍非。从这个意义上来说，中国不单要有别人发现美的"毒"到眼光，还要有马快加鞭改善生存环境的切实行动。花钱"顾后"不如"瞻前"惠民，大国更要有大担当。与其热心申遗，不如用心护遗，用好老祖宗的东西，向"天时地利人和"的终极理想迈进，这才是弘扬人类古文化和申遗的价值所在。

你的墓志铭怎么写

清明节，据说一些高校老师给学生出题："你死后，墓志铭上将写些什么？"浙江大学的教授这样鼓励他的学生，"最好的人生格言就是墓志铭，"他认为，墓志铭是人的价值追求最集中的体现。

墓志铭，是镌刻在墓碑上的对逝者一生的总结性文字。是一种悼念性的文体。一向只写语文数学政治英语的大学生，如何给自己撰写一段墓志铭？

"这里长眠着／一个普通的人／但他活得像自己。"

"达则兼济天下，穷则独善其身。"

"人的一生在年轻，我非常珍惜年轻的时光。"

"我真的还想再活 500 年。"

"我从前是个胖子，现在和所有躺着的人一样有骨感。"……

"给爷笑一个，要不爷给你笑一个？"

励志。调侃。充满个性的墓铭志充斥其间。一方面体现当今大学生乐观的态度。一方面表达了学生珍惜当下的迫切心情。

清明节，本是缅怀逝者的节日。这样的活动让生者思考自身。有同学说，从来没有想过给自己写墓志铭，让人感受到了生命的短暂，在此之前总感觉死亡离自己很遥远。当然，也有不少学生认为自己的人生刚开始，想到死亡觉得受不了；有不少人觉得"很恐怖，墓志铭不写也罢"。

源自美国的"死亡教育"，始于二十世纪初。从幼稚园小学到中学大学，都可见死亡教育课程。或带孩子们走进火葬场参观火葬，或设计或参加一台模拟的"向亲人遗体告别"仪式，等等。而这些，在中国是无法想象的。

在传统观念中，中国人十分忌讳谈论死亡，更别说死亡教育了。都说"人有生老病死"，现代教育关于"生"、"老"、"病"的溢美之文，举不胜

今天的觉明大醒 JINTIANDEJIAOMINGDAXING

举，唯独"死"的教育非常缺失。由于民间迷信的蛊惑，和祖辈们的无知，各种宿命传说陪伴其出生、成长，使到青少年在死亡面前，表现出极端的恐惧、胆怯，在危难关头缺乏自救能力，甚至漠视、自杀和残害生命。

正是在这种社会大环境下，使得专家们意识到对青少年的"死亡教育"刻不容缓。可幸目前中国一些高校，开始面向学生开设《死亡教育》选修课。越来越多的学生认识到死亡的神圣性，开始了从"惧谈"到"直面"的心理转变。"死亡教育"走进课堂，并不是美化死亡，而是解除死亡的神秘性，让学生对死亡多些了解和思考，进而健康面对生死，坦然和乐观地生活。

"要重生，又要顺死。不能舍生，也不能忘死。"正如人文学院的一名女生写下这样的感悟。不知死，焉知生。墓志铭的写作，更多的是要带给当今学生主动地去追求和担当，懂得树立"实现什么"和"放弃什么"的人生价值观。

"一针一线"总关情

母亲每次用针线包,女儿总在一旁好奇张望。这不,她又在问个不停了。外婆为什么要打个结?外婆为什么要粘口水?外婆为什么每次都丢掉一根线?透过这一针一线,我联想起和孩子、和教育有关的丝丝缕缕。

先说说粘口水。都说孩子,抱在怀里怕碰了,捧在手上怕摔了,含在嘴里怕化了。所以天生带着宠爱呱呱坠地的孩子,多多少少都会有点娇气,霸道。当孩子蛮横起来的时候,就如同这穿不过针眼的线头,无论你怎么瞄,怎么皱眉,怎么使唤,都行不通。而且,每个小孩子都有自己的个性,不是千人一面,不是整齐划一,这就是人们常说的内因,是这个小孩区别于其他小孩子的内在东西。外因,通过内因而作用于事物的存在和发展,能加速或延缓事物的发展进程。这个时候,你得用含在嘴里的功夫,蘸点不是溺爱的口水,把线捋捋直了,让其回归正道。再推一推,一线生机,就此打开局面。

再说说打结。我们将针线,穿过来又扎过去,尔后,反过来又覆过去,最后,又严严实实地打个结。养育和教育孩子,何尝不是这样矛盾重重,纠结的心情呢。孩子害怕关灯睡觉,但我们不能一直让他亮着灯长大;孩子第一次离开家上幼儿园,稀里哗啦地哭得让你心揪;孩子出远门去工作去发展,我们就不能陪伴孩子一直飞翔。可以说,深爱孩子的每一个父母,都在硬着心肠养育孩子。看似矛盾重重,却是用穿心的爱培育孩子。

为什么每次都丢掉一根线?物尽其用。节约是宝。我们常常这样教育孩子。但每次缝补衣物时,我们总要拉掉针里的一根线,"因为太短,不能用了,"我说。

生活中,有些东西真派不上用场。比如,燃烧完的火柴骨儿;晾衣物用不到的绳子。因为用完了,火柴骨儿最终被扔弃在烟花满天时;因为无用,不被衣物遮住的绳子在日晒雨淋中渐渐腐掉。这一根毫无用处的线，却在使用之后和使用之前，系着一枚锋利的针，让你得以继续工作。只有视觉盲点，没有生活盲点，每个存在都有它的意义。生活中，有些东西看似"额外"，却举足轻重。小小的延伸，小小的提示，小小的线索。都连接大的发生，平衡的双方，漂亮的爆发。它们的一生并不起眼，但不可或缺。

　　人的一生，有谁能精确无误地，计算出额内或额外的事呢。做好分内的事，尽可能不成为负担。人生，就是光彩的逗留了一回。孩子最终不成材，不要紧，他的降临，是纽扣，系着你和你爱的人。孩子，就是你续上一炷香火，还有什么比承前启后，意义更重大的呢。

　　人生，偶尔的视觉盲点，没什么，但思想盲点万万不可有。

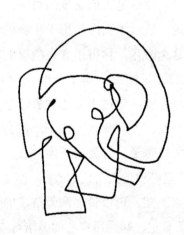

读书不打烊

4月23日，逢世界读书日到来之际。北京"韬奋书店"24小时不打烊，被李克强总理称赞"很有创意"，是对"全民阅读"的生动践行，希望其把不打烊书店打造成为城市的精神地标，引领手不释卷蔚然成风。

曾几何时，瑰丽宏伟的《红楼梦》，被日本著名诗人森槐南称赞"天地间一大奇书"；曹雪芹，则被法国出版评论界赞扬"具有布鲁斯特的敏锐的目光，托尔斯泰的同情心，缪西尔的才智和幽默，有巴尔扎克的洞察能力"。中国四大名著之一的《红楼梦》，迄今已被翻译成20多种文字，以中国古代文化的独特魅力风靡世界，折服着亿万读者。

然而不久前，广西师范大学出版社公布了一个"死活读不下去的书"排行榜。《红楼梦》高居榜首。其余《水浒传》、《三国演义》也尽数在列。很多文化学者为此心生忧虑。作家王蒙更是直言："读不下去《红楼梦》是读书人的耻辱。"

中国四大名著在国外炙手可热，被列入"一生的读书计划"。在国内却饱受"冷遇"，一说生活节奏快，不想挤时间再细啃一个大部头；二说其入门"梯度高"，文字艰涩受到阅读阻滞；三说"信息就是力量"，网络盛行的今天，有信息量，足矣。

中国名著之于世界，若干世纪前就广受关注。世界文学界有各种各样的红学研究会。汉字和国学正在世界大行其道。如果说我们读母语，都觉得"梯度高"，相形见绌，外国人有"隔山打牛"之神功了？

"浅阅读"和"梯度高"，是一对反比递增的词。一代一代"快餐文化"，滋长着碎片式的浅阅读，越来越多的人将蜷缩在巨人的阴影下，难以望其项背，更莫说超今越古了。今天不爱读书，明天更难读书。中国人不爱读书不爱自家的名著，已成世界上很没面子的一件事。

可喜的是，在日前"全国国民阅读"调查显示，国民图书阅读率和综合阅读率较上一年有所攀升；半数以上受访者，承认自己"阅读量太少"。一句"承认"，一个"攀升"。这在中国就是一件可喜可贺的大事情。

2014年，别问"时间去哪儿了？"知耻而后勇。就像毛泽东对身边陪护人员说的，能读懂几本就先读几本，这几本真的读懂了，还会影响下几本，至少是来了兴趣，有了信心。

2014年，躺进书堆歇歇脚，读一本一直想读而一直没有读的书。让"疾步""狂奔"靠靠边。让你的"姿势"影响身边的人。让大人小孩共享读书之美景，昼夜无眠。让智慧明灯陪护每一位爱书的人，有力前行。

中国工人刷亮"时代"

看不起劳动人民的人是最没知识、最不懂道理的人。在"五一"到来之际，想起前国家领导人李瑞环对劳动者说过的这一句让亿万劳动者感到"最暖心窝子"的话。

窝心。"暖心"的意思，亦有"恶心""闹心""堵心"之说。不久前发生在江苏宿迁的一件事，就让人感到无比"窝心"。一个工人手臂被卷入木材加工的机器，血肉模糊，机器运行二十分钟才被停下，昏死过去的工人，不得不高位截肢。面对高额的医药费和残疾的命运，老板却不闻不问，扬言"你有本事告我，我没有一毛钱"；

又同样是一个工人，同样是手臂卷进了机器。为救工人一只手，重庆一印刷厂老板破坏性拆卸价值130多万元的机器。有人问老板，130多万的"镇厂之宝"毁了，你心疼吗？老板说，机器坏了可以再买；人的手没了，花多少钱也买不回来。

面对血肉之躯，有人等同于冰冷机器。面对工人和金钱，两个老板可谓"各显神通"，冰火两重天。

都说"科学技术是第一生产力"。后一个老板，善于追根溯源。体恤"人命至重，有贵千金"，体悟"劳动者"才是第一生产力。要不他不会在紧急关头，一句"只救人，不管机器！"掷地有声。

尊重每一个生命，是做人最基本的底线。既然是"老板"，就不能板着脸，冷了血。不能闭眼尊重人民币，睁眼鄙视劳动者。做了老板，就要修剪心根，旨归本原。"老"有一半是"孝"，意为心要"仁善"。下面藏"匕"，老板要有魄力但不应有"杀气"。板字的繁体字中，为何"品"字坐中间？直指老板——树立好的品格，要有道德良知和社会责任。"科学技

今天的觉明天醒
JINTIANDEJIAOMINGTIANXING

术"是劳动者创造出来的知识含量最高的劳动工具。让没知识、不懂道理的人，去驾驭知识，蹂躏知识，只能使机器停滞，机制瘫痪。

近年来的中国，在世界主要经济体中保持最快的发展速度，并且带领世界走向经济复苏。"中国工人"作为唯一一个群体，曾经刷亮了美国《时代》周刊封面。"咱们工人有力量"，是的，我们的产业工人为世界做出了最大贡献。他们的人生最有价值，他们的身影最美丽。

然而，"中国工人"何以相煎太急？"中国工厂"岂能冰火同炉。墙内开花两头香，才是真的香。

劳动者的劳动，在任何时代都不能贬值。有美丽的"体"，有荣耀的"面"，才能集中体现中国社会的劳动观、价值观。在"体面劳动"不断被中国国家领导人阐述、强调和推进的今天。劳动者的劳动，这项社会的光彩活动，需要每一个中国人，用温暖涂抹，着色，添彩。

在"五一"国际劳动节如期而至的时候，让我们集体起立——向劳动者致敬！向尊重劳动者的人致敬！

梦不是睡出来的

今年"两会"，有人大代表提出"中国男性平均身高已经落后日本和韩国"的言论，呼吁全社会共同关注，挽救青少年"不堪一击"的身体素质。红红五月天，讨论青少年问题是必要的。

体育总局日前就这"不确凿"的消息发表了"重要更正"，说那是"2000年的调查报告"，不是近期在中日韩三国之间进行的有效的调查。所以不能证明"中国男性比日韩男性矮"。

梁启超《少年中国》针对"日本人之称我中国也，一则曰老大帝国，再则曰老大帝国"所言，梁启超也有过重要更正，"盖袭译欧西人之言也"，说是沿袭西洋人的说法翻译过来的。虽然两个"更正"有不同的时代指向。一个在风雨如磐的旧社会，一个是风和日丽的新中国，不可同日而言。但无风不起浪。多年来，中国学生的自理能力和体能比赛在韩国、日本中，"低人一等"之报道常见诸报端。

就曾有一篇关于中日少年的《夏令营中的较量》，引发了罕见的中国教育大讨论。20年过去了，学生的体能差异情况如何呢？"一点也不累！"赛后的韩国学生这样说；而中国学生比赛开始前，就有学生因中暑而退出。中国学生耐力素质在20年里持续下降，超重超胖，视力不良，速度、爆发力、力量素质呈阶段性下降。

"如果全国的少年也成了老朽"不是一句戏言，说得不好听，梁先生所描绘和期待的词"少年胜于欧洲，雄于地球。是初阳，是乳虎。潜龙，雄鹰，鲜花，宝剑，干将"，取而代之的是"温室花朵，草莓族，水蜜桃族，柿子族，网虫，腐男，宅女，脑残，逊、毙、晕、猪、呆"。

不说远处，不锻辞藻。近段时间，中国人民大学推出大学生"有奖晨练"

就说明了问题。"走出宿舍，走下网络，走向操场"的"三走"运动，操场上人影寥落：3 名同学在跑步，有 10 多个玩跳绳。活动第一天有大约 200 人参加，一个月后，骤减至不到 30 人，每天能坚持到底的只有 10 人左右。目前，全国范围内，很多高校都开展"早起有奖""有奖晨练"活动，可"有奖"均遭学生冷遇。

以这样的状况，中国男性身高"可持续发展"的成绩单不就得打上一个大大的问号？

我们的教育，正一步一步泯灭孩子动物的天性。日益增长的生态环境，人文环境脱不了干系。我们不停给孩子做减法。剥夺孩子和大自然相处的时间，低估孩子直面环境的能力，侵占孩子对抗恶劣世态的机会，消磨孩子实现人生理想的意志。关节硬，肌肉软，动作不协调，成为当前青少年体质的形象概括。不爱做梦，不会选择，没有斗志，缺乏信仰。正是这一代人的集体征状。

看见中国学生不参加户外活动，一日本学生说，大概有 2/3 的日本孩子爱好体育，活动形式很随便，棒球、排球或篮球，只要你喜欢。

体育的初衷和归宿，就是快乐。或许正是这一句"只要你喜欢"道出症结所在。中国学生的悲哀，是热烈地被"成绩榜"喜欢，被"终身制"喜欢。体育，于他们而言，是锻炼，不是活动，更不是喜欢。中国家长先是把孩子赶进笼子，然后用"有奖"诱其出来。剃头挑子一头热。未免有点一厢情愿，为时晚矣？

诚然，梦不是睡出来的，要保持足够清醒的头脑。正所谓：居安思危。安不忘忧。思则有备，有备则无患。弘扬"五四"精神，激发青年斗志。无论是梁启超的呐喊，还是人大代表的提醒。过去，现在。救国，强国。中国需要"少年梦"，更期望梦想照进现实。

推动摇篮的手

在节言节。节日到来之际，人们总想做点什么。比如春节，预定回家的车票，比快比亲情比温暖。元宵，提前制作花灯，比才艺比文化比科技。端午节，为龙舟赛事热身，比力量比胆魄比历史。中秋，比低糖比绿色比健康。重阳节，比孝心比资格比高远……

然而母亲节到来这一天，心里总没底。先是翻着日历找，掐着手指算，五月的，第几个星期，的星期天。不像除夕，七夕，冬至，望文生义，知根知底，一目了然；再就是看看周围的人的反响，上百度搜索、确认。然后踌躇着告诉母亲，好像今天是母亲节，西方传过来的。母亲漫不经心，问"不是我们中国的？"我说这个节日最早来自古希腊，是个宗教性的节日，后来由美国、经英国，发扬光大，变成今天一个隆重的节日。

就因为这个母亲是个洋妈妈，像没娘的孩子一样，让人摸不着体温、闻不到体香，内心不够踏实，不够安然。于是，就常常想，中国传统节日如同万物盛开，为什么唯独没有母亲节？觉得不管在哪个国家，哪种文化体系，感谢母亲是人最基本的情感。为何历史悠久有着千年文化传承的中国反而没有一个感谢母亲的传统节日？

吃粽子，让我们想起爱国诗人屈原；吃汤圆，可追溯"东方智者"东方朔。除此之外，就是皇帝老爷，天下第一，"朝野同欢"，诸如千秋节，万寿节等。中国传统的节日，大多与日历节气有关。与人无多大的关系。

推动历史的，往往是推动摇篮的手，可见"母亲"的影响力。"孝母"是中华民族的传统美德，在中国五千年源远流长的文化长河，"24孝图"中有"亲尝汤药"，"刻木事亲"；陈毅为母亲洗尿布；冯玉祥绝食一天纪念"母难日"；等等。这些都体现了中国人对伟大母亲的爱和孝。

然而，今天的高校，与圣诞节、情人节这些西方节日相比，母亲节在大学生中知名度不高。半数左右的人不能确切说出母亲节；65%的人从来没有为母亲庆祝过母亲节；八成以上的人表示，如果别人不提醒，不会想起给妈妈过节，更不要说准备礼物了。为此，就曾有45位全国政协委员联名吁请设立中华母亲节。每到西方母亲节之际，专家学者们就旧话重提，锲而不舍、一年又一年孜孜以求。的确，不同文化的母亲节形象代表都有不同的文化个性，流淌着自己民族文化的血液，承载着自己民族的民族精神。

　　所谓金贵的东西，总是来之不易。从最初的提议者到《母亲宣言》；从夫人到女儿；从举行集会到不断写信给国会；从美国总统"郑重宣布"到逢"母亲节"家家户户悬挂国旗。冲破多少羁绊，历经多少死亡、危机和战争，西方的母亲形象才得以高高屹立。

　　在此洋彼节方兴未艾的今天，中国既要国际性的节日，又要筑立自己的精神塑像。之于母亲，中国人既要"常回家看看"，也要有一个情感的出口，用心体认和真挚表达。呼唤中华母亲节，这是构建和谐社会的激越音符，更是中华民族伟大复兴的澎湃乐章。

"高人"是个动词

作协组织汽排球比赛。因孩子没人照料，我带上安琪去现场"观战"。

安琪还小，哪懂什么观战，全场的跑个不停。我这边一边比赛，一边照看她一眼。后来的她，竟很安静了，坐在边边。于是我得以安心进行赛事。

连续两三天，我一边比赛。安琪一边"观战"。

比赛结束了。我和球友们分享赛情，友情。我一边喝着矿泉水，一边看安琪，她在摆弄一盘象棋。球友指着棋子，随意问她，这是什么？炮，这个呢？车，那个呢，象，这个，兵。马。卒。女儿一连串准确无误，吓了我一跳，她一连串对答如流，让我不由得蹲下来，细细地看她。这太让我意外了。

我问她：你怎么知道这么多？当我抛出这样的问题时，我的脑瓜子立马闪现一位"高人"，一位慈眉善目的，叔叔或阿姨，看见妈妈在赛场上比赛，无法照料，于是将好动的孩子稳住，一边教了她这些陌生的汉字。我问她："是谁教你的！是叔叔？阿姨？"当然，是哪位叔叔阿姨，从孩子的嘴，不知所以然。或许一个，或许两个，他或她或站或蹲或弓，几分钟，半个小时，一个钟头。叔叔或阿姨看见孩子聪明可爱，寓教于乐，想了许些法子，和孩子处在一起，耐心地教了这些。

于是我想起母亲说的一件事。在我两岁时，家中第一任保姆，手把手教我写下我的名字。当忙碌的母亲下班回到家，看见桌上的白纸歪歪扭扭，充满稚气地写着女儿的名字，作为母亲的她，双眸顿时溢满泪水。女儿的名字，不是母亲亲手教出来的，这让她羞愧不已。如今，当女儿一声声"兵，马，炮，车，象，卒……"一字字清亮地发出准确无误的音符时，作为妈妈的我，低估了孩子的能力，没能抽出更多的时间陪孩子，心中顿时五味杂陈。有自豪，有温暖，更有一腔浓浓的愧意。我想，若不是孩子小，这位高人还会教她下棋，传她几下高招，若干年后还成就了一名出色的棋手。

大恩不言谢。高人如影随形。是的，人在旅途，像这样的"高人"，无处不在。在我们成长的道路上，在父母疼爱不到、关怀不及、教育不当的时候，让我们从此爱上自己的名字，从此爱上中国汉字。他们经意或不经意，成了我们的老师。直接的间接的，给我们的生活指点迷津，指出错误，指明道路，指引方向。我们或多或少的从中受教，受诲，受用，受惠，乃至终身受益。

是的，人在路上，众伴左右。人在前面，众在后方。"众"是一个簇拥着，向前的动作。一边提携，一边温暖，一边给力。

向植物学习

央视记者曾全国海采，家风是什么？一个重庆男孩说：爸爸每星期天打我一次。为什么？因为星期六不打，星期天必须打……为什么打？因为我老是吃饭时看电视。

说起这中国式教育，还真"打"事多多。刚过去的一周，杭州就有一个"女儿抄作业被父亲吊打不治身亡"；几年前"一天三顿打，孩子上北大"的"狼爸教育"就曾引来里三层外三层的围观。沉迷于植物研究的女儿在日记中写"我没有快乐童年"，因考试成绩不够理想，"狼爸"把女儿种植的花草全部扔丢，为此，孩子反抗要讲民主，父亲不屑地回应："你是民，我是主，这就是民主。"有赖于手中一条质地坚韧、弹性极佳的藤本植物，"狼爸"跻身"成功父母"行列。

"狼爸"认为12岁前的孩子，动物性占主要成分，还不懂得什么是快乐。从12岁至18岁，孩子才逐渐有"人性"。因为有了"孩子进北大"的炫目成果，"一俊遮百丑"——在中国家长看来，只要孩子能进北大，无论过程采取什么办法，手段多么恶劣，都无可厚非。

如此的教育配方，其实还缺少一样东西。那就是人的植物性。比利时弗郎兹·海仑斯说：人的植物性存在于童年。人先是植物，然后才是动物。童年需求犹如植物需要阳光雨水，公开、透明。成年之后，动物性力量占了上风，欲望膨胀，老谋深算。中国孩子缺少的就是美好的植物性，缺少清新，平和，自然，浪漫的好性情。因为打小时候开始，暴力的家风便在耳边猎猎作响。

不可否认，人先是动物，然后才是人。动物向人过渡，得先剔除动物中的狼性和兽性。而"中国狼爸"——还得先做一株植物！然后再做动物，中

135

国的狼爸首先得向手中的藤本植物学习，向孩子喜好的花花草草学习，否则遑论"教孩子做人"。

自然界中的花草树木，终其一生素面朝天，迎风舒展。无念无求，不妖不娆，不生气、不赌气、不叹气。凡事不强加他人，和尘土、雨水、泥浆融和，有担当，接受一切自然、天然、悠然，欣然生长。

多和草木相处，多向植物学习，心态会多一分平静、平和，少一点侵害、侵占和攻击。古人曰"夫道有是非，而技有美恶"。"技"是形式是手段，"道"是内容是义理，所谓技之美者必近道。如果我们的教育手段不美好，能指望我们的未来会明媚一片？

和惠家风。应如春风，化雨。润物，无声。

莫低头做人

温大城市学院不久前发起"暂别手机24小时"活动。30名学生报名参加。30分钟后14名体验者"中途退场"，3小时后"全军覆没"，活动不得不提前结束。

大学生沉迷手机成为"低头党"，令教育界头疼不已。从题海战术的高中进入大学，很多同学认为可以丢枪弃械了，心思全然不在学业上。于是第一学期成绩亮红灯者，不计其数。老师无不忧心忡忡"他们不看黑板，不看书本，手机一刻也无法离开视线范围"。

是的，在这个光怪陆离的社会，面对迎面袭来的各种新鲜玩意，真的需要莫大的勇气和定力。两千年前苏格拉底的学生，也不专注学业，他们只对闹市感兴趣，常常怂恿老师去瞧瞧那里都有什么"新鲜玩意"。走在繁华的古希腊大街上，苏格拉底无所适从。从琳琅满目的街市回来，学生们纷纷围过来问老师"有什么收获？"苏格拉底告诉他们，收获了一句话"其实我并不需要这么多。"

进入高等学府的大学生，面临的乃是更加广阔的无知领域，需要不懈的追求，探索。看清目标固然重要，人生的定力更重要。定，心专一净，净心守志。定力，就是使自己定下来的力量。人定下来，必是"身心"定下来。不散光，不走神，不跑偏，不停歇。毛泽东年轻时也跑去闹市，但他拿出书本，闹中取静——用读书锻炼自己的定力。有定力的人，不被假象所迷惑，不为名利而动心。恰同学少年，风华正茂。大学生要为人生设置理想，为理想付出定力。置心一处，无事不办。有了定力，才能学有所成。

有人调侃当今的大学生，三分之一时间学习，三分之一时间谈恋爱，三分之一时间玩手机。不是戏言。尘世的礼物，只堆积到愚人的脚下，而真正的智者，拥有一颗不受烦扰的心灵。司马迁写《史记》用了 15 年；达尔文写《物种起源》花 20 年；李时珍为《本草纲目》研究 27 年；马克思耗费 40 年心血写出《资本论》。愚人，智者。相形见绌。大学生的 24 小时，在这些数字面前，着实不堪一击。

大学生，从千军万马中脱颖而出，理应比同龄人心智成熟，心域广阔。窃以为，走进大学的大学生，是一个成年公民了。成人，成才，成业。成年人，要有成年人的思想和担当。成年人，首先要懂得选择。你想成为怎样的人？你希望收获什么？当代大学生是继往开来的主力军，是祖国的未来。正所谓"少年强则中国强"。中国要开创未来，大学生首先要"抬头"做人。

独悲和众哭

浓情的父母双节相继到来。围绕孝道，说说和"面子"有关的那些事儿。

春秋时期的楚国人老莱子，为了逗父母开心，70岁了常穿着五色彩衣，手持拨浪鼓如小孩子般戏耍。一次为双亲送水，进屋时跌了一跤，他怕父母伤心，索性躺在地上学小孩子哭，二老大笑。从这个生活片段中，可以看到老莱子以"哭"博笑，以"丑"表孝，平日里为使二老高兴，放下那微不足道的面子和身段，献出自己的怪相百态。

时空流转，哭笑错位。两千多年后的今天，像老莱子那样"用心良苦"的人大有人在。但此哭不是彼哭，这身段不是那身段。父母活着，不管悲喜；父母辞世了，做儿女的花数百元请人哭灵，代哭、代跪。真可谓"独悲悲不如众哭哭"。在一些城市"雇人代哭"已成为一种风俗。成了风俗，也就是说已经具有普遍性，大家认可了的，约定俗成。做儿女的以雇人代哭为荣，认为哭灵人越多越专业越好，既有了面子又讲了排场。以哭的分贝表达与死者的关系亲疏，以丧葬厚薄打造自己的孝德工程。

今年清明，网上代跪代哭就一度"热卖"：哭坟10分钟要价300元，30分钟900元。包括念悼词、磕头、放声大哭、喊亲人喊爹妈。整个过程30分钟到45分钟不等。电影《私人订制》代人哭丧的桥段已从幕上走到台下，演绎"生前不尽孝，死后瞎胡闹"之现代闹剧。

"观风俗，知得失"是中国千年古训。风俗，就是个人或集体的传统，社会传承之风尚、习性。老莱子的哭是为博父母的笑；现代人连哭都懒得哭，即便哭也是哭给别人看，与死者无关。尽孝，关键在于对父母活着时的关爱，是"厚养"而非"厚葬"。

孝德，孝感家庭，德化社会。风俗是社会道德与法律的相辅部分。老莱

139

子拂弃面子，将身段低到尘土而高高屹立千年。如果我们不为这样的形象加分，将媸作妍，将"雇人哭丧"打造成风尚。若干年后，子孙们有样学样，前仆后继，也说"你的死与我无关"。若地下有知，你也只有独自伤悲的份了。

苦难，人生有意思的部分

　　天气出奇的热，办公室里的空调被高频率使用。男同胞拼命将气温降至17摄氏度；女同胞比较耐热，将气温上调24摄氏度。

　　男同胞热是坐不住的，又把气温压下来；女同胞感觉太冷，又将气温往上提。这样，空调的数字时增时减。办公室的气温忽冷忽热。双方时常因为找不着遥控器，恼怒不已。天气本来就燥热，心情随之烦躁不安，工作起来事倍功半。

　　冷热对峙的当下，男同胞说了一个笑话："有天乘公交，一个女子从包里掏出手机正要拨号码。仔细一看，我靠！她拿着一个空调遥控器一脸的不好意思。"这分明笑讽"怕冷"一族嘛。女同胞们忍不住哈哈大笑……

　　从那以后，女同胞不拧巴了，每天自备一件秋凉的衣服，遥控器也不藏着掖着了，空调呼呼由他凉快去。男同胞见了，笑说："有这么冷吗？"女同胞调侃道："我是'某某代表'。"结果引得笑声一片。因为有一年，某县区代表来市区开会，遭遇了寒流，一时情急，披起毛毯，并自嘲"某某代表"。

　　男同胞念着女同胞的好，也尽量抬高了气温。平日里有闲聊吸烟的，也不再在室内"互敬"吞云吐雾了。烟瘾来时就到走廊吸一把。在这样封闭式的空调房，本来就不通风不透气。得到男同胞的体恤，女同胞心情美美，做起事来轻手快脚，顺心遂意。

　　天气越来越热了。去年，人们笑言"我与烧烤只差一抹孜然"。今年，人们戏称"满大街都是'熟人'"。加上如今"满写字楼都是'战友'"。白领一族将烦恼化作一句玩笑话，繁重的工作就因此愉快、轻松。挣扎和痛苦是我们生活的部分。幽默的人富于同情心，无时无刻在烦恼中传递快乐，在冲突中寻找化解的良方。妥协，是疏通"郁结经脉"的妙招，更是窗前的那缕和风细雨。

　　有学者说"如果没有苦难意识，我们必将在苦难到达时失去风度"。有时候，人生的过程，就是不断妥协生活、调侃苦难的过程。

坦然向天歌

贾平凹说，有人以教孩子背唐诗为荣耀，家有客人就呼出小儿，一首一首闭了眼睛往下背，但从没见过小时能背十首唐诗的"神童"长大了有作为的人。

我一直认为，唐诗是值得炫耀的，懂得背唐诗是荣耀的。

有幸，我们家的孩子喜欢读唐诗。只要一读唐诗，女儿就来劲儿。只要点读机一开，随着音乐缓缓响起，"鹅鹅鹅"，孩子就摇头晃脑"向天歌"。于是乎，家中老少，一起曲项，一起引吭，齐声和鸣，感受着格律诗抑扬悦耳的音乐美。

是的，如果大人不逼，学校不逼，在适当的时间，适当的时节，适当的环境，让孩子听唐读，读唐诗，真的比课堂上"满堂灌"美好得多。著名学者周汝昌认为唐诗"音乐性强，节奏性美，是世间上千种语文的唯一'诗的语文'"。

我想，唐诗的美，除了讲究平仄、对仗和押韵的音乐美，还在于其体现的生态美学。正所谓诗情画意，人在诗中游，诗在画中行。既培养情趣，又能陶冶情操。"日出江花红胜火，春来江水绿如蓝""碧玉妆成一树高，万条垂下绿丝绦""留连戏蝶时时舞，自在娇莺恰恰啼""万壑树参天，千山响杜鹃""城上风光莺语乱，城下烟波春拍岸""细推物理须行乐，何用浮名绊此身""物微意不浅，感动一沉吟"。充满人文光辉和浪漫主义的唐诗，是中国古代文明和古典美学的象征。

曾经有中亚人在拜菩萨时祈祷："这辈子是过去了，希望下辈子投胎当大唐臣民。"一位走在洛阳街道的历史学家，仰望着唐朝的天空任由泪水肆虐！是什么让中亚人甘愿回重中国大唐，是什么让华夏子孙如此不忍卒读？

人生在世，怎样才算有作为。大器大家？建树建功，发迹发达？如果每个人活着心怀重物，又要快速奔跑。沉重了人生，忽略一路风光，不尽人情，不体物意。正如今天孩子们眼中所描绘：滚滚的车流、沉重的学堂，还有哭泣的小动物。生活的诗意，正被世俗的雾霾所遮掩。人生的幸福和快乐，已被功名的纷争所吞没。

　　星月朗净，山川碧翠，草木温暖。曾经气象万千的"盛唐"四海闻名，天下归心。"礼教德化"的诗意人生，"天人合一"的精神信仰。唐诗句句，乐韵声声，无不是对正在高速行进的现代文明的一种提醒。

兑水的东西

日前，英国出台新规，如果谁在求职简历上造假掺假，可构成"欺诈罪"并蹲监 10 年。或许有人认为这样的处罚未免太重了，刚踏足社会的学生，难免"经验"不足。于是乎，在中国"百度"搜索，就有"如何美化简历""简历范文大全""技巧""绝招""攻略"等"经验"之谈，恒河沙数。去年，就曾出现"一个班 30 人冒出 16 个'班长'，剩下的全是'班干部'"的新闻怪谈。

在西方社会，守信是人们奉行的道德主轴，《圣经》关于信用信任的词汇出现几十次之多。在国外一些地方，只要你有不良信誉，都会记录在案，伴随你一生的事业，乃至生活的方方面面。诚信，好比第一颗螺丝铆，如果锈迹斑斑，你的一生就无法运转。

随着毕业季来临，现在不少大学生厉兵秣马，奔波于求职路上，力图成功迈出走向社会的第一步。"美化简历"于求职者来说可谓"人手一份"。其实，填写求职简历，真实最重要。

看电视的相亲节目，女孩儿个个打扮得像明星，公主。其中有个环节是看对方的素装，即"真实面貌"，本来男主角是冲"女明星"而来的，结果"唱戏的卸了装——原形毕露"。戏，终究没能唱下去。相亲，和经验无关。求职和相亲无异，素面相见最重要。选择喜欢你的弱点，包容你的缺点的人在一起。你情我愿，两个人才能相伴长久。人生中没打扮的那一部分，往往决定你的幸福指数。

诚实，是职场上最被看重的美德，也是求职者未来事业成功的关键。有位朋友的朋友，工作十年一共做过十一份工作。据说他类战屡败，屡败屡战。把历时太短或者不太光彩的职业经历轻轻抹去而不当一回事的人，又如何拿捏手中的那份工作？草率职业的人，终被职业抛弃。简历兑水，拿自己"短板"的矛，去应对重用你的盾，时间长了终会败下阵来。满意度，就取决你人生中的那块短板。

一份简历，关乎你的事业成功与否。淡妆，浓墨。笔，在你手上。

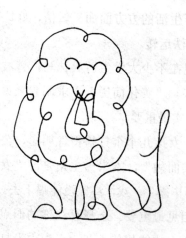

"秩序还好吗？"

　　四年一届的世界杯终于画上圆满句号。虽然说足球是圆的，一切皆有可能，但所有的偶然都是必然。各归其位，各得其所。该得什么得什么，不该得的决不会多得。比如德国，如同战车向着预定的轨迹，一直稳扎稳打地推进，像他们的见面礼一样：秩序还好吗？一场场下来，不走神不跑偏。该赢球就赢球，该捧杯就捧杯。

　　我一直有哈德情结。于是，比赛刚刚开始，我就将奖杯颁给了德国。赛后，我为德国鼓掌，狂欢。朋友问，你为什么这么喜欢德国？我回答，因为德国太可爱了。

　　是的我认为，一个知错能改的人是可爱的。德国在二战后对战争反思的一系列表现，让世界从中看到了一个值得尊重的德国。因为这个国家知道什么时候不该做什么，什么时候又该做什么。于是，德国该得到的得到了。喝彩的掌声。经济的腾飞。精神的高贵。敬仰的目光。

　　秩序。"规则，规定，条例"的意思。这个在德国人生活中利用率最高的词——"秩序还好吧？"一直引领着德国的全面腾飞。"按规则出牌"，注定赢得对手的尊重。赢得一个个赛事。赢得一枚枚奖杯。翻开我们的《辞海》："秩，常也；秩序，常度也，指人或事物所在的位置，含有整齐守规则之意。"读小学，老师就教诲我们"讲纪律，讲秩序"。

　　然而，有这样一个国家，和我们的关系"一衣带水""唇齿相依"，这个国家叫日本。从不顺应天道、与万物合拍同节；二战后，对自己的罪行一直不肯认错。就像我们土话说的"死鸡撑硬颈"。

　　中国有句话"该干什么就干什么"。是的，中国等得太久了。回想起中国百姓那一条条漫长的历经半个世纪的"控诉之路"，曾刺痛了无数中国同胞的神经。要日本一句道歉"比登天还难"的今天，中国不得不从中央档案馆挖出尘封多年的、字字粒粒渗透着无数中国人血迹的日本战犯"亲手笔供"公之于众，昭然之世。在信奉"入土为安"国度，我们不得不惊扰我们的先人。"每天1名战犯，将持续45天，"如此打扰传统、惊扰世俗，就是要让逝去的魂灵真正的"入土地为安"。且不说浪费多少国家资源，真真切切疼痛的是那再度被撕裂开来的道道伤口！正如德国东亚研究专家研究日本侵略史后愤慨地说："关于日本罪行的材料别说45天，就是一年365天，天天公布也公布不完！"

遵循自然天道与人间秩序，是世界得以运转的强大引擎。各尽其职，各归其位，各得其所。每个国家有自己的规则，我们也有我们的秩序。今天，我们要学一回德国，问一句"秩序还好吗？"并向着预定的目标、既定的轨迹，有力推进。

谁为作业狂

"亲，你还在为暑假作业发愁吗？本人提供代写服务"、"老顾客优惠"、"保证模仿笔迹，保证正确率，量大从优"。临近暑假，网络上就出现了不少"代写暑假作业"的信息。多年前代写大学论文，到如今代写中小学假期作业，"枪手"不仅明码标价，甚至还会组团合作。"业务"拓展之迅猛，真正是"我和我的小伙伴们都惊呆了。"

只要把作业以快递的方式寄过去，一般 5 个工作日完成。关于字迹，买家必须自备"手写体"供模仿。"中小学暑假作业一本价格在 100—300 元不等，作文另外计费。"

到底谁在为作业狂？记得我们小时候，没现在这么多作业，忙着做作业的同时也忙着玩。不像现在的孩子，暑假过了一半，完成作业还遥遥无期，"作业太多了，假期比上学还累"。对于还要奔波各个辅导班兴趣班之间的孩子来说，暑假真的一点不开心。"买卖"之所以会如此疯狂，应试教育带来的压力当然脱不了关系。有学生这样吐槽"我写一月，老师写一'阅'"，所以也造成一些学生不认真对待作业——"反正老师也不会看"。大多数孩子是因为想偷懒多玩一会，才"花钱买作业"。

代写作业的"枪手"多是在校大学生，据说这样的收入可以贴补家用。殊不知，大学生握着诚信这支枪，子弹打出去，全社会都"伤不起"。只要"花钱"就可以解决问题，这样的负面导向，对学弟学妹们的成长极其有害。

"代写作业"不管什么时候，都应无生意可做。要这种行业早早收摊，还要互联网筑起"防火墙"。家长、老师联手遏制各种毒害危及孩子。跳出教育谈教育，交给孩子一份有意义的作业。让孩子放松身心，参与各种活动。比如帮父母做点家务活；去敬老院做些有益的事；或参加体育锻炼；或去郊外走走接触大自然。如是，培育出来的孩子才健康，健全。

红灯没了绿灯没了

　　电动车没电，上班搭朋友的顺风车。"真倒霉，又是红灯"，朋友怪自己迟了半秒。红灯，在常人眼里，总是障碍物。然而，我发现，如果将红灯划入旅途预算。将所有的停，等，观，望，都当作旅途风景，一路笑纳。比如上班五分，出行四分，红灯占一分。人生将是另一场打算，另一场收获。

　　夏天是娃娃的脸。刚才还彩霞满天，顷刻乌云密布，准备下雨了。恰好前面红灯，我们停车快速取出雨衣，穿上。身旁一个男生，赶在最后一秒闯黄灯，顺利过关。这时大雨如注。到了下一个红灯，我们发现这位有胆闯关者并不喜悦。此刻的他，活脱脱一只落汤鸡。我想起《无间道》那句台词：出来混的总是要还的。

　　红灯，让我们规避风险，躲过一场自然的或人认的灾害。红灯，慢行。休整，反思。这短短的一分钟，有 N 种可能。我可能接到一个电话，或改变路线或取消应酬；我发现路边什么时候多了个美食店；前面三个骑自行车的年轻人怡然自得；小车里的估计是两口子，此刻正利用这难的空隙私喁几句……红灯，何尝不是人生一个小小的驿站。收拾风雨，又驶向另一段人生。低头赶路的我们，偶尔抬头看看天空。虽然无法回到慢生活，但偶尔的小憩会让生活得以继续。感谢红灯的温暖提醒。

　　这短短一分钟，我还想起明清那些事儿。明太祖朱元璋曾问众大臣："普天之下什么人最快活？"有说金榜题名快活。有说富甲天下快活。一位叫万钢的大臣说："畏法度者快活。"只是高官和珅，被抓进死牢后才晓得此理，"百年原是梦，廿载枉劳神。室暗难挨晓，墙高不见春。"因为他无视法度，贪得无厌，"狱中"的他只有"对月诗"的份了。

　　在规则面前，有人视为壁垒，憎之恨之。有人给予漠视，凌驾之践踏之。为官"有所畏惧",才不会伸脚试水;面对红灯,人人都要有敬畏之心。有一次市区停电。过十字路的时候我窃喜,呵呵红灯没了,孩子说黄灯没了绿灯没了。事实确实如此。红灯没了,车祸来了,"路怒症"犯了,城市烦了……

红灯来了,绿灯来了。在高压线前戛然而止,延续的将是无限的顺畅。至此,你才会拥有真正的自由与快乐。

佛说,人世间最可贵的不是"得不到"和"已失去",而是你现在所拥有的一切。红灯如佛,安抚众生。

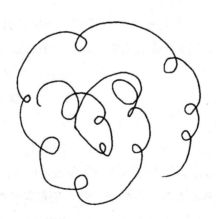

"一桶水"不敌"半桶水"

　　长长的暑假，想给五岁的安琪找个兴趣班。大家都认为，"厉害"的老师教出的学生才厉害。不是有句话这么说，"要给学生半桶水自己必须有一桶水"。于是，找了个师资最好的美术班，带着安琪慕名而来。

　　老师正在给小伙伴们讲如何学好基本功。一望二看三动笔。孩子们兴趣被激起来，画意正浓。个个像向日葵，老师走到哪，孩子的脸向哪，生怕听漏一句话。

　　老师拿出准备好了的示范图，一幅图形很规范的生动的"动物世界"。示意孩子们先用铅笔打稿，画出基本形状，同时要注意画中的主角，分清层次，等等。"你们先画，老师半个小时来检查。"便去了隔壁班。孩子们显然被眼前的图画迷住了。纷纷按老师的要求，用铅笔打稿。过了二十分钟，有孩子开始挠头。接着你看看我我看看你，一个个面露难色。老师进来看时，很不满意其中一个信手涂鸦。孩子声音弱弱地说："这幅画太难了，我画不了。"老师有满满的"一桶水"，未能教给孩子"一滴水"。

　　老师想必刚刚从学校毕业，虽然师从名家，从教经验明显不足。这幅示范图内容多、色彩炫目。兴趣班来自不同的年龄段，一个动物还没画好就画动物世界。老师的一桶水，搞不好这么一浇下去，孩子们"好奇心"淹没了，"自信心"熄灭了，从此不敢涉足画坛。我不免有点担心。

　　我鼓励安琪去试一试。孩子竟然拿起一支麦克笔。她在一张白纸上，一下两下，涂涂抹抹。虽然简简单单，正因为她凭想象去画，大胆的线条和大块的色彩，一只狗熊呼之欲出。孩子们"哗哗"称奇，都纷纷学着她画。不一会，人手一张。好一个百鸟齐鸣的"动物世界"。我不吝赞美之词趁机表扬了一番。真真是，半桶水也叮咚飞舞，半粒种子也有明媚春天！

向日葵也有畏光怕水的时候。我想，老师施教之前，必先读懂孩子。了解其弱点，成长周期，习性长势。"一桶水"老师要随时随地保护孩子的好奇心，自信心，想象力和创造力。有时候，不妨在孩子面前佯装"半桶水"，让孩子保持十足的好奇十分的兴趣，信心满满展开想象的双翅。要知道，再好的作品都是从涂鸦开始。

先读懂一个"0"

　　快乐的暑假结束了，学校的大门即将敞开。想起不久前教育部门针对老师收红包"零容忍"，是什么让道德的教鞭、法度之绳墨挥向清澈校园？

　　净土不净，异数突起。在"校园事故"频发的今天，人们对老师的好感，前所未有的从热爱跌到了冰点。"老师收礼""老师猥亵幼童""校长带幼女开房""博导长期猥亵诱奸女学生"……这些递进式复合词刺痛着学生和家长神经。

　　师者，传道授业解惑，等同于爱的摆渡者。家长把孩子送到学校，是希望老师将孩子送到智慧和文明的彼岸。然而，今天校园这方"净土"惊涛拍岸，暗流汹涌。摆渡人——老师，仰仗职业之便，向学生向家长索要青春费，"留下买路钱"。

　　去年，"老师猥亵学生"事件相继曝光，专家纷纷为保护学生、规范老师行为"支招"：女学生要提高自我保护意识和能力；受到侵害后如何自救及报警把损害降到最小；男老师约谈女学生要打开门；男老师召见女学生需三人在场……"老鹰捉小鸡""黄鼠狼吃鸡"是儿时最有趣的游戏，如今竟成校园梦魇！老师是培养人格独立的人，什么时候老师无法"独"处了？

　　慎独。是指一个人独处的时候，凭着高度自觉，按照一定的道德规范行事。衾影无愧，屋漏不惭。在暗处不起邪念，修身洁行，这是为人师者的境界。东汉杨震在赴任途中，昌邑县令怀金十斤来相赠，说："暮夜无人知。"杨震回答："天知地知你知我知，何谓无人知？"严词拒绝厚礼。东汉廉吏杨震"暮夜拒金"，为我们树立了"慎独"的典范。

　　为人者慎独，为师者更要慎独。老师，要做到"吾心有主"，不为外物所役，不被名利所困。自觉觉他，自渡渡人。净源净根，方可教人治人。

师者，人之楷模，应守一方净土，呵幼小心灵。今之师者，冒天下之大不韪，触犯职业"天条"。小恶不惩，终成大患。老师，一肩挑着学生的未来，一肩挑着民族的未来。"新规"希望能为千千万万的学子保驾护航。"0"的重锤高高举起更应重重落下。

"关掉"才能"打开"

有哲语这样说，"命运之神关了一扇门，将给你打开一扇窗。"窗，对于没有门的人来说，是救世主，是阳光，是恩人，是女神。但窗口太多，并不是美事。

我刚学会电脑那会，有一次，好不容易打的千字文章突然不见了。没停电，没死机，好端端的怎么说不见就不见了呢？于是我请来电脑师傅。一查一看，不说不知道。原来是网页打开太多，word 文档被挤兑，窗口隐藏起来了。师傅帮我把一个一个窗口关了，千字文章又豁然在目，"上帝保佑，太神了，"我喜不自禁，抱着拳忙不迭地"谢谢谢谢"。师傅说，窗口太多会影响内存运转。"人脑"亦然，相当于 80G 存储量，不清除不优化，"摄入量"为零，"人脑"性能差的还会"卡机"。难怪我的电脑经常死机。说得好听，是师傅太神了；说得不好听，是我贪心，花心，多心。

窗口太多，找不到窗口。相信很多人深有体会。互联网，为世界打开一扇门，为我们打开无数扇窗。在这里，我们来去无阻，纵横捭阖。在这里，我们神侃。我们"群"龙无首。我们百无禁忌。因为群太多，我们应接不暇应暇不接。你一言我一语，一面之识，一孔之见，一概而论；看新闻的以逸待劳，以管窥天，以偏概全，以讹传讹。发表言论的机取巧，断章取义，以辞取人，无理取闹。文章浅读，知识碎化，人格分裂。一天下来，关掉窗口，什么也没得到。莫可名状，莫名其妙，莫衷一是，莫敢谁何。

窗口多，得到也多。这一点很多人深信不疑。但就怕以为自己都知道了，又全然不知，或一知半解。以为眼观六路耳听八方就可以足不出户。结果出现了网民"只瞄标题不展内文"；最高长官对百姓"只知其一不知其二"的悲摧现实。

天下荒乱的西晋，百姓挖草根、食观音土，晋惠帝"何不食肉糜？"；广州原市委书记万庆良"不食人间烟火"，误导年轻人600元租4000元的住房，闹出了实践群众路线的大笑话。正可谓"夏虫不可言冰，蟪蛄不知春秋！"活不到冬天的夏虫怎么理解"冰"是什么东西？

　　古有"何不食肉糜？"；今有"实不知房价"。宅男宅女千万别"宅官员"。莫做蜻蜓乱点水；莫当浮鱼吐空泡。深挖一口井，犒劳的是一条村，慰藉的可能是万家灯火。

　　关掉才能打开。在虚拟如花的今天，不要让虚设的窗口和阻挡了虚掩的门。关掉窗口，夺门而出。你体会得更多，收获更多。

谁碎了一地节操

　　青奥会在南京圆满落下帷幕。伴随着无数掌声和喝彩声，还有观众席上的一地垃圾。由此，我想到了我们的孩子。

　　天气炎热，和女儿安琪去游泳。体育馆的儿童区内，孩子们像鱼儿一样戏水玩耍。安琪也乐在其中。见她玩得开心，我就故意放手，到成人区边学边照看着她。突然，她喊着要上岸。我火急火燎爬上岸跑过去，问怎么了？她说："我要去尿尿。"话音刚落，只听见旁边"扑噗"一声，循声望去，两个大人正在为孩子的"傻"发笑呢。

　　我摸着安琪的头，心头却是一暖一乐。"一乐"这孩子真逗，大老远的叫妈妈过来，上岸就是为了去小便。"一暖"是这孩子真老实，不"趁机博乱"，像大人水里一待就是大半天。难得孩子这份天性的可贵，作为妈妈的我一定成全。我一边点赞"安琪真是乖宝宝"，一边带她去找公厕。

　　其实，作为妈妈的我，对孩子这份"傻"劲已经见惯不怪。在她两岁时，我们在路边果摊买山竹果，离果皮箱 5 米远，她吃 9 只山竹就走了 9 次 5 米。秉性的纯朴，行动的坚持，态度的认真。使成人的我，自叹弗如。

　　就在我们去公厕回来不久，一个叫"涛涛"的孩子也喊着要上岸，他也要去尿尿。

　　接下来的几天。我发现，很多孩子都要求上岸小便。或许这是泳池的规定，或许这是孩子的天性。他或她，爸爸或妈妈，带上孩子屁颠屁颠地去老远找公厕。规定和天性，在这里互为映照，熠熠生辉。大人能成全，孩子能坚持，这本身就值得庆贺。我想如果在青奥会上，一万个涛涛一万个安琪，也不会出现观众席上一地垃圾的壮举。

　　孩子是天使，我终于相信了；你们的孩子不单是你们的孩子——这句话以前体会不深，现在想明白了。孩子是让你回头的人，是给你温暖的人，是让你纠错的人，是向你发出挑战的人，是治愈一切伤痛的人。

孩子让我们重回少年。心智成熟。晚节可保。如是，我们的城市更清洁，国家更美好。

生活先行

叔本华有一个忠告："生活先于书籍。"对于一个作家，汪曾祺最不喜欢说"去一个地方体验生活"，他更愿意说去一个地方生活。

体验，试验，实验，测验。一字之差，却异曲同工。为了了解它的性能或者结果而进行的试用操作，或为了察看某事的结果或某物的性能而从事某种活动。生活不是被了解、被察看、被试用、被从事的对象，而是用血肉之躯实实在在地在感受、感触、感知、感应的现实个体。对于老先生而言，体验，有种被迫的作态，不是主动的姿态。在一种介入和抽离的状态下，作家的创作思维若即若离，其灵感和诚恳度必定得打上问号。

曾有一段时间，网上兴起"开心农场"。人们浇水，除虫，收割。体验"农场辛苦好几年，一偷回到解放前"的虚拟生活。"足蒸暑土气，背灼炎天光。"的农民艰辛，在这里一个鼠标就可"忽略不计"。

世界上，种马铃薯的农民不少，爱吃马铃薯的人更多。但问吃马铃薯品种最多的中国作家是谁？恐怕没人能答得出。汪曾祺曾有一段下放生活。他种马铃薯，吃马铃薯，最后画马铃薯。先画马铃薯的花，再画马铃薯的叶子，然后画马铃薯的果实。先画马铃薯的全身，然后又画马铃薯的半身。先画一个马铃薯，然后又画两个、三个马铃薯，并形成了《中国马铃薯图谱》。此前，研究马铃薯的人都认为，马铃薯的花是没有香味的。但汪曾祺却发现有其中的"麻土豆"花——有香味。人们惊叹，为什么汪先生能有如此发现？因为他热爱生活，即便在那种被下放的岁月，也不改对美的留意，对生活的热爱。尼采说，一切文学，余爱以血书者。应该说的就是这种境界。

生活，是每个个体的真实存在，是生命所有日常的活动和经历的总和。较之于体验，多了一份主动，享有个人主体地位。就像雷锋说的"把有限的生命投入到无限的为人民服务中去"。是身心的投入，是情感的倾注。生活，就是要将触角伸到社会各个阶层，远离功名和利禄。

一个冥然漠之的人，怎让别人心头温热呢。不忽略生活旁枝末节，不敷衍生活日常状态。并从这细微和常态中发出悲天悯人的恸叫。写出来的血肉之躯，才更接近人的本身。写出来的作品，才更加接近文学的质地。

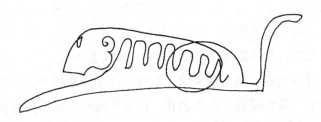

爱上不确定

叔本华还有一个忠告：靠读书学来的，就像我们假肢，假牙。而独立思考的，就如我们天生的四肢。

学写作文初期，我们大都有一本"优美词语参考书"。如同时下的许多写作人，一打开电脑，输入"百度"，应有尽有，千字美文一下就完成了。就像"别人餐桌上的残羹，陌生人挪下的衣衫"，当你将这些东西集于一体，一时说山东话，一时说广东话，南腔北调。此时的你，就活脱脱一个"四不像"。

学贵心悟，守旧无功。读书，是认识世界的一种途径。但别人的书，是别人的经验。我们阅读，是他或她在替我们思考。不思考，就把他或她认领，照单全收，是幼稚的，很危险的。读书，说到底是为了寻找一条钥匙，一条学会思考和解决问题的途径。

所以看了书，跳出书本，跳出别人的经验。然后自己说话，说自己的话，形成自己的语言。破万卷书，写好一篇文章，是广种薄收。阅读对方，领悟对方，最后形成自己的思考、思维、思想和思域。

大学毕业时，我最喜欢一句话：爱上不确定的未来。

写作，就像我们不确定的未来。文字，并非简单的静止不变，而是幻变中的自我期待。写作快乐，快乐创作。何来？写作可以认识自我，创作可以特立独行。写作的过程，就是创作的过程，是灵感涌现的凝聚，是激情创意的实现，也是理性分析的成果。"众里寻她千百度"，绝不是"蓦然回首"那么轻易所得。让梦想照进现实，我们得付出毕生的精力。

"呵呵"算什么

最近网上有句话，世上最容易的事就是"失去联系"。反过来，世上最难的事就是"保持联系"。

就像 QQ，有人在线，但别人打招呼，他不理，"您好，我现在有事不在，一会再和您联系，"心不在线，不算"保持联系"；有些人隐身，但所有群里的消息都历历在目，但她不发表意见，三缄其口。不和遭遇的环境发生互动，冷漠还击，也不算在线；有些人在线，问什么也答什么，嗯嗯，额额，人云亦云。或用图像回应，手势摆摆，舌头伸伸，不发声不表态。或咧嘴或嘿嘿或呵呵，笑声暧昧，不显山不露水。看到它，有人黯然神伤，有人憋出内伤，有人直接掀桌……难怪，网友评出年度最伤人聊天词汇，就是"呵呵"。

不问出处，不究原因，不解决问题，都不算在线。接通对方，倾听他或她的喜怒忧虑，回应你的感知。人在线，心在线，才真的在线。

又如手机号码，有些人不将"爸爸"、"妈妈"、"儿子"、"女儿"存入手机。问他或她原因，说是为了防止手机失劫，被别有用心的人讹诈和勒索，谋财害命。虽然"爸爸"、"妈妈"缺位，为了保护亲人，有爱在场，用"心"储存。

所以，身体到场还不行，还要有心在场。

作家便是如此。用爱，和亲人乃至民众"保持联系"，体恤民众对生活的种种意愿。作家，要和生活保持联系。和发现美的眼睛保持联系，和善良保持联系，和耳朵保持联系。

"保持联系"还考验人的耐力和持久性。一直身体力行，才能真的贴近。用眼睛去观察世界，用手去丈量天地的高度和宽度，用肌肤去体恤土地的温湿冷暖。写出来的作品才能永葆生命力。

私款公用

何谓快乐？在吕老伯看来，快乐就是你乐我乐大家乐。

江苏 76 岁村民吕友芝"挪用私款"，用两个儿子给的两万元购置太空漫步机、扭腰器等十种健身器材，在自家老屋 20 多个平方米的菜地上建起了一个大众"健身园"，让乡邻们进进出出，一起快乐享用。本来儿子见父亲病愈后身体要锻炼，给两万元在家里添一些健身器材，他用"独乐乐不如众乐乐"回应了儿子的不解。

生活中，对于公共设施，有人拳脚相向；面对社会上的大众乐事，人们往往热情不足，冷漠有余。我所在的城市，很多公共场所里的健身器材，"面市"不到两个月就断膀缺腿；好不容易为夜路装上照明的灯，时间一长就不翼而飞；有人占用公园的石台石凳摆摊收费；有人占用公路晒谷物，"举手长捞捞"捞到马路边……这种"宽"以待己的人，常为既得利益，乐此不疲。

关于快乐，恒河之滨的婆罗门，也有自己的诠释。婆罗门一生乐善好施，为了给路人解渴，他在田边打一口井，每天用 14 只瓦罐盛满了水，人们称为"义井"。一群口渴的野狐来到井边，狐王把罐里的水喝完就把瓦罐摔碎，然后舞之蹈之，以除善行恶为乐。婆罗门不以为然，他用木头制作了十四个更坚固耐用的水罐，"义井"汩汩延绵，无休无止……快乐，可以用瓦罐盛装，可以用木头制作，可以仰起高高的头颅畅快痛饮。

有人喜欢"独乐其身"。有人喜欢资源共享；有人执着于鸡虫得失。有人奉"损私肥公"为美德。正如吕老汉所说："农村的留守老人多，小孩子玩的地方也少，我要让大伙都来分享健身的乐趣。"这位"公益达人"，用自己的善举践行"文明、和谐、友善"的社会主义核心价值观。

对比一个乡间老农尚且能孜孜以求"众乐乐"，我们所谓的"城里人"到底可以做些什么？

无用事有用

　　沙滩上，几家人周末聚会。大家忙得不亦乐乎，生火的、串烧烤、包饺子的。一个女孩子兴冲冲地过来帮忙。父亲一句"小孩子一边玩去"把女孩挡开了。一男孩也好奇地挤进来，说我也要学包饺子。母亲说"去去去，你们学这些没用"，言下之意，我们只管把一切做好，你们只需张嘴过来吃就行了。

　　难怪美国首位华裔市长黄锦波说中国人，有教育无教养。生活中，父辈们经常这样说。孩子别管大人的事。不要插嘴。不讲废话。不做没有用的事。不搭理陌生人……

　　外国人认为，中国孩子很努力，但总是不够快乐，他们过于现实，缺乏浪漫的理想主义。中国父母亲都这样想，孩子具备简单的读书功能就可以了。不用处理人情世故，不用感知人间冷暖。然而，几千年前的孔子，主张先学做人，再去读书。首孝悌，次谨信，泛爱众，而亲仁，有余力，则学文。《弟子规》教我们首先要孝顺父母，善待朋友；谨慎做事；仁慈待人；再学习文化知识。现代人恰恰倒过来，更多的时候是注重现实和功名。

　　中学时代，我们学校有个排球队。有个低年级的学弟也想打球。不够资格的他，看见大家慵于捡球，就很乐意地帮大伙捡球。却从不会发球、到最后成为学校排球队的主攻手。他做九十九步无用的事，成就了一百步的"事业"，高考那年他顺利考进体育学院，最后成了一名快乐的"体育达人"，并拥有同龄人艳羡的自己的实业。

　　做无用的事也是一种能力。这其中包含克己，互谅，兴趣点的培养，学习力的生成，等等。

　　正如乔布斯愿意用所有的科技，去换取和苏格拉底相处的一个下午。聊些无聊的话，做些无用的事。人生中一些幡然醒悟，不就是无聊时刻和无聊的人聊无聊的话中得到的启发？

　　庄子说，无用之用，方为大用。正是此理。

放养也是爱

逢开学季，家长们便整"车"待发。"中国式接送"告别肩挑背扛的时代，"车"拥而至，汇成江河，成为举国上下一道别样的开学景观。

然而，杭州的彭衢杭同学从来不用父母接送。他的校长在回忆当年在大门口迎接孩子的情景这样说，"彭衢杭同学脚踩轮滑鞋、带着护具、头盔来到了学校，并且很有礼貌地跟我打了个招呼"，从小学二年级开始就一直这样，其父亲的教育理念和学校的教育理念很吻合。校长一句话"我觉得很有意思"，也让笔者觉得很有意思。

面对家长的质问"谁家孩子这么危险？"彭衢杭的父亲这样回答："危险不危险和孩子大小不成正比，只和会不会成正比。"的确，生活中有许多这样的例子。比如，五岁小孩会滑轮；五十岁大人不敢游泳。五岁孩子说坐海盗船"真开心"；五十岁大人坐海盗船"很受伤"。

因为危险，伴随着每个人的成长，家长要做的事是教孩子怎么规避危险。

我有个朋友，小孩刚学走路时，经常摔跤，奶奶一看到就要马上去抱。朋友从来不抱不扶，她先告诉孩子，走路要注意看路。有一次，孩子一开心忘了看路，结果摔倒了，奶奶抢着要去抱，朋友说，必须让他自己起来。孩子看见没人抱，就慢慢学着爬起来，而且还学会了看路走路。过马路，她有意识"放手"，让他一个人先过，自己在后面提醒和引导。上学第一天，朋友很认真地说"学校要自己去，马路要自己过。"然后尾随、观察了一个星期。这期间，朋友发现问题，解决问题。掌握了孩子一些好习性、坏毛病、不良动向。比如孩子方向明确注意力比较集中；比如他会给老奶奶让道；比如他喜欢吃冰激凌想着法子叫爸爸给钱……上学的路。人生之路。父母，总不能陪着孩子一起飞。孩子成长的过程，如果没有遭遇任何风险，恰恰才是最大的风险。

"没头脑"和"不高兴"

日前，一则宣传广告牌引发 Q 群里热议。

"发现火情快报告，打早、打少、要打了。"大家百思不得其解，答案也千奇百怪：

有人搞得热火朝天，发现了要趁早打掉，要打得后遗症少，不留后患，一了百了？

这句宣传牌是书写人写给自己看的？还是我的语文水平低造成的？

第二句有语病，缺一个主语？

细看落款。写的是某市森林防火指挥部制，某市公路局监制。为了弄个明白，笔者按上面提供的电话拨了过去。一吴姓兄弟接了电话。笔者问，打早、打少、要打了。是什么意思？对方愣了一下，你再说一遍。笔者又对照着宣传牌重复了一遍，加上顿号、顿号、句号。对方也细心，哪个早？哪个少？哪个了？问了三四分钟。对方又说，可能早上打得早就打得多？最后对方又说，打早打少，有很多解法的……

笔者想，如果是有火警就麻烦了。对方自称林业局火警值班人员，搞了七八分钟说不出所以然。

有人说：既然是火警，应该和灭火有关。

有人说：祈使句在广告语中使用广泛，可省主语，不用较真。

有人说：现在不主张老百姓盲目救火，是确保个体生命的前提下救火。

"打：打电话？报告？"

有人说："打少"——火点少时打？"要打了"——先礼后兵？先按通常的礼节同对方交涉，如果行不通，再用其他强硬手段解决？

有人说：如果是和火情有关，"打火"代替"灭火"不妥，打火是生火的意思。比如打火机、打火石、打火匣……

有人问度娘："打"除了打击、消灭、殴打、斗殴。还有下列意思：1. 放出，注入。2. 制作，制造。3. 拨动。4. 合。5. 玩。6. 收割。7. 猜。8. 汲取。9. 振作。10 摇荡。

有人说：风干物燥时节，星星之火可以燎原。火情如军令。救火就是救命。从早，从小，从了。从，依从、按照。

有人翻阅《辞海》："了"是这样解释的。1. 读 le，表示绝断，结束。2. 读 liǎo，①明白，知道。②完结，了结。

猜测。臆想。推断。远没完结。

于是想起近年来，恐怖分子给社会带来的危害。国内外针对反恐形势的日益严峻，提高预警级别——"打早、打小、打苗头"。保持严打高压态势，先发制敌，露头就打，消灭敌人的嚣张气焰。

又有人说了，现代恐怖主义走的是尖端路线。火灾，有时是一个烟头带来的，有时是一片清明冥纸引发的。一块根插在山区乡野的宣传牌，本意是想接地气，却引发一场学术讨论。你叫老百姓怎么"普教普法"？应该说，活学活用好的经验，这种认真态度是可以肯定的。跨行业整合也不失为一种成功尝试。但专业术语不是壮阳药——人人都可以用。"移植"不成带来"排异反应"，"嫁接"成活率直指"亲和力"。如果话不是说给老百姓，就别怪老百姓不买你的账。救火不是大学教授的事，救火也不是临时工的事。对老百姓有没有用，考验从政者的良心和智慧，还考验专业人士的素质和能力。

安全重于泰山。一把火，能把一个家化为乌有；一把火，能把一山林木烧成灰烬。救火是民生事业。消防是个技术活！歌词唱得好，"该出手时就出手"。不该专业的时候万不要卖弄技巧。小了是贻笑大方，大了就是祸国殃民。

当"发呆"成为大众娱乐

"你发什么呆啊？！"如果有人这样说你，好，你中大奖了。第二届国际"发呆大赛"不久前在京举行。

既然比赛，得弄清楚"发呆"基本要领。呆，身体包括口、如木头一般，无声无形。发呆有几种表现：①傻，头脑迟钝：呆头呆脑。②脸上表情死板，发愣。③两眼完全模糊，属于幻想状态或想着一些心事。④一直盯着某物看，其他事物在视线中模糊。⑤两眼清晰，站着发愣。

近百人端坐在比赛场地，场面很可观。发呆，本来是个体瞬间的被动状态，现在变成长时间"集体发呆"的主动行为。你能做到对外界事物完全不在意，眼睛向左上方倾斜渐渐进入发呆状态吗？一部 iPhone6 手机奖品，让众多选手趋之若鹜。

去年年底，曾在上海举行了一场"发呆大赛"。共 282 人参赛，优胜者也是一部 iPhone6。期间，主办方屡出"奇招"，轮番干扰，抵挡不住诱惑的视作淘汰。一个小时后，一半人淘汰。三个小时后，剩下 10 人。看来，发呆不是想发就发，人人都能发的。没听说"你发一下呆？""我发一下呆。"一声令下"预备！开始发呆——"这生命中的小隐私小秘密小毛病，如今汇聚成了烈日下的真人秀。到底谁比谁更呆一些？面呆了，心呆不呆？眼神呆了，肌肉呆不呆？脉搏蹿高不呆？心率下滑越呆？个个貌似思想者，谁更接近"无声之音，无形之相"？其透明度、纯净度、公平公正谁来拿捏和界定？获胜者 iPhone 一到手立马加入"低头一族，"岂不有悖比赛初衷？相信祖上祖下，今后谁也不敢炫耀"家族得过'最呆'奖"。

有人说，这是一个比拼的时代，一个作秀的年代。这厢对人家撩拨挑逗；那厢要人家"入定""坐禅"。是无良商家的雷人炒作？还是娱乐时代的文化选择？发呆，是大脑偶然的或自然而然的一种放空状态。是比赛，就有表演的成分，就会有观众。参赛者侧头歪脑、耸肩耸背，目怔口呆。围观者掩嘴咪笑，苦心揣测，因为还得为演员们投票，选出最心仪的那个痴男呆女。而表演最终的目的，是追名是逐利，具体到了一部小小的手机。据说，"在激烈的比拼后"，表现最呆的那个得到属于自己的那个苹果。

但如果以 iPhone 为噱头耽误了参赛者，谁之过？中学课本"阳明格竹"就是例子。王阳明听朱熹说"一草一木都有道理"，于是拉学友要把竹子的道理格出来："盯着它看，道理自会闪现。"学友盯到第三天病倒了。王阳明盯竹子到第六天，不但出现了幻觉，还出现了幻听，差点走火入魔。

看来赛事主办方的美好初衷——"回归心灵，静默人生"无异于痴人说梦。

天下熙熙，皆为利来；天下攘攘，皆为利往。当初，是物质叫我们出门，如今，物质又叫我们回归。利令智昏的今天，狂步疾驰的我们。抵达"大音希声，大象无形"是一种境界；惮悟"真理粗朴，大道至简"，需一辈子时间自我修为。素质、涵养和定力——这些属于个体生命的软实力，不是靠一次四个小时的呆坐就可以获得的。

被胡适先生称为"绝代奇书"的《淮南子》。描写和谐社会的人是这般状态：人们一点不焦虑，夜里睡得香甜。每天摸起床来，傻乎乎呆坐一阵，摇摇晃晃，憨态可掬。一会儿以为自己是马，一会儿以为自己是牛。动作沉稳舒缓，浮游不知所求。"得天地平和之气"，道法自然。大家相互尊重，不威逼利诱。和王阳明"以天地万物为一体"中理想的社会关系，一脉相承。只可惜王阳明的格理途径不足取。

对于被快节奏生活拖累的现代人，傻乎乎地发呆，是一种奢侈品。可遇不可求。发呆，是对生活的妥协，但不是痴呆僵呆迂呆。发呆和"与世无争"是暂时兄弟，但不以陶公"避世归隐"为伍。发呆释放纯净的自我空间。清空才能盛满。佛说"无我"，放下"我"。走走停停，祛毒排忧，为"贪、嗔、痴"做减法，我们才能轻装上路。

无独有偶，韩国举办的首届"发呆大赛"。最终一名9岁的小姑娘赢得了冠军。应该说不是"赢"，而是儿童最天然，最纯粹的本真反应。无忌无求的童颜和童心，最终取得了获奖的资格。

生命之渡

人生的渡口有无数。河之堤，江之滨。芦苇岸边。心灵湖畔。时而休整，时而起程。

岁月之岸虽已远，回忆却停在了江心。时光悠悠，载着深深步履，一下忧伤，一下苍凉，时而幸福，时而酣畅……一幕一幕，在倒影的江面上静静回放。

身为老师女儿的我，七岁就有无数"家访"履历了。

20世纪70年代末80年代初，钦州还没有中心。学生像飞散的蒲公英。一旦家访，母亲带上我，东到江瓦窑（东北大队）；南到尖山；西到北营（西北大队）；北到青年水闸。不知名的，更远。如果学生辍学，那距离就不是物理计算得了了。

那时候，"读书无用论"余威未了。母亲的班级，有个住在钦江对面的学生，十多天不来上学。有一次，母亲提前急急地把我接走。记忆中班里最晚被接走的那一个，常常"是我是我还是我"。因为老师妈妈总是很忙。

我被母亲急急的领着走着，走了一条很长很长的路。然后急急地赶去钦州江边。这是我人生中的第一个渡口——大石头。

说是渡口，充其量就是几块大石头。在还没有舟楫的早几年，大石头边只有一条用竹木搭建的浮桥。两岸百姓经过这简陋的浮桥，摇摇晃晃，险象环生。时下的钦州地委专员焦通过炳，是一位南下干部，过浮桥时不慎滑落江中。同是北方人的警卫员，在一旁束手无策，眼巴巴地看着焦专员被无情的江水带走。后来，纯朴的钦州人，将其墓碑立在钦州人心目中的大山——尖山顶上。

满河的忧伤

托起两岸的目光。

摆渡　摆渡

……

在没有"码头"的年代，大石头让匆匆步履得以停靠。艄公摆渡，成了两岸往来的唯一途径。

母亲牵着我，赶到"大石头"。我们站在风中等到夕阳西去。当木船被挤得满满当当，艄公才心满意酣"开船啰——"，只听"嗨"的一声艄公飞起一杆竹，一江流水便乖顺地向两边荡开去。晚霞映照一张张黝黑黝黑的脸庞，和着江水，泛起星光点点。我夹杂在一片嘈杂声中，闻着扑鼻而来的汗浸味儿、江水味儿，仍能听得到母亲急急的喘息声。

船驶至江心，摇晃着惊叫了一船。一个女孩很害怕："船不会翻吧？"话音刚落就被啀了一巴掌，船上的人转过身来睐她，嘴里不止"呸呸呸"。接着是大人一阵厉声责骂："不许说'翻'，不许说'侧'，不许说'倒'，不许说'倾'。""不不不"一遍一遍敲击在女孩身上，爆炒豆子般的撞碎在我的耳畔。很久了还有人不依不饶："再说就让你跪船头'食言'，讨饶船关菩萨的原谅。"据说女人上船还不能夸上船头。船头有眼睛，被视为"圣洁之物"，女人夸过船头，就是亵渎"神明"。我小心又小心的不言不语，生怕不小心触碰了神灵。

抵达岸边，已是月儿高挂。我奇怪在这陌生的路上，母亲仍能熟练的领着我东奔西突。两旁的树林茂密、杂草丛生。远处虫鸣、蛙叫，近处的是母亲和我脚踏泥土、扫打叶子的啪啪声。

终于来到一个村落。在破损的房屋里，母亲找到了她的学生。学生正在给父亲敷黑黑的中草药。我大概知道，母亲是想劝孩子回去上学。因孩子的家穷，还有一个病卧没钱医治的老人，孩子一两年内无法回到学校。但躺在床上的父亲答应，两年后，一定送孩子回去读书。我的母亲才宽慰的领着我离开。

仰望天空时，月儿已不知去向。因为没有了船，我们一边躲着狗吠，一边走在一条更黑更远的路上。睐困的我，时而被抱起，时而被放下。母亲不知哪里找到一根竹子，叫我抓住竹子一直走。后来我不知如何走到了母亲的背上。梦里还惊叫被狗狂追……还成了我不能治愈的一道暗疾。

两年后，江对岸的学生如期回到学校，成为母亲众多学生中的一个。每当这时，母亲就最有成就感了。"家访"过程中，也有令我们难过的时候。记得有一次，我和母亲好不容易找到另一个"蒲公英"。学生的堂姐竟然提了个鸡笼给母亲坐，意思"有意见去鸡笼顶提（啼）"。虽然母亲说那只是开玩笑，就因为这个，我有好长一段时间我都拒绝和母亲去家访。也竭力制止母亲去家访。

但我还是不断的随母亲家访。赶渡。中渡口。大渡口。大渡口也叫"平南古渡"。当时人说以前有个笑话。一个信使官路过钦州，因偷懒而耽误了行程，回去后谎报"在钦州第一日到青云路，第二日到平南古渡，第三日到厕水铺，第四日到了望州塘兼上路"。说的就是当时的钦州很小，一日足以走完。

关于"平南古渡"，我还是乐意听大人们说的那些和"将""士"有关的故事。看着悠悠江水，我常常遥想两千多年前的马援将军，如何将中原先进的政治、经济、文化带到岭南，德泽钦州百姓；明清倭寇作乱沿海，钦州的水师们如何从平南古渡出海征剿，上万钦州百姓如何汇集钦江两岸、杀鸡宰猪犒劳凯旋之师的壮景。为纪念将士们的功勋立的两块石碑"平南古渡""风平浪静"，虽然如今只剩下青苔斑斑、水渍一片，但英雄般的史诗存活在了我的记忆深处。

成长中的我，就这样不断的随母亲跋山涉水。游历人生。

古有"孔子游说"以实现自己的理想。正因为有了这段随母亲的"游说"经历，我知道我们的"母亲河"历经了百般磨难，也更珍惜她的汩汩水声。知道读书来之不易，"知识改变命运"也从此扎根我幼小的心灵。

《说文解字》释义："津，水渡也。"无人"问津"，就是没有人"探寻渡口"。成长中的我，回望人生的第一个渡口，就会想起了蔡琴的《渡口》：

渡口旁找不到

一朵相送的花

就把祝福别在襟上吧

……

时光流淌到20世纪80年代末、90年代初。此时彼处的钦江，早已没有了渡口。摆渡的船也"无人问津"。各种豪华车辆绕城而行，穿桥而过。"一环六横六纵七通道"，旅游、观光。横亘而过的一桥加固、升级，二桥、三桥、四桥，横空出世，气势如虹。二十年来，钦州城区总面积和街道总长度，都翻了将近8倍。

记忆中的渡口的消失，意味着一个时代的终结。以前很多农村孩子读书要进城，承载着梦想像候鸟一样，往返于城市和农村之间。现在这样的"教育移民"发生了"逆转"，农村人不再怕读书，孩子们在家门口就能享受到免费的优质教育。中学还有全额资助生，特困大学生还有助学金。

> 岁月的微澜
>
> 把苍凉淹没。
>
> 此刻，满河的童话
>
> 托起希望的桨
>
> 从贫瘠的这头
>
> 划向希望的那头
>
> 从黄色的泥土
>
> 划向湛蓝的海洋。

2012年11月5日，人民日报长篇报道《旗帜与道路——党的十六大以来经验与启示》指出："2012年底，钦州港吞吐能力将突破1亿吨，跨进国际大型港口行列……钦州港的变迁是'中国道路'的缩影。"

渡口。码头。港口；运输枢纽。交通咽喉。新海上丝路。中国—东盟乃至世界的命运同共体。

古调已老；新词频奏。如今，钦州的渡口，不再沉泛江河；钦州的渡口，出现在大海之上。胃口惊人，吞吐以"吨"计量；眼界开阔，视野以"立方"见长。走在来时的路，一边是过去，一边是未来；站在历史的拐点，右岸是现实，左岸是理想。

> 呜咽了无数次的潮起潮落，
>
> 翻滚了多少年的梦醒梦灭。

钦州人，已不再把千年的等待
拴在渡口。钦州人的字典
将"畏惧"改写：

"翻"天覆地。
"倾"囊相助。
移山"倒"海。
势"倾"天下。
令人"侧"目……

渡船木桨，欸乃声声。在一个蓄满芦苇的渡口，往事如梦如烟。成长的岁月爬过了青春的沼泽，昔日在渡口的迟迟步履，如今又站在生命的另一个渡口，远眺、起飞。我的耳边荡起了泰戈尔的诗：

蓝天凝视着大地——
上帝创造的奇境
……
我大声呼唤你，渡我过河。
舵手啊，把稳了舵
我的小船要随着风浪的韵律起舞，
我们要在星光下扬帆。

2014 年 7 月

"减负"别忘"加码"

近闻老师给学生批改作业，错的地方由传统的"×"，改为"0"。原因是"×"做法过于简单、粗暴，易刺伤学生自信心。

一张白纸两只符号

我们教孩子识别阿拉伯数字，一直有童谣：1是铅笔画画画，2是小鸭嘎嘎嘎，3变成耳朵听你话，4是小旗迎风飘洒。依我看，"×"和"4"没好大区别。孩子画的小枝丫是"×"，它是花朵的栖身地；小孩画的小脚丫是"×"，小鸡小鸭走路要靠它；加减乘除也少不了"×"……

如果说"×"过于简单粗暴。时间长了，在孩子潜意识，看见取而代之的"0"，照样想到"错误""失败""笨蛋""弱智"。如此一来，孩子只要一看到圆圆的饭碗、圆圆的车轮、圆圆的太阳和奥运会五环标志，都会让孩子沮丧，气馁，有挫败感了？打开汉语词典，和"×"形似的"乂"，有"太平""贤才"的意思；在爱因斯坦眼里，"0"代表知识无穷大。孩子是一张白纸，画什么就是什么，很多时候，都是大人说了算。

"药石之言"孩子是否领情

有人说，批改符号的改变，彰显了教育改革的人文关怀，是教师呵护童心、播撒爱心的一种表现。此等药石之言，孩子是否领情？请看一份对学生课业的跟踪调查：

40%的学生对老师批改完的作业连看都不看；25%的学生只看自己对几

题，错几题，而很少留意错在什么地方，更不去追究错误原因；还有21%的学生对老师批改印象不深刻，过了就忘。而学生真正独立完成作业的比例不足30%。老师和家长含辛茹苦，在百分比面前严重失衡！

有个孩子交作业夹了一张画：画中被一只老虎张开血口追赶，那老虎的身上写着"作业"。"作业猛于虎"导致"睡眠不够"是学生的普遍状态。要帮孩子解除心理压力，"×"改"0"无疑是扬汤不止沸。学生学习，是理解与掌握解决问题的途径和方法；家长越俎代庖，没达学生到温习课本巩固知识的目的；老师全批全改，这种传统填鸭式的批改方式，得到锻炼的无非是老师本人。改良的初衷是好的，但不能纠结于这些符号。治本之策，不能只喊口号不动"剪刀"，必要时还得釜底抽薪。

在英国，学生做作业没有标准答案，老师让学生作诗，编童话，看名著改编的电影。必要时去图书馆查资料，网上下载相关图片，看纪录片谈感受。再看看美国学生怎么做作业？请制作一张"家谱"：写出从高祖父母至你的全部男女亲属的姓名和生卒年份。这分明是在培养"寻根"意识，别忘"我们从哪里来"。不靠写功背功，不考智能智力，全看你的、甚至亲人情商有多少——还不必担心"√"与"×"。

"零"批改是1+1好事

如果说"×"到"0"的改革，针对中国老师倒是切实可行。以传统作业的批改方式，"×"表示"绝对否定"，标准答案只有一个；改用"0"，则表示"指出错误"。老师要改变"一言堂""一棍打死""一根肠子通到底"的习惯思维，不能把学生培养成千人一面、千言一腔、千篇一律的书呆子。人的材质有差异，用统一的规格和模式"铸造"人，是违背天意的。从这个意义上来说，"0"为学生减负，为老师"加码"。教师必须有创新精神，以发现殊异人才为己任。

我认为，一些老师作业"零"批改，未尝不是1+1的好事。把作业批阅权交给学生，让孩子们互相批阅。老师则通过反馈的信息，可及时调整教学进度和方法。孩子们互批互改，既能借鉴好的解题思路和方法，还可以培养自我反思和发现问题的能力。

别让孩子成"草莓族"

人们都说，现在孩子就像草莓，外表看起来光鲜漂亮，但一碰就烂掉。少年，不求有超世之才，必有坚忍不拔之志。在教改声声中，"此消"还要"彼长"。孩子卸掉书包重力和心理压力的同时，要适当承担一些"生活负担"。很多升入大学的孩子仍不具备基本的生活能力。武汉科大一大学新生入学，由5位家人护送，行李置办了14箱。"军训中学生被急救""长跑路上小学生累倒在地"类似声音不绝于耳。

作业对与错，不是大人说了算；人生成与败，还是生活说了算。专家指出，面对挫折，抗压能力对人的未来影响很大。对孩子的尊重和保护要适度，过多的爱和关注，只能剥夺孩子体验负面经历的机会。人生路上，得失相伴，苦乐相随。培养孩子的生活能力、承担社会责任的能力、树立正确的人生价值观，这些都是全社会的必修课题。

"新闻全才"鲁迅

130年，时间很长，年岁久远。130年前，9月25日，中国"民族魂"鲁迅先生诞辰。在今天，当大家仰望这样一位大文学家、大思想家、大革命家时，我只想平视他亲近他，叫一声"鲁记者，鲁校对，鲁编辑，鲁社长"。从我的角度看，这位先生，就是我们身边一位同仁，一个兄长，一名报人。鲁迅尤以新闻评论见长。从20世纪20年代开始，鲁迅便撰写杂文。他不是一味地迎合媒体，是思想与人格的独立者。

出色的记者

鲁迅深谙新闻时间性的重要，多则一日四篇评论。"及时"是鲁迅所谓"感应的神经，攻守的手足"；鲁迅是船头眺望暗礁的"凝视者"。孙中山辞世，有人发难，鲁迅立马写评论，"有缺点的战士终竟是战士，完美的苍蝇终竟是苍蝇"。这种新闻和政治的敏感，是媒体人本能反应，还诠释"血管里流淌着道德血液"品格；鲁迅敢说真话，"骂过的人"涉89位名人。约稿者担心其安全，鲁迅说："中国总得有人出来说话"；"因为真实，所以有力"鲁迅对新闻失实的痼疾深恶痛绝，多次抨击造假新闻，夸大事实、凭空想象、捏造谣言的记者。这种坚守真理的精神值得媒体人反思。

在今天，应授予先生一个"优秀通讯员"或者"优秀专栏作家"。当然，对这些虚名，先生是不屑的。他希望自己文字"速朽"，唯有如此，所热爱的中国才有希望。然而不幸的是，先生当年所指一些怪现状和劣根性，现在仍能应景。

负责任的校对

鲁迅为年轻作者审阅、修改文稿，其"校真"态度也是出了名的。朋友或同仁文章存笔误，即时纠正。1927年，梁启超在"三·一八"死难者纪念集题诗中记错了年代，鲁迅就曾经帮助校正。对《嵇康集》的校勘前后持续了10年之久，只要发现某个版本有不同说法，就写小纸条附加说明，注上眉批。故说《嵇康集》成为"校勘最善之书"。其认真负责的态度仍值得今天新闻从业人员师法。

成功的广告发行人

鲁迅抵制各式虚假浮夸的广告，要实事求是地传递真实的信息，不能欺瞒读者。反对报人收受贿赂，即"有偿新闻"。

先生还是一位不可多得的美工，参与设计装帧工作。他用质朴的语言和诚恳的态度，创作很多"物美价廉"的广告；他对广告促销功能有深刻洞悉，"既要印卖，自然想多销"，十分重视书刊出售的成本回收，以使出版工作得以延续。

这种注力于受众得益、强调媒体公信力，广告理念等，对培养当代出版人的职业素养有深远社会意义。

优秀的编辑

鲁迅认为，编辑的任务是传播先进思想和培养造就人才。甘愿"做无名的泥土"；主张"文贵精"，"拖沓冗长是对读者犯罪"；选编作品时，客观对待有分歧的人，反对不分青红皂白"痛击，冷笑，抹杀"，这种公正谦和值得今天编辑界承传。

与普通百姓之间的精神联系，是鲁迅生命和创作显著特征。他对新闻工作的思想及观念，符合时下"走基层、转作风、改文风"路线；提出"一要生存，二要温饱，三要发展"和今天建设小康和谐社会不谋而合；其"幸福的度日，合理的做人"的人生价值观和胡总书记"体面劳动"和温总理"过幸福有尊严的生活"异曲同工。

世上何处有君子，幸遇人间正义神。正如先生，怀一颗爱国心，坚守为读者大众服务原则。有这样的人生观，以这样的办报理念，必定办出有思想有内涵的好报纸。

像鱼儿一样深呼吸

——从"游泳"说开去

游泳，古时曰"泅水"，也叫泅渡。是古人军训必修课。水，囚。意人被水拘禁做"艰苦"之事。现代的文明生活，人们不再"泅水""泅渡"。而是冠以"游泳"。意为人在从容行走、快乐荡漾。游击，游弋，游牧，游艺，游学。古希腊讥讽愚者："既不能文，又不能游泳"，把"尚泳"和"崇文"置等同高度，足见其对游泳的重视。

值创作低潮的我，在今夏走进了大海。中年时分，可谓"睹龙颜之近，亲天语之温"。不自信的我竟然学会了游泳。兴奋之余，悟出点点滴滴。

当水，从四面八方涌来，也涌向了我的身体、我的思想。

关一扇门，开一扇窗

鼻，水来将挡。鼻，是人生呼吸大门。面对水，我首先要学会憋气。有话说得好：忍得眼前"堵"，享受未来"畅"。憋气，能增加肺活量；憋气，锻炼心脏功能；憋气，决定你的游程有多远。不是还有一句"忍得一时气，消得百日灾"？于是，十秒，二十秒，我很努力地学习憋气。

后来我才知道，真正会游泳的人用不着憋气。你想想啊，当一个人心思全用在使劲憋气，身体就会紧张、收缩，就不会顺着水意轻松地飘起来。要想长时间在水中游动，就必须学会换气。自然的呼与吸，游起来才舒畅，心胸就越来越开阔。但，人毕竟不是水底动物。会经常遇到需要憋气的情况：比如，想学些花样，你要憋气；想潜入水底来一段潜游，你必须憋气；还有，危急关头，自救或救人，不会憋气怎么行？说起"憋气"，看中世纪西方法律：年轻人游泳要穿着衣服游。女子从脖子到膝头都憋得严严实实，"衣服、裤子、丝袜、帽子"一个都不能少。直到近代，"无袖连体泳装"才出现在泳池。再后来，国际"花泳"挑战传统挑战极限，锁住鼻子这道"生死大门"，改用嘴巴巧妙吸气呼气，换来了令人叹为观止的水上芭蕾。从这个角度来说，泅是"渡"出来的。苏轼曰"游于物之内，而不游于物之外"，受事物禁锢，心就不能自由驰骋超乎事物之外。命运关了一扇门，我们可以打开另一扇窗。

游泳，总在水面或总在水里，"泅徒"无二。如同"忍气吞声"不是好的生活方式；"扬眉吐气"也不是人生常态。而面对"呼吸"，据说陆地上有50%的人类不会呼吸，"浅呼吸"等于慢性自杀。游泳，教我真正学会呼吸——"深呼吸"和"用力吐"，还要适时"屏住气"。

"你即呼吸，呼吸即你。"吸进氧气、汲纳大自然菁华，吐出二氧化碳和人生各种废气。不管鼻子嘴巴，不管海陆空，真正的智者，呼气，吸气，憋气，乃至大气。倘若一个人不打开胸襟，哪有空间升腾人生大气象？阅读亦然。在浅文化泥沙俱下的今天，浅阅读让我们变得肤浅，拙浅，迂浅。将"深阅读"列入人生日常作息，才是学会思考和精神独立的开始。

眼睛，首当其冲。潜水，就在我考虑睁眼还是闭眼时，"好奇"指使我睁开双眼。潜水，首先打破我的许多习惯思维。一滴水让我们睁不开眼，在水里不成立；在水里看不到东西，不成立；"望穿秋水"这一千古名句，是成立的。我低估了眼睛在水里的力量。在水里，我看到光怪陆离。在水里，我看到万物涌动。

眼睛，连一滴泪水都无法相容。眼睛和大海，却是可以亲近的。

但有话这样说，"距离产生美"。水的折射率，水的流动性和纯净度，都影响所投射影像的真实性。后来我尝试戴上一副防水眼镜：5厘米的距离，却让我看到10米之外……正如那个著名的人生启示。哲学家说渔夫不懂数理化相当于失去半条命。渔夫对掉到水里的哲学家说："不懂游泳的你等于失去整条生命。"不要看轻貌似低微的生命，他们往往更接近真理。

马克思说，物体之间距离太近，就无法辨别物体间的差别。太贴近现实就会被现实吞没，被假象蒙蔽。所以，和现实拉开一定的距离，以清醒的头脑保持对现实的审慎，是作家应有的态度。

兼听则明，偏听则暗

我裸露在身体外的两只耳朵，以"洞"的形式存在。是"洞"，当然逃不过"无孔不入"的水的侵入。

水，涌向我的双耳。像飞机袭向我，向我轰鸣。无论我怎么潜入、翻腾，当我再次跃出水面，双耳仍旧是一"水"不染，清静如初。苏轼那句古训说得好："猝然临之而不惊，无故加之而不怒。"身处纷繁俗世，我们能否做到"宠而不喜，辱而不惧"，不被恶语击溃被美言左右，拒绝一切浮华喧嚣，保持一颗淡泊笃定的内心？

海，可纳百川。却切断了与外界的一切联系；但在水里，相互间却可以倾听。而对于声音，液体比气体传播得更快更远更清楚。鱼，能听见彼此在几公里外的磨牙声。人类就利用水下声音作为远距离联系的信号。所以，入乡随俗，入境问俗，入俗从令，是人生的处世之道。"灵感"多来源于一双倾听的耳朵。享誉世界的美国人沃尔特·迪斯尼，因聆听和捕捉老鼠"吱吱"声，创作出有史以来最伟大的动物卡通形象——米老鼠。醒，首先是耳朵。学会聆听，能让我们慧于内，敏于外。

当然，水也无不例外侵入我的耳朵。比如侧游，左偏或右偏的时候；比如耳朵一部分埋在水里，而一部分却露出水面。水，就有可能进入耳朵。这古训"兼听则明，偏听则暗"说的就是如果偏袒一方，耳朵受到蒙蔽，我们就无法明辨事物的是与非。

有一次，我的右耳进水了。周围的人纷纷支招。单足跳跃法；活动外耳道法；外耳道清理法。我左摔右摔，上蹿下跳，无论使多大的劲，我都无论把水从耳朵掏出来。听觉受阻，还嗡嗡作响，我心急如焚。后来教练来了，说往耳朵倒满水。本来就是要清里面的水，怎么还要往里倒水呢。教练用手指沾一滴水，往我的耳朵里送。我头一侧，水轻而易举地倒出来了。空气被挤没了，水就流动出来了。倒满，才能清空。

大千世界，信息迎面涌来。危急关头，如何选取对的建议尤为重要。实践是检验知识的唯一试纸。系统的理论知识，有时比不上经验的一个手指头。

如果爱，就深爱

从我跃入海的那一刻，水便开始包容我的一切。拍打、踩蹬，切割，捣毁，破坏。甚至你用"仰泳"背叛它，它也不会反目，而是细心呵护你的随意与任性。水，欢迎你推敲，挤兑，拷问和鞭策。

水，厌恶一切冷酷的东西。比如将石头和铁器沉没万丈深渊；将轻浮和肤浅之物高高扬弃。海，赠予我们恒久的温度；我们投入海就要用"主动""热情"回报。不在沉默中爆发，就在沉默中死亡。鲁迅的话言犹在耳。我与大海，不是征服和驾驶的关系，而是互动和相融的过程。作家亦然，一副漠然之态怎么让人心头温热？不敷衍不怠慢生活各种形态，时刻保持身体和心灵在场的状态，用激情和挚诚拥抱生活是作家应有的情怀。

初始习泳，我每一踢腿一划手，就会溅起很大的浪花。一口气喘不过来就呛水，常感慨"英雄气短"。后来学有所成，我开始津津乐道。学章鱼倒游，我称之章泳；学旁蟹横行，称之蟹泳；学海豚腾跃，叫豚泳；像水獭仰躺，转圈圈，我叫獭泳。但花样百出的我，无论怎么潜水，身体都无法沉下，更奢谈"向青草更青处漫溯"。看着年少的年长的，都以曼妙身姿潜在我之下，我方觉得自己"初入芦苇，不知深浅"。这些除了水的浮力作用外，技巧和力量很重要。横向比较，我可以和别人比花样，比游程，比速度，比耐力。纵向比较，无论我怎么深挖，身体都无法抵达。故有人游泳 40 多年，还在不断学习技巧。蛙泳一个泳势，国家教委就经过不下五次大的改动。所以不要以为短时间、短期内，就能掌握一门技术，逢人就嚷"我会游泳"，不付出万般艰苦的努力，我仍只能夸夸其谈，浮泛江海，浮光掠影，浮笔浪墨，浮言虚论。

我开始关注身边那些深入浅人的"高手"。他们告别忙碌，告别轮子，不奔不跑，他们裸露，他们素颜，他们谦卑。享受着大海的感召力和亲和力。他们100 米500 米来来回回，大气不喘一下；高高低低的起落，以至每一处细枝末节都摄入双瞳；他们来这里放松，来这里刨根问底。据说在月球行走的人，多于潜水的人。可见"下五洋捉鳖"远比"上九天揽月"困难得多。但人类从未放弃水底探险，"液态空气"让人类像鱼一样呼吸已不是梦想……深流静水，深藏若虚。那些不张不扬的人，才是大智大慧之人。

汉之广矣，谁可泳之？在"军训"渐化"娱乐""锻炼"的今天。游泳，如果我不迈出第一步，就永远不可能开辟另一片天地。人，一旦助长停留在思想层面的惰性，就不可能向未知领域拓展，探索。宅空间，浅呼吸不是作家所为。只有沉下心深入生活，深度思考，深挖深耕，才能写出有深度的文章。所谓深，才得人心。

列子曰"习于水，勇于泅"。于我而言，每一次创作都是一次"精神泅渡"，是一个自我荡涤、自我救赎的过程。站在心灵之岸，我又惊叹于大海精神生态的博大与深髓。作为时代的歌者、咏者，要和万物合拍，与天地同节，和社会共振。作家受命于时代，更要有文化自觉与历史担当。

精神是可以传递的

——洪九二的不屈人生

八岁，是花季的年龄。八岁，是读书识字的好年岁。

同是八岁，一个叫洪九二的孩子，却在枪林弹雨中忘我奔跑。

1932年出身的洪九二，没有学堂可去，没有父母疼爱。外婆好不容易帮别人洗衣，攒得几个钱得以糊口。在艰难岁月中，即便每天都吃不饱，九二的日子是开心的。他从小就喜欢奔跑，常常和小伙伴们穿梭在无拘无束的乡野上，呼吸着沁香的空气。那时，头顶上是蓝天白云，脚下是松软温实的土地。

后来，日本鬼子来了。一个原本祥和宁静的村庄，被恐惧和悲痛深深笼罩。日本鬼进村就开始洗劫，见到鸡鸭就抢，见到孩子就杀。他亲眼看到鬼子强奸妇女后将其双乳割下悬挂起来。敌人凶残的面目，在九二脑海挥之不去，小小拳头捏得紧紧的。自小就跟随外婆四处辗转，品尝着人生世况，小小年纪的他，比同年龄人大胆、聪明。

敌人的杀戮，遭到地方武装力量顽强抵抗。在部队组织和当地群众的帮助下，九二以放牛娃的身份，接受了人生中第一个任务——做一名小小"联络员"，负责将密信交给部队交通站的同志。

放牛娃，一身尘土一脚泥泞，九二衣衫不整，还故意不穿裤子。一副乌里单兜的模样，与一般村娃无异，鬼子当然不放眼里更不会防备。于是，他得以一次次混过严实的关卡，混过鬼子鬼魅一般凌厉的眼神。

九二爬山岭，淌水沟，踏草梗。一双小脚常常被石头草荆磨皱出血珠。有一次，洪九二听到伪军说日本鬼子要往北坡镇围剿抗日部队。擅长奔跑的他用尽吃奶的力，将情报及时送达部队。结果，那一仗打得非常痛快，日军死伤无数，还缴获了非常多的武器弹药。一位汉奸保长终向鬼子告了密，鬼子做梦也想不到这个经常跟着屁股后穿着开裆裤的放牛娃竟是抗日战士，鬼子凶神恶煞的将他吊起来，用枪把往死里打。手骨、胸部，新伤旧伤到了无以复加的地步。为了不让部队组织遭受损失，年纪轻轻的九二，死咬最后防线，就是不吐露半个字。鬼子问不出话来，眼见着人快死了，就拖出去扔。在山野路边发现屏弱的九二，摸着还有一丝气息，大家便抢救了回去。看着奄奄一息的九二，被打得血肉模糊，战士们无不掩面抽泣。

有一次在信宜，洪九二送信过程中被追捕。他急中生智，跳进了一个粪坑，在齐腰深的粪水里泡了一天。脱逃出来后，洗了几天，身子还臭，被大家笑着叫他"臭小子"。

抗战期间，洪九二勇敢地投身革命。在广东遂溪游击区做交通员，洪九二不顾个人安危，曾从日军手中成功救出一位参加抗战的孕妇。转战十年，他机智勇敢地和敌人周旋。一次次深入敌部，一次次将珍贵的情报送进抗日队伍。为了完成任务，他 6 次被捕，三次被敌人严刑拷打，胸部 3 根肋骨被打断，左手骨弯曲致残。每当说起往事，九二总是几个字，无怨、无悔、无憾。

1954 年 10 月洪九二从广东粤西军区转业，回到了家乡浦北县安石镇，经受革命的洗礼，意志更加坚强。他光荣加入中国共产党，自此，永远追随党成了毕生的信仰。他做过生产队长，当过大队支书，用军人的精神积极参加家乡建设，组织群众兴修水利，为亲分忧解难。曾得到九二帮助盖房子的群众王庆荣说，洪支书对乡民很好，深受当地村民敬重，他的事迹，在蕉乡广为传颂。直到现在，村里人提起洪九二的胆量、机智和那无尽感人的故事，无不竖起大拇指。

2005 年秋天，"死"过三回的洪九二作为广西唯一一个"在乡抗战老战士代表"，赴北京参加了全国纪念抗战 60 周年大会，还在天安门广场与国家领导人一起向逝去的先烈们献花致意。

自此，他走入了公众的视线。接受了新华社、电视台报刊等众多媒体的采访。谈及战场上的残酷无情，谈起解放后的幸福生活，谈及安详离世的洪九二。英烈的老伴吴国英话语清晰，凝神远望，思绪停不下来。

我们一遍遍地追问那段历史，重温一个孩童当年的无畏与顽强。正如郁达夫先生所说："一个没有英雄的民族是可悲的民族，一个有了英雄却不懂得敬重和爱戴的民族是不可救药的民族。"一个地方的建设与发展，离不开历史文化的深层构建；一座城市的挺立和耸立，也离不开英雄精神的有力支撑。正是先烈的不屈意志激励着我们一代代人战胜各种挑战。现在，家乡人民的生活一天比一天好，饮水思源，我们不能忘记那些为民族为国家抛头颅洒热血的先烈们。今天，我们关注这些"最可爱的人"，是为了缅怀这一段可歌可泣的历史，更是为了提升我们的理想信念，共同繁荣和建设我们的家国而努力。

2015 年 8 月

回忆是天边那一抹红

——走近抗战老兵

　　七十多年前那个三月，杨梅子成熟的时节。灵山不灵，风水全让一个叫"鬼子"的人破坏了。烟墩，烽烟狼卷，在这个镇有一个叫茅针村的地方，一百多名村民亲历了一场噩梦。

　　那个早春，春天没有早早到来。凛冽的寒风肆虐小山村。日军第五师团一部上千鬼子，由南宁东窜从太平入旧州，欲进犯灵山县城。其中的几百日本鬼子，取道茅针村。平静的山村顿时陷入一片恐慌。

　　劳维和宁开盛，自小生长在烟墩这片土地上。听说我们来寻当年"老兵"，这两位八十高年龄的老人义不容辞的上了"专车"。从战火纷飞中走来，同样的经历、同样的记忆，他们早已有了心灵上的默契，一见面，相视一笑，双手一抬、一合，全在不言中。

　　随着我们对那段历史的不止追问，老人稀疏的牙齿后面时而高亢，时而低沉，声音撬开记忆的闸门，我听到了阵阵涌流，时而激荡，时而呜呜。

　　那时，听大人们叫喊，鬼子进村了快跑。劳维还很小，不知道鬼子到底是什么东西，大家都非常害怕。听说日本鬼子穿着黄色的衣服，当官的鼻子下面有一绰胡子，到村里特爱抓鸡吃，见牛就举起长刀，只取牛的肝脏和小腿瘦肉。劳维不明白，乡村是我们的，房屋是我们的，绿水青山是我们的，香甜的风是我们的，我们为什么要跑？

　　宁开盛比劳维大四岁。爸妈务农时，他就负责看牛。那时日子过得多惬意啊，树木随便爬，果子随便摘。那一天，太阳有半轮被云层吞了，西边一片赤红，恍惚间让人觉得害怕。父母亲和村民们慌乱着，什么也顾不上，抱着孩子就跑。宁开盛四兄弟跟着大人也往后村跑。和牛朝夕相处，有着很深的感情，宁开盛转头看见牛举着牛角，和他一样不知头尾，他不忍心弃它而去。见二子要转身拉牛，父母哭喊着，但儿子一定要去牵牛。

村里一片吆喝声、孩子哭啼声，乱成一片。大人捂着孩子的嘶叫而张开的口，压低着身体，躲到水沟里，草丛中，山坡后。劳维的叔伯家三兄弟没逃得出鬼子魔掌，平日里待孩子特别亲的劳其彪、劳其章、劳其辛叔叔，全被鬼子杀害了。"鬼子"气焰嚣张，别人的东西随便抢，抢光了就烧。劳家的四间房屋，被鬼子扫荡后一把火点燃，顿时火光一片，瞬间映红了头顶上那个天空。狼烟缭绕了几天几夜，火舌舔蚀村里的每一寸土地和空气。山不再绿，树不再绿，成熟一点的梅子都给染黑了。

青山碧翠，果树橙黄，这儿时梦里梦外的颜色；蛙叫虫鸣，孩音咬耳，这曾有的天籁之声。老人们悠闲着坐在屋边摘菜，女人赶拍着跑进跑出的小狗……那曾是一个多么美好的乡村图景。我们随着老人走进劳家大院。当年被大火吞噬的房屋，沉寂，昏暗。不敢细想当时那惨烈的景象。房屋，柱梁，这里依旧保存着昔日的模样，只是失却了原有的生命的颜色。那场大火之后，劳家人不再入住，犹如一场梦魇，谁也不想撩开记忆的布帷。此刻，头顶上那根杉木做的横梁，被那场大火中烧成碳木，却在阳光中乌亮乌亮，七十多年不断不倒，高举着诉说着一段不屈的历史。

家仇是一页不忍卒读的血泪篇。国恨是一部饱经沧桑的苦难史！面对家仇国恨，百姓怆然，儿女仰嘶。还有什么比得上家不家国难国的苦痛来得深来得切。

铮铮铁骨情，拳拳赤子心。当外敌侵犯，当国家需要，每一个华夏子孙都会义无反顾、一马当先地踏上救国于危难的征程。

后来，二十多岁的宁开盛，跟随革命队伍转战江南。63军，24团。6斤重，56式，79式。步枪，冲锋枪，卡宾枪，驳壳枪。1948年，1949年，1950年……成了他成长中最荣光的数字。当兵，到前线去，这是每个公民的神圣职责；参加解放战争，对于一个放牛娃，那是至高无上的荣光和记忆。

劳维正值青年，是家中的主劳力。1951年，他毅然决然扛起枪、跨过江、上战场，成了一名"志愿军"战士参加抗美援朝战争。浴血硝烟烧赤胆，冲天战火降红光。保家卫国，是每一位热血青年最神圣的使命。当两枚勋章挂在这位青年的胸前，他噙着泪花笑对远方，儿子为家乡争得了荣誉！那壮怀激烈的岁月是他一生难以磨灭的印记，沁入血液，融入骨髓。即使到了七十多年后的今天，听到"志愿军"三个字，他的双眸依然闪耀着光芒。退伍返乡多年后，一天至少干两三个小时农活的他，乐观而淡泊。孙女乐把外公荣获的勋章当玩具当宝贝，笔者想一睹这枚珍贵的勋章，阿伯却一时半会找不着了。

听说我们要去参观抗战遗址，两个老人顶着烈日，一路上步履稳健跟我们上车、下车。我特地要去打伞、搀扶，都被劳伯一一推开。爬上小山坡时，我递过的矿泉水也被婉拒了。阿伯说，我们喝不惯这些水的味道。虽然进入耄耋之年，两位老人仍然精神矍铄。噌噌地上坡下坡，丝毫不带喘气。来到当年那合村委通往烟墩村委的小路，车还没停稳，身体朗健的劳伯，就指着眼前小道，说当年鬼子就是从这里杀进来的。眼前这个交通要道，两株百年古榕高耸穿空，繁枝盘绕，满目葱茏。茅针小学坐落在一旁，成了烟墩镇村级小学学生人数最多的一个学校。

解放后，时值壮年，两人退伍归来。宁开盛做了生产队长；劳维做了村支书。一起为家乡建设出力、出主意，在农村工作中挑大梁、唱主角。

宁开盛说起儿子们，如数家珍，"一个当副镇长。小儿子就读湖南大学设计系。二儿子除了务工之余，闲暇时蒸一两缸家乡米酒。"乡邻闻着酒香都喜欢来喝两口，劳维也不例外。两个耄耋老人，经历过刀光剑影，从枪林弹雨中走来。祭祀同福，死丧同恤；战友辞世，乡邻离散。人间中的悲苦他们经受过、品尝过。闲暇时光，一盅米酒，一杯淡茶，两个老人说着过往，聊着熟悉的故事，享受难得的宁静悠然。

站在温实的土地上，风轻云淡，天气晴好。看着今非昔比的家园，心中有无限感慨。听着这些不常记得眼前事的老兵精确地叙述当年的经历，我的眼睛湿润了。为了留住一段不可忘却的记忆，我拣捡最珍贵的文字，以最崇高的敬意，礼献"最可爱的人"，礼献来之不易的和平与生活。

2015 年 9 月

不可告人的乡愁

——灵山大芦村印记

　　无数次走向你，无数次被俗世隔开。今天，我终于站在你的面前，大芦村——这个来自记忆深处的名字。对于和你的"晚约"，我是怀深深的疚意的，我无数次回到故乡，无数次的漫不经心，无数次的若即若离。因是故乡，我想你终究会在那里。

　　以公里来算，故乡"灵山"是百来公里远的绿色小城，欲速则达；以心来算，是"想"与"不想"一个念头，虽近尤远。这些年，我常以"忙碌"为由，少有回故乡看看。近年来，作为灵山一张名片，大芦村以其"南国古建无双地"的明清民居群落引起现代人关注。金秋时节，我终随"唱响钦州"作家艺术家创作采风团回到故乡。行程中没有大芦村，丁副县长当即拍板派一辆车，还提前预约了解说员。这是件荣幸而又令人羞愧的事，身为灵山人，却少有回故乡，而且对故乡的风物知之甚少。这是无论如何也说不过去的。

　　是有些生分了。当我看见眼前极具古典韵律的雕花屋檐和富有艺术气息的青砖绿瓦，无论我多少次拒绝同伴邀约合影，独自刻意亲近你的我，都无法融入这片生我的土地。

　　我躲过导游的高音喇叭，闪进幽长巷道，手指触及冰凉的石墙，突然一丝疼痛袭怀。眼前这些古老的建筑，历经时光无尽的洗礼，穿越的岂止是彼此距离；尘世的匆匆脚步，惊扰的岂止是这里的　砖一瓦和曾有的一片静好。

　　待思绪归于宁静，我试图将自己存放天地间。那扇被我强行推开的古宅大院，若隐若现，透出一丝来自远古的亮光。

　　眼前的大芦村，处处流露出难得的从容与淡定。她的从容不是早已远近皆知的名声。她不刻意梳洗打扮，不矫情展眉浅笑。她的从容或许是以生俱来的。她骨子里喜欢安静，就像骨子里崇文重教、尚智好学一样。我不忍打扰这份宁静。我一再强调，我是归人，而不是旅者。大芦村此刻就像我的老祖母，苍劲而不老态。她的丝丝银发中，依稀透着年轻时那超然脱俗之美。身在其中，我乐意接受这样的护爱和熏陶。

阳光纷纷扬扬，滑落到墙脚下，欲言又止。我许诺多年的梦想，和那些长得比我还清丽激昂的文字，一一被我掖住。我努力把自己回归一种平静，把自己诸多想象和外界溢美之辞高搁，放下，再高搁再放下。我只想和故乡的一草一木呢喃交谈，像老祖母看到了多日不见的外孙女。

但当一句蹩脚的故乡俚语从我的口中说出，我的脸颊霎时涨红，然后漫延至耳根。

我突然不敢正视故乡。

对于游子而言，"故乡"常常是被净化了的，"不可见今，永不能忘"——那是诗人笔下的永恒状态。一旦归来，理想立即退回到现实，种种不如意堪比他处，反过来怀念并奔赴"异乡"。来来回回，情味更显陌生与忧伤。对于故乡，我以为"可暂栖不可久居"，年少强说的愁辞，尽管清丽却显苍凉。这些年来，我常为自己和乡邻保持城市的距离而满足。大芦村，一度成为我心里的某种需要。传说住在这里全是达官显贵，是吃"皇粮"戴"官帽"坐"专车"的"有钱人"。因了"历史文化名村"——研究中国古文化的专家来了，新加坡的教授来了，媒体连篇累牍"大芦村"一夜串红。早已疏远的舅公和姑婆的电话被我生生挖了出来。这些和"洋"攀亲带故是在很多年以后，和故乡保持普通关系的我，才刻意回到你的内心，了解你的精神内核，说得更真切一些，是为了寻找更多的谈资，满足某个时段的某种需要。

这里虽然还如同想象，回廊迂折曲径通幽，斗拱飞檐雕花城墙，只是在日光的打照下多了一些沧桑的颜色。岁月光阴就这样懒散的存现和延续。因为距离，我不能勤于打扫；因为忙碌，尤显矫情与虚伪。归去来兮，田园将芜胡不归？在留与走、离与归之间，我从来都是茫然。

母亲
生了我一双大脚

我却要用脚尖
踩出都市软语。
我如游子，游子如我
紧贴故乡蕴厚的石板，
怎么愈走愈生硬
脚，怎么生生地痛

    故乡，是记忆深处一张老照片，而应不是四处张望的惊鸿一瞥。今天的我，不是归人，更像一位旅者。撑着小阳伞，带着照相机，游走在这个很典型的南方特色、曾经富庶一方的大庄园，内心不经意流露一阵胜似一阵的惊喜，甚至是一种从没有过的优越感和满足感。

    我记忆深处的这张老照片已变得模糊不堪。"这是被誉为大芦村劳氏家族'博物馆'的东园别墅。"听着游人边走边指点。我边看边点头颔首。突然"恶补"一词从脑间闪过，并深深刺痛了我。

    我想，我对故乡又测又量，故乡对我，才这般疏远与慵长吧。是的，"拨冗"归来，眼前最让我关注的不应是象征富贵与身份的镂耳楼，不应是镶在飞檐翘角上各种龙攀凤舞的雕花饰物。而应关注的是重重庭院中悬挂在门柱上的几百幅饮誉古今的木刻对联，它把高雅的文人情趣和坊间门楣巧妙连成一体，向人们展现了一幅尤美厚重人文画卷。

    是啊，被学识陶醉远比被富贵迷惑美好得多！

    向我们解说的小伙子，就是这样一个人。他日复于日行走在古宅中，被故乡人的渊博学识深深迷醉。他对几百副对联详熟于心，滔滔不绝的解说，神采飞扬。像老祖父一次次迎接从弱冠考选拔贡进京做官、造福百姓而后荣归故里时的神情，双目透着亮光，时而凝重幽远，时而怡情自得……因为年月久远，大芦村的人们每到节日，便用红纸将对联翻新再现，寄怀抒情。这些对联世代承传，沿用至今，正是劳氏先人劳作、训诫、抒怀的展现。从思想内容上分有写景状物的，有叙事述史的，有歌以咏志的、有自成妙趣的。比如"读书好耕田好识好便好，创业难守成难知难不难""念先人立身教家，不外纲常大节；嘱后裔继志述事，毋忘忠孝初心"；"乐善常能春意篇、洗心觉与岁华新"、"仰天但使心无愧，做事何须世尽知"、"好把格言训子弟，须寻活计去饥寒"、"积善之家必有余庆，资富能训惟以永年"、"东风送暖家家暖，园雪迎春处处春"；"每思前辈寻常语，愿读人间未见书"、"传家有道惟忠厚，处世无奇但率真"；等等。这些对联去粉饰、存真情，既充满浪漫主义精神，也直面客观的现实人生，意境深长，涵含了朴素的儒家思想和丰富的人生哲理。

听着小伙子情真意切解说，读着这些不事雕琢而意韵优美的对联，在感受着浓浓墨香的同时，依稀浮现先人们孜孜不倦读书、辛苦勤劳耕作、上敬下孝兄弟邻里和睦相处的生活影子。这些楹联，反映了劳氏家族历来重视修身、持家、创业、报国的传统教育，是一份难得的珍贵遗产。当我们背负共同的精神行囊大批迁徙，许多人失去了博大而高远的理想，这里的玑珠文字，不但敲醒那些固有的、却一直处于沉睡状态的生命基因，还荡涤精神荒漠泛起的沉渣，净化社会污垢和启迪人的心智。

是的，我乐意接受这样的熏陶，并突然有了些许释怀。是啊，每个城市都需要这种精气神。这，不单单是灵山的一张名片，这种优越感不应只属于灵山人。它融和古今优秀文化，有着强烈的时代气息，是现代人不懈的理想追求和价值体现。大芦村这些丰富的人文，是整座城市的血脉和精髓，对塑造城市的风格、品位、形象、个性，传承城市的优良传统、开拓未来具有重要意义。可以说，我们居住的城市需要这种精神，并处处充溢着自强不息、厚德载物、和谐相处、追求美好的高尚心灵与完美操行的道德芬芳。

风景
因人而生动。
好的风景
因人文而耐读。
在阳光氤氲中
我们穿越世纪长河。
在历史舟楫中
我们抚今追昔。

古宅群丰厚的文化积淀，不仅仅是一段时光远逝的辉煌。被视为镇宅之宝出自南宋民族英雄文天祥手迹的"忠孝廉节"巨幅拓片，还有三达堂高悬的劳念宗考取国子监第一名题赠的鎏金"拔元匾"，至今保存完好，其意义不都是为壮观瞻，而彰显了古宅人靠品质传世、凭教育兴家、以德行流芳，弥久醇香和百年不衰的历史奥秘；各处宅院"官厅"格扇门中通年确保完整的《朱子家训》抄件，以及古石磨、石杵，都折射出他们历来重视耕读文化的影子；大芦村先人好读书的传统，还体现在古宅的建筑布局上。古宅前有一个偌大的人工池塘，被称为墨池；古宅后面种有七棵古莘树，跟村前的墨池遥遥相对；造墨池和种莘树——都是为了达成心中愿望，企盼子孙后代能够好好读书，有朝一日能够走上仕途为官，造福百姓。

尽管岁月更迭，铅华终将洗尽。触摸历史城墙，仍可感受到一个时代的超然、雍容与大气。这座古宅历经百年风雨，以其强大的智慧张力、深邃的文化内涵和磅礴的建筑气势吸引中外游人。大芦村人的居住理想和生活态度，无不蕴涵着人类智慧和东方文化的韵味，渗透着大自然和建筑学的有机结合，同时不失中国传统文化博大精深。正是大芦村人坦然处世、崇文重教、尚德爱智、知书达理、奋发进取、诚实守信、包容融和、动静和谐、通达雅致、宁静致远的生活理念和处世哲学吸引了众多领域专家学者目光。这亦是钦州城市化的优秀文化资源，是钦州对外彰显自己独特个性文化的重要一笔。

阳光
不经意地躲开
时而又亮起。
冷暖如光影
没有分界处
让人忘记
身处何时何地

我们攀上小楼，古宅一览无余，甚是壮美。眼前的黑瓦白墙红梁，每一处画梁雕栋都牵扯着历史的冠带，在太阳光的照射下，闪着动人的光芒。放眼所及，让人感受到蕴藏于内的沉稳与刚韧，每一栋一梁都浸润着唐诗宋词的韵骨。眼前的古宅占尽了匠心神韵，又占尽了仙山秀水。尤其在午后阳光的呵护和水波的衬托下，交错着幻变与真实、现实与永恒。就像但丁曾看见的那种无边无际的光，不可思议包容万象的光。

这神性的村庄，低于连绵山丘，却高于云端之上。

正如托尔斯泰所说，"写了家乡便写了全世界"。我庆幸这里没有收门票的大门，没有拍照留影的小摊位，没有纪念品叫卖声。生活在其中，老人照样唠叨着，赶打着乱窜的鸡鸭。妇女穿着随便，或忙碌，或慵懒。孩子对外来参观者见惯不怪，嬉笑的与你逗趣，无拘无束地玩耍。不时还有小狗从巷中窜出"旺旺"……今天的大芦村还在唱着古老的歌谣，依旧固守一份超然姿态和对平和生活的坚持。看着那样步履匆匆的过客，我总会有莫名情愫涌上眼眸。在这里你可以随意穿行，随意停靠，任由时光从面庞滑过，从手臂滑过，不经意间一缕岁月的温润之感直达内心。

对联
像新娘点着红朱砂。
左手牵旧时光
右手携新岁月
这样的款款而来
这样的欲说还休
一转身
定格在庭院深深处

远处气宇轩昂的水牛和慵懒憨态的家犬，咿呀学语的村童伴着浓浓乡音，我年少游弋的影子……小巷越走越深，空气愈来愈清甜，氤氲着阳光的味道。我，一个归乡的旅人，一个倦行的游子。如今被浓重的乡音包围着，我感到了久违的温暖。来看时它在，不看它时亦在。大芦村别有一番遗世独居的空灵之美。不以物喜，不以己悲，有着一份"任天上云卷云舒去留无意，看窗外花开花落宠辱不惊"的逸致情怀。是的，故乡永远不会因为孩子的怠慢而疏远，闲静淡定就是辉煌后最尊贵的容颜和气质。

故乡，乃是我一生分不开的精神母体，我不可能像皮肉分隔那样，把自己剥离下来。无论我走多远，无论我的思想走得多远，故乡，永远是那个将你的虚荣心相揽入怀，一次次捂住你说出疚意的嘴，一遍遍为你舔抚伤口的那个人。当我收拾那些断开的记忆碎片，才发现故乡是我一生最为之动荡的情殇，身愈远情愈切。

远远回望，庭院深远犹如刚展开的历史画卷。我想，只有祖祖辈辈生活在这里的人才真正属于这里。回眸身后的旧巷古楼，仿佛听到私塾房孩童摇头晃脑的读书声，仿佛看到了一长衫翩翩的儒者拂袖前来送行。长袖飞舞，惊动了水面几只白鹭，它们的倒影优雅划过天际。一样的水，一样的光阴流溢，不一样的时空对话。如此熟悉又如此陌生，如此遥远又如此亲切。

　　每个地方
　　都有自己的语言。
　　有的用老街说话
　　有的用洋房说话
　　故乡，用方言俚语开口
　　古宅为声母，楹联作韵
　　用22万平方米力气道出：
　　壮。慧。美。和

　　大芦村谱写了建筑学和文言世界最后一道风景。我已远去的先人，用时光做混凝土，用砖瓦构建，用人文锻造出令世人惊叹的建筑群。在岁月的打磨下，日益凸现其凝重，壮观，睿智的光芒。

　　我见故乡多妩媚，料故乡见我应如是。当我真正融入这片泥土，又不得不起身挥别。在心灵的故土上，大芦村是这个秋天走来的最后一辆牛车，卸下我多年的倦意，驮上满满的梦想与希冀。那些跌跌撞撞的归来辞，但愿出落得比我还俏皮，富有生气。正如海德歌尔说："接近故乡就是接近万乐之源。"故乡，永远是我的疼痛之源，快乐之根。自此去，诸君问起吾心病，最是相思不是愁。

祖居，人类温实的子宫

——游灵山苏村有感

我不知道我的家乡——灵山，还有多少灵秀山水等待我去探究。

这是一个耐人寻味的地方。苏村，这块仅有2平方公里的土地，有着许多悠久的历史和传奇。这里有一片古老而独特的建筑群，犹如远处的山峦，连绵8000多平方米，牵引着无数瑞岚氤氲，雾烟弥漫，也吸引着无数慕名前来的人。

听说苏村出了个太平天国女英雄。英雄，在我心目中是"大义""大志"的人。虽不能至，心向往之。高山，景行。我是一定要来的。

站在苏村的土地上，导游单刀直入给我们推荐一个刘氏建筑群。

据说这些建筑始于清朝初年，至今已有400多年历史。和如织的游人一样，穿行在七座大理石表砖、童子瓦结构的古建筑群，抚摸着还散发余温的价值连城的石雕石马、金鱼池，我一边惊叹屋主刘氏家族的不凡人生，一边念想着心中英雄苏三娘。

苏村，顾名思义，苏姓人氏为主的村落。导游一再避重就轻，令我大惑不解。

现存明清建筑15个群落，分属苏、丁、刘、陈、杨、卢、张士物业。按姓氏的先后排列，当是苏姓人入驻最早，既然名曰"苏村"，一定住着许多苏姓人家。而眼下，苏姓等人氏的祖屋在哪里？英雄的故居在哪里？我的思路越走越狭，希望拐角逢春，渐入佳境，眼前拓展一片开阔天地……自小怀揣英雄情结的我，寻找着。期待着。

但我不得不一遍一遍地跟着导游绕着刘氏祖居转。大夫第、司马第、蘐尹第、二尹第、司训第、贡员楼……无论我的双脚怎么迂回，我的身体总走不出由7个自成体系二翘檐相接的群落组成的偌大的建筑群。导游的声音一遍又一遍，刚想打探英雄的消息，又被游客对刘氏宗祠的"不止下问"打断。

眼前这独特的镬耳楼建筑群，据说具有岭南风格，但我不认为它能代表岭南建筑的风格。风格，是指作品表现出来的一种带有综合性的总体特点。家家有其屋，村村连成片。带有普遍性和共通点，是一个地方或区域的底色。

刘氏建筑群虽然连片接幢，但形态张扬，带有鲜明的个性特质。其建筑的标志就是屋山墙上的一对硕大的镬耳，形似古代的官帽，尤为壮观。在当时，官衔越大，镬耳越大。高台基，莲花柱，雕梁画栋。墙体方正，帽檐高翘，形态雍容，传递"物我一体，帽就是官，官就是屋"的建筑语言。

普天之下，莫非王土；芸芸众生，官帽只有数顶。这些建筑群，陆陆续续建了六十多年，官二代，官三代，不得而知。"官帽"一顶胜一顶，一加一重复、叠加，铺造出浓重恢弘的厚重色彩。在它的周围，没有可依傍的青山活水，没有长廊围屋的群居气息，没有花红草绿的泥土芬芳，没有街市相应的人气聚拢。正所谓：远观，凛凛然如遗世独立，庞大而孤独；近望，飘飘乎独墅倾城，雍容而寡清。恰似家族宗祠牌位和魂灵的安歇之处。

安州自古就属南蛮之地，山高皇帝远。制盐业，又是岭南重要的经济支柱。税之源，国之脉。想象来自河北保定的主人，捧着钦差大印，带着皇帝的使命，浩浩荡荡奔赴有着漫长海岸线的南国古城。这位清朝年间的"盐业部长"，掌管全国盐业是何等的权力在握。来之前就富足，还是定居后盈饶，不得而知。穿行在这些大多产自北方的价高质优的大理石建筑，我们用手指甲也根本无法插进砖缝，可见其技术何等精美绝伦。据说这些建筑技术要求非常讲究，每一个火砖都要求磨制过方允许砌墙，因为做工精细，一个工人一天只能磨两三个。

城市规划学家沙里宁说，看你，就知道想追求什么。

中国古建筑一砖一瓦皆有说法，处处映透皇权的声威。镬耳建筑群趋合了男权硬朗与粗犷的品行，彰显雄性征服与扩张的秉性。它一遍遍地冲击着我的视觉，却一点点摧毁着由此产生的仰止和敬慕。如此欲说还休，不知其所止。是权杖敲击青石板的铿锵回音？是对家族厚德延绵的追思渴求？还是继承祖业未竟发出的幽怨？立足于此人生观上的构架理念，凡此种种的重复论述，视觉虽显庞大，个人拓展空间终究单薄，而无力。

佛界都想留形住世，何况人乎？

是的，无论是英雄豪杰，还是贩夫走卒，皆以有祖屋为荣耀。"一人得道，鸡犬升天""但存方寸地，留于子孙耕"更是中国人传统观念的写照。"祖屋"是一个不断增加的序列，最大的忤逆，莫过于守不住祖屋。于是有典古"桓何以贵？母贵也。母贵则子何以贵？子以母贵，母以子贵"。光宗耀祖，光前裕后，光大前业，遗惠后代。都是此理。

祖屋
这人类温实的子宫。
胎儿剥落那一刻
或母以子贵。或子为母荣
子孙散落那一刻
或富贵在天。或生死由命

是啊，随着时间长河的荡涤，历经战火硝烟的淹埋，若不是祖先留下优质而坚固的混合物，谁能抵挡得住历史风沙的无情侵蚀？在惊叹词淹没的建筑群里，苏三娘这几个字，犹显孤单落寞。

人声散去，我终无所获。今日此行，用一句著名主持人的话说：霸气上场，漏气收场。

然而，握一把苍凉遥想英雄，我是不甘的。三个月后，我又再次随市文化考察团来到苏村。

历史惊人相似。千里江山，英雄无觅。就在人声再次散去之际，我一再追问英雄的下落。终得一当地人指点，开车前往。荒野一角，我终于看到了"苏三娘故居"。历史不忍细看。尽人皆知的太平天国女英雄苏三娘的故居，仅存下一块石碑而已。在这方圆百里，苏姓等人氏的祖屋，并没留下多少零星什物供后人寄怀。

"阅尽天涯离别苦，不道归来，零落花如许……最是人间留不住，朱颜辞镜花辞树。"王国维《人间词话》悲凉的涌上心头。

祖屋
这人类温实的子宫。

脐带断裂的那一刻

有人深受福佑庇护

有人清淡之间互为维系；

有人从此无处张望

有人一生索索觅寻

……

一口生苔古墓，何以凭吊英雄？天真如我，固执亦如我。掠尽史料，关于苏三娘的关键词赫然入目。"顺天行道"，"劫富济贫"，"杀官放囚"，"为夫报仇"……三娘的故事几百年来在百姓中口口相传。文人墨士更不惜为之纵情洒墨：

"灵山儿女好身手，十载城中称健妇"，"绿旗黄幌女元戎，珠帽盘龙结束工"，苏三娘乃太平军中"恃以无恐"之劲旅。每临战"红绡抹额，着芒鞋，颇矫健"，短衣短褂，矫健善战，"姿色秀丽，有女兵数百拥卫"，老百姓奉之"神人"，有力的手臂竟是"四方"的，攻陷桂林"火光烛照满城红"。反动派对这个"泼悍大脚妇女"恨得要死，咬牙叫嚷："广西妇女宜尽诛戮，断不可姑息赦之"……在人民战争史上演出了"世界得未曾见之奇观"。

好一个"红绡抹额""姿色秀丽"，"绿旗黄幌""火光烛照""猩红当众""缟素为夫"的"世界奇观"！在黑的墨黑灰的青灰的单调底色中，这些"红""姿""绿""黄""火""猩""素"何等光彩，缤纷夺目，一下在我的眼前百木争荣，万物复苏。三娘伶仃一生，活出了万千气象，胜过人间无数！

想想苏三娘亦曾昭华正当年！却饱受反动派歧视和压迫，成为被打入社会最底层的"悍妇"、"蛮婆"，不得不在革命中与男军一样拼杀，"守卡巡更，筑营运粮"，遇大敌而后出，与之周旋，抗争。营救赢妇弱小，为争取人身的自由和生活的改善，英勇战斗，屡建功勋。

前尘已逝，斯人已远。如果苏三娘不是贫二代贫三代将如何？如果三娘有后而且子孙延绵又将如何？是啊，为了存活，那时的三娘如幕上燕巢，何以让疲惫不堪的身心得到片刻的喘缓和栖息？终日游走在生死线上的她，哪里有机会像无数母亲一样，怀着夫君骨肉，在温暖的阳光下，抚摸着即将出世的孩子，然后享受人间太平？如果有太多如果……

先哲说"凡救一人，即救全世界"。兰芳一秋，人活一世。有人戚戚于贫贱，有人汲汲于富贵。人生的意义，就是在于饱尝爱恨情愁之后，仍能超越个人痛苦，明辨善恶忠奸，用自己的双手抚慰人间的疼痛与冷暖。

面对英雄
有人站在对面
有人站在一起。
有人扩大他的影像
有人关掉他的声音。
有人不屑。有人痛惜

在全社会着力于保护历史的今天，面对古迹，有人以挖掘旅游资源为目的，有人热衷于传承文化的独特内涵。钦州籍人士刘德光，广求民瘼，观纳风谣，以客观与清醒的心态发现英雄的价值。他终日游走村野之间，聆听方言俚语。许多年过去了，他苦心收集和整理，创作了一部近百万字的民间小说《苏三娘传》。在当时没人能理解的情况下，他一次又一次跟当地的报刊编辑交涉，以五分一的版面刊载，希望在三百万人或者更多的群众中传颂英雄事迹。他的理想是有朝一日，将苏三娘的形象搬上银幕，让世人观仰。

英国诗人华兹华斯说：一个崇高的目标，只要不渝地追求，就会成为壮举。这一个个普通人就像星星，划过天际，照亮人间草木。在灿若星辰姓氏族谱上，苏三娘，这几个字虽显孤单落寞，却在市井百姓口中闪动人性的光辉。在她的身后，没有留下片石寸瓦，却留下一部气势恢宏的人间史诗，让世人传颂。

人活着用什么影响人？离世时给后代留下什么？是祖屋几间、田产万顷、还是经书一摞？民族英雄林则徐"子孙不如我，留钱做什么？"；戚继光父亲不给妻儿"留产业"只留儿子"爱国心"的古训，犹如在耳。

好在富积如垒土的百年之后，刘氏子孙惮悟"遗财不如遗德，积富不如造福"的道理。于民国30年，刘氏子孙开始投身公益。为解决方圆百里孩子们的求学问题，第五代子孙刘应时苦心筹建学校。

当我站在高高耸起的化龙中学的平顶楼上，放眼建筑群，我找到知识与财富相因相生，互助互利的契合点，平衡点。当给予很多的概念和结论之后，这些约定俗成的故事就会定格在子孙心里，像标签一样影响其行为准则和判断标准。只有立足于人文关怀及普世价值观，才能正确认识和理解财富，才能激发内生动力赋予新的活力。

走进配备教学投影仪和电脑多媒体教室，和5间规格较高的理化实验室，还有藏书近3万册的图书阅览室，我仿佛看到听到孩子们如饥似渴的求学眼神和朗朗动人的读书声。据说，学校形成了"教师勤教，学生乐学"良好风气，每年都有大批的学生考上大学，读完大学的学生又回来建设家乡，而且一代影响一代薪火相传。

苏村虽然人口众多、姓氏繁杂，但乡邻往来不分彼此，诚实交心。20世纪90年代留传至今的"自助卖菜"形象，成了当地一道独特的风景，今日的苏村，更像媒体所言"成为广西成功创建社会和谐的一个缩影"。这些踏着英雄足迹的淳朴民风，正演奏着一曲人与自然、平安与发展极致和谐的动人旋律。

物质上的富态一目了然，精神上的富足需要审视。从这个意义上来说，如今的苏村已从精神上摆脱了贫穷，成了生活的富翁，自己的英雄。

历史，以对话的方式激活

——我的"思稠"之路

人生是一场旅行。收获一二三四。

虽说秋天了，气温堪比盛夏。为了追溯历史，挖掘城市的文化旅游资源，钦州市旅游局和市作协发起"海上丝绸之路·钦州作家笔会"活动。我也随之踏上漫漫的探古之路。

说"漫漫"，有两层意思。一是时间长久或空间广远。二是任意妄为，不自检束，"王前事漫漫，今当自谨。"你想想，"丝绸之路"这闻名千年的旷世之举，在一句"全区高度重视旅游发展"的大背景下，我们一抬脚就能打通"任督二脉"，推动旅游与文化共生共融？

听老馆长"韩信点兵"

第十一号超强台风"尤特"来袭，活动决定提前。8月22日一早，40多位钦州作家、画家、市非物质文化遗产传承保护中心的专家等，从东场镇的码头登上机船。为了减缓江河长时间带来的颠簸，增加船体稳定性，东场方面的同志早早就作好出行准备，把两张机船用绳子牢牢绑在一起，还备好几十件救生衣供应急使用。我们坐在上面，平稳地随江水沿大风江行驶开去。

一路上，烈日当空。都说女人对冷空气天生的敏感，所以"热，我是不怕的"。随着中午的临近，四周热气蒸腾。或许台风前夕，空气特别的闷。船体"突突突"拉着我们，好像拉着一个火球，甩也甩不掉。我大口大口地喘气，不停地拿草帽当扇，不止地擦汗。听说还有四五个小时的行程，我想起今年最流行的一句话"我和烤肉之间只差孜然"。看着这茫茫前方，为什么不在空调空享受凉意，却要在这茫茫江海中寻找什么古迹、古人、古文化。今日此行，任凭作家画家一支钝笔，船只"突突突"，就能穿越时空，拔瘴祛雾，去描述描绘古人的年少风貌？除非奇迹。

组织者适时拿出葡萄、枣子等水果。末了，还有花生，糕点。分散注意力的我，暂且忘了热浪的灼逼和旅途的疲乏。

博物馆原馆长李世川一如既往的热情高涨。同行的作家说，他的声音嘶哑，就是昨天前来踩点，走了一天，说了一天的缘故。他携着一件东西，像宝贝一路护着。来到东场，他将手中的宝贝放在平展的地方缓缓打开，原来这是一张地形图。他和他的同伴，将20世纪70年代的老地图扩大，打印，粘贴。A4纸足足有24张，凑拼成了眼前这张全新的"钦州湾地形图"。虽然有点土，却非常精致，看得出是下了功夫的。这条从战国时期就开始了的"海上丝路"，于老馆长来说是"韩信点兵"。从中原到古越，从黄河到灵渠，从北流河到南流江，从马六甲到地中海，从路博德到马援。让我得以从千"丝"万缕、千头万绪的混沌中疏理出一条清晰线路。

历史的记忆碎片

机船行驶大约半个小时，我们来到了一个小岛。以前这里烧窑制窑而得名"古窑岛"。"岛主"刘姓兄弟搬出一块瓷砖和几个土罐罐。因其破旧不堪、色泽黯淡没引起我的注目，倒是四下寻找瓜果鸡鸭，看看有什么原生态的东西。

李馆长如获至宝，欣赏着这洗涤一新的古窑。原来这瓷砖和刘永福故居的建筑"师出同门"。清末民初，在刘永福痛打法国番鬼、和日本倭寇厮杀的那些岁月，他们在后方生起火红的窑火，为我们的英雄筑造坚固栖身居所，抵御外来侵略的腥风血雨，保卫了我们的子民和家园。为了让作家们采风顺利，前一天，李馆长和市作协的谢凤芹副主席等人前来踩点，并慧眼发现了这些古陶的价值，叫刘家兄弟好好洗一洗，让作家们也见识见识。

为了保护这有百年历史的古陶，博物馆的同志将其从牲畜的舔舐器具中"抢买"下来，成为今后博物馆中为数不多的、能勾引起子孙后代回望那段历史的记忆碎片。为了挖掘和保护钦州的文化历史，前馆长李世川一直身体力行。"海上丝绸之路"的首站顺利开拔，与他多年的奔走呼告有关。这些年来，在李世川身上，我看到他对事业的执着与追求，尽心尽力，尽职尽责，一生只追求一项事业，不随波逐流，不半途而废。人的一生只专注一件事，把一件事做好，足矣。这何尝不是人生的最高境界？

这一路上经过烈日的煎熬，此刻我端坐在古窑岛的绿荫丛中，突然有了"如月映水"的快意心情。练功之人，得先通任督二脉，"任督通则百脉皆通"，只要将心火置于肾水之中，就可身体坦然，精神泰然。想想人生在世，要吃得下两样东西：吃亏和吃苦。科拉斯说过，沿着别人的路行进并不困难，为自己开拓道路要困难得多、光荣得多。这次钦州"海上丝绸之路"，即便不是"凿空之旅""破冰之旅"，即便是"半路出家"，即便"走的人多了便成了路"，起码我们当中有很多人走在路上。我也已经走在路上。

绕岛一周，绿树成荫，十几座砖瓦窑有规则地散布密林丛中。据说，早在唐代就有人在这个古窑窑岛烧陶、制陶。想象这里原是一片荒漠旷野，有着天地鸿蒙最初始的状态。后来沉寂的泥土被文明开凿，灼眼的火苗，红得像古代猎猎的旌旗，以燎原之势向贫瘠的土地漫延。整个山就像一座亮闪闪的大火炉，每一个窑洞里藏着一个太阳。工匠们通宵达旦的赶制各式陶器，汗珠在火砺中噼啪作响。精湛的手艺，伴着炫目迷人的窑变，照彻天际。这是艺术的起源，是星月的故乡啊。

钦州自秦汉以来，就与"海上丝路"有密切的关系。生活在这里的古越人擅长水上活动，有"便于舟"的传统。唐宋时期，钦州湾地区对外交往与贸易就空前频繁。

沿着发达的水路，这些陶制品源源不断地搭上丝路的便"船"，运到南亚乃至西亚。随着年湮代远，古窑岛的窑火完成自己的使命，直至20世纪50年代才慢慢熄灭。如今的窑洞，好像一个历经风桑的老者，凝神闭关，四周芳草青青，藤蔓环绕，似乎在向我们述说坭兴史上那些繁华交织的过往。

"以伏波为指南"

辽阔的大风江，伴随着骄阳，又把我们载到了钦州海上丝路的主要始发地——乌雷。这里曾是古代商人、使节、高僧海上出入的重要门户。因有个伏波庙而个闻名遐迩，这是为纪念东汉时期的马援大将军所建。

"以伏波为指南"——当年苏东坡对伏波将军马援的这一句尊崇，我想无论是从航海的角度，还是人生指南来说，还是恰如其分的。"西汉路博德、东汉马援也。"由汉而宋，即使远隔千年，苏东坡也对伏波将军尊崇有加。

马援幼年丧父，家道中落，兄长延师教其习《齐诗》，但他志于立业边疆，不屑寻章摘句。不幸兄长病亡，马援居留守孝，侍奉寡嫂。他垦荒陇西，亦耕亦牧，牛羊多至数千头，稻谷数万斛。后来散尽家财，留下"发财致富，贵能济世，岂可当'守财奴'"的感言，悄然离去。

我想，人这一生，除了要吃苦、吃亏，还要迈两道坎：情坎和钱坎。情和钱——在马援面前是有过纠结的。"财富"和"济世"两相权衡，取其利大者，功莫大焉。他的普世价值观，远在我们后辈之上。

马援的《戒兄子严、敦书》发人深省，"恩义抚众，宽厚待人"让人看到了他仁厚与大义。其"消除民族分裂，结束地方割据，促进国家统一，维护社会安定"的政治主张和治国理念也具前瞻性和战略性。正如苏东坡所言"非新息苦战，则九郡左衽至今矣"，没有马援将军艰苦卓绝的战斗，国家的疆土就会落难于他人手中。

马援平定交趾之后，拉了南方的薏米回朝，结果被奸人陷害，说其贿赂贪污珍珠。他以气壮山河之势平定了南越，官封新息侯，感慨地说：前伏波将军首开九郡，功劳大，才封数百户。而我功劳不大，却飨福大县。功薄赏厚，问心有愧。承蒙皇恩，赖诸位之力，我比你们先佩带金紫，也喜也惭。马援感念王恩，效忠国家的故事感人至深。

瞻仰了马援将军的事迹，我想人要有"四心"。即孟子讲的"恻隐之心，羞恶之心，辞让之心，是非之心"。德泽一方，惠及百姓，焉能英风千古，庙食万年。此刻，我的心思伴随着温和的阳光，重新感知先祖所给我们留下来的宝贵遗产。

从浅蓝走向深蓝

阳光普洒万物，河水清且涟猗。

西坑村的龙眼山村旁南面约500米处，有一条人工挖掘的运河。长约2.5公里，深5至6米，宽4至5米。古有张骞"凿空之旅"，凿，开、空、通也，张骞打通了中原与西域的交通；更有东汉"马援粮道"，为了运送粮食和生活用品，避开三娘湾风浪和海盗，人工开凿了这样一条运河，沟通了九河渡和西坑江。虽然古运河的"身世"还有待考证，但在物质稀少，工具缺乏的年代，我们先人"凿空""凿孔"，硬生生地凿开一条通道，引进一条河流，就已很了不起。运：循序移动，运行、运动、运转，沟通了地区和水域。"乾坤大挪移"不是什么武林绝学，不是张无忌的招牌武功，是实实在在的、超自然现象的一条"时空隧道"。早在春秋时期，中国人在今天扬州便开凿了人类史上第一条运河——邗沟。这个古代"海上丝路"的重要港埠，是世界上开凿时间较早、规模最大、线路最长、延续时间最久且仍在使用的人工运河。

华夏的工匠们早在那些年代，就把奇妙的创意融进原生态的美。丝绸，坭陶；刺绣，雕刻；刚柔兼得，刚柔并济。或陆路或水路。把我们灿烂的东方文明播散世界各地。西方人称中国"丝绸"，因为他们最初对中国的了解，就是从丝绸开始的。应该说"有丝绸必有路，有路必有丝绸"。中国丝绸也是在"海陆相通"之时，开始誉满天下。

钦州自古以来，就是朝廷贬谪官员和流放文人之地。边远蛮荒、瘴疠多发，如果没有口吐虹霓、气吞山河的气魄，早就自生自灭于"人生尽头"的天之海角了。钦州，地处祖国西南沿海，大小岛屿 303 个，海岸线资源长达 562 公里，居沿海三市前列。据介绍，市博物馆收藏的独木舟有 8 只，我国发现晚于原始社会的独木舟共计 20 多只，钦州接近全国收藏古代独木舟之半数。在没有利器的年代，先人用石斧或石刀，硬生生削出一只只木舟，出现了"舟舶继路，商使交属"的繁荣景象，就着实让后人叹为观止。也就从那时起，钦州已孕育了走向世界的伟大梦想。

是啊，沉入历史深处，在每一条海浪的穿插与激荡中，曾那样真实地生活着一群充满智慧和胆略的人；穿越时光隧道，在泥土和浪花交织翻飞的岁月，一个个历史实践给我们留下无穷的想象与敬畏。

我想，人生路上要喘三种气：自然之气，生命之气和精神之气。走在路上的那一刻，我们便呼吸着自然之气，时而顺势而为，时而逆势而动。剔除"慵态""倦意"，多些"给力"，"创造力""成长力""逆境对抗力"，要有现代人勃勃而发的精神气。

那连接着天地的海洋，辽阔和启迪了多少代人的心智。面朝大海，春暖花开。今天的钦州，已铸造出自己的万吨海轮，更以全新的精神面貌，融入世界的洪流。北部湾的海上丝路，也将成为中国沿海经济发展的新一极。港口，从来不只是一个国家的港口；国家，从来不只有一个地球的国家。随着人类文明的发展，人类活动从黄色走向浅蓝，从浅蓝走向深蓝。陆地跨越海洋，海洋连接陆地，世界紧密地连成了一个整体。

历史是条奔腾不息的河流。汤汤千年的海上丝路，每个时代，每个区域，都有自己的亮点；沿着这曼妙绮丽的江岸、河岸，到波澜壮阔的海岸。每个城市，每个海湾，都承担不可替代的角色。既然"海上丝路"弯山曲水取道北部湾，或主道，或分支，或避风，或补给。既然我们的城市与海有关，名为"海上的丝绸之路"和我们有关，不论过去，现在，还是将来。打扮历史亦好，谱写未来也好，我们都要了解自己的位置和定位。不妄自菲薄，不妄自尊大。所谓知彼知己，知足不辱，知止不殆。

后 记

在"丝路"寻古之路结束时，一个新闻场景映入我的眼帘。习近平到乌兹别克斯坦进行国事访问。卡里莫夫总统说，古丝绸之路的枢纽，是我的家乡。习近平指着地图的右边说，丝绸之路的起点——西安，是我的故乡。

保古不重要，申遗也不重要。不论是陆地丝路，还是海上丝路。不论是原发点，还是终始港。沿途有风景就好。风情民俗，风光旖旎，风云人物，风云际会。海上"丝绸之路"曾经繁荣了两岸的国家和人民，带去友情、友爱，还有财宝，财富。尘封的记忆和过往，将以文明的方式被激活。作家画家，以深情的笔触捉摸大变革时代的脉搏，沿着这条古老的思路，也将开启两岸人民的美好新图景、新篇章。

鸡蛋以外

——读林徽因《窗子以外》

　　读书好比一场恋爱。如果文字是作者的"言"和"举"，作者的"行"即行为、品行，往往是读者要不要投入感情的前提要素。当然，因言废人或因人废言都不可取。欣赏一篇文章或许可以不看作者。但如果评论一篇文章、认知和评价一个文艺作品，完全抛开作者不论是不完整的。如果要对林徽因的《窗子以外》进行评论，我想谈谈"鸡蛋以外"，"母鸡""鸡窝"乃至"鸡屋"的一些话题。透过作者的生存状态、时代背景，试探这篇"窗子以外"的成因成果及成效。

"平面的"和"立体的"

　　一、语言特色。"递进"着"并列"；"十处"和"一次"的艺术效果。《窗子以外》透过窗之眼，给我们展现一幅中国普通人的众生相。窗子是一条分界线，阻隔着社会贫富生活的两端。窗子里是宁静的、优渥的小生活；窗子外是紧张、贫困、斤斤计较的大社会。从这些琐碎的日常，透过淡淡忧伤的文字，体现知识分子对下层人民的悲悯，和对自身优越带来的惊恐和不安。正如文章，无论是火车的窗子、汽车的窗子、客栈逆旅的窗子，扇子式、六边形、铁纱，玻璃……都是一种羁绊、缰绳和束缚。文章劝诫人们走出房子不做生活的旁观者，更是作者以一种呓语的形式完成自我救赎的过程。庞大而纷繁的叙述。虽递进，却并列；是后退，又进攻。文字上给人的感觉"跳出三界外，仍在五行中"；但思想已然"身系一处，心骛八极"。纵观全篇

4949的汤汤文字，出现近十处"窗子以外"，只闪动一个"肤浅"。做文章不是说服工作。好的文章不用说教，却起到震慑人心、撼动灵魂的功效。

二、人物性格。作为一名中国首席"女建筑大师"，林徽因不会无端"碎碎念"。念兹在兹，乐此不疲。透过作者的生活状态和时代背景，她一直身体力行"走出去"的思想。

①沐浴欧风美雨，选修"冷门"专业。1920年，16岁的林徽因随父赴欧美考察。在中国古文化的坚实基础上，搭建属于自己的审美情趣和标准。就读于美国宾夕法尼亚大学的她，因不招收女生，却在心里确立了人生目标，以建筑为毕生的事业追求。求学期间，林徽因公开表达，西式的时髦建筑植入中国，正在对东方艺术的损伤和亵渎。当时，中国古建筑的研究几乎是空白。林专攻"冷门""硬件"已令汉子侧目叫女人咋舌。为了实地测量古建筑，林徽因成为中国历史上第一个敢于踏上皇帝祭天宫殿屋顶的女性；当她闻悉北京城墙等古建筑被拆除，曾痛心疾首大骂吴晗严厉指责当时的政治领袖；新中国成立后，她充满激情参与了国徽和人民英雄纪念碑的设计。在当时的社会，林徽因初尝拨响自觉、自信、自强的文化强音。这是需要理性与智慧的。②向道德妥协，向幸福敲门。作为浪漫主义者，她和徐志摩一起，用英语探讨古典文学和新诗创作；作为一个科学工作者，她和梁思成到穷乡僻壤调查考察古建筑。而在此之前，"富二代"徐志摩，本来要传银行家父亲的基业，前程看似与诗"完全没有相干"，结识了林徽因，才得开启通往朦胧诗坛坛主地位；当时也想承父业学西方政治的"文二代"梁思成，"对建筑一无所知"。和林谈婚论嫁，林的条件居然是"你必须学建筑"。在林看来，搞建筑诸如采光、通风、透气、温湿与舒适，最能实现其"为他人设想的体恤和巧思"。林最终告别"人夫人父"的徐志摩，理智选择梁思成做一世夫君。一个女子能够自我实现并对此有充分自觉，这是何等的才情与果敢。③从小姐的闺房到"太太的客厅"。林徽因把父亲"外秀"的个性照单全收。却没有遗传母亲因失宠于夫家，整天睁着无辜、委屈的双眼，看世间一切。为悦己者容，无才便是德。在林看来都是一些陈旧思想。林的爱慕者、哲学家金岳霖，曾给搞建筑的梁林夫妇赠对联"梁上君子，林下美人"。林却不领情，"什么美人不美人，好像一个女人没有什么可做似的"。她把"有事做"作为人生座右铭。婚后的林徽因，是知性而快乐的。她将旅居英伦的"salon"泊至家中，一大批诗人、学者、哲学家、政治家，踩自行车、乘黄

包车从四面八方赶来。中西思想在这里交锋，古今观念在这里融汇。如果主人心无存粮、手无干货，不可能吸拢诸多文人使之成为北平著名的"文人沙龙"盛极一时。正如梁思成说，林徽因才华是多方面的，不管是文学、艺术、建筑乃至哲学都有很深的修养。"具有哲学家的思维和高度概括事物的能力"的她，融合中西方文化，造就一个多方位多侧面的"文化林徽因"。习研建筑的她，跳出点、线、面的限制，学会从上下左右、四面八方去思考问题，从平面观察到立体思维的转变。这是她第一次从"窗内"走向"窗外"。

"去那里"和"在那里"

三、生存状态和时代背景。1932年，冰心曾用一篇《我们太太的客厅》，讥讽"太太"养尊处优、高谈阔论。花开两朵，各表一枝。两年后，林写了《窗子以外》。不知是回应"太太"一说；还是对自己深刻反省。不得而知。当战争越来越近，林徽因是北平的太太们中最早表示宁死不做亡国奴的。1937年，日本进犯北平。林徽因举家出逃，带着行李小孩奉着老母"把中国所有的铁路都走了一段"，她经历了病势凶猛侵袭，"炸弹把我抛到空中，再把我摔到地上"，她给女儿写信"如果日本人要来占领北平，我们都愿意打仗。做中国人就应该要勇敢，什么都不怕"。大小姐出身的她，一路逃亡一路受伤一路苦中作乐。正如她的诗一样：

花刺是花的幽默，
颜色，她的不谨慎。
她残了，委屈里没有恨。

如果说旅居英伦，林徽因的视角是朝上的；遭遇战难之后，她有了螺旋式的思考。走出太太客厅的她，视角开始向众生拓展，向下层深挖。与祖国同呼吸共患难，执着于学术事业，致力于文化的传承。这是她第二次，从"太太的客厅"走出"窗子以外"。

四、思想高度和文化内涵。战地记者卡帕曾经说，"你拍得不够好，是因为你离得不够近"。这是"去那里"和"在那里"的区别，是走出去和沉下来的区别；对于一个作家，汪曾祺最不喜欢说"去一个地方体验生活"，他更愿意说去一个地方生活。就像《窗子以外》，即使学者到陌生的地方考察，那无形的窗子仍然存在。"接触和认识实在是谈不到"，窗里窗外的隔阂，永远不能消除。只有"去"与"在"换位，相互参照。才能参透生命，慈心为民，善举济世。

于林徽因而言，旅居英伦的她，立碧波潮头，看浪花欢笑；回国后的她，伫柳下花前，看世景流转。她遭遇困惑，没有像陆小曼用大烟自我麻痹；遇到喜欢的人，不像张爱玲"变得很低很低"。身处急流现场的她，在较之男人所处的特殊年岁，敢于开时代之风气；在一个女子所处的历史局限，坦然绽放自己。她一生自我修为，用一双脚去丈量和行走，用一副病体去体恤和贴近，用一腔热血去创作文学或建筑。打通中国建筑"文法"，为中国建筑学的研究创下了筚路蓝缕之功；她的《窗子以外》《微光》《茶铺》《莲灯》《旅途中》等一系列关注百姓民生的诗歌和文章，成为时代的经典流传至今仍闪动人性光辉。

一个远视、冷眼生活的人，是不能感受众生温凉的。作家亦然，感知生活旁枝末节，走进生活的日常状态，并从这细微和常态中发出悲天悯人的恸叫。如是，写出来的作品，才更有人性温度和接近文学质地。正如林徽因的《微光》：

街上没有光，没有灯，

店廊上一角挂着有一盏；

他和她把他们一家的运命

含糊的，全数交给这凄惨。

林语堂先生说："读书和婚姻相同，由姻缘或命运决定。"读书是"缘"，觅得一位堪与你同风同雨、悲欣相向的"精神恋人"，正如徐志摩所言："得之，我幸；不得，我命。"窗子以内和窗子以外，就是一个完整的林徽因。《窗子以外》值得我发自内心敬重。

2015 年 5 月

215

今天的觉明大醒

JINTIANDEJIAOMINGTANXING

"相惜相重"话文人

——纳兰容若的人格魅力

  又是这样的夜色,又是这样的月光如泻。月亮,在中国的文化天空,时而为纱时而为水,时而是纯洁少女,时而是睿智老人,更多的时候是文人笔下难以明喻的一个符号。"花间一壶酒,独酌无相亲。举杯邀明月,对影成三人。"月亮,是中国文人难舍难弃的朋友。月亮作为恩泽众生的神秘力量,一直默默洗涤中国士大夫的人格形象,善解人意,善通物情,恰似千百年来中国文人的性格与特征。

  有人说,十七世纪的北京,既是康熙大帝的,又是纳兰容若的。纳兰的英年早逝,曾令北京城的星空黯然失色;清朝乾隆读《红楼梦》拍案惊言:贾宝玉分明就是纳兰容若。每当翻阅到这样的文字,我便一次一次仰望天空。历史的投影也好,艺术的巧合也罢;"性至孝"的纳兰,不满父亲纳贿和结党;宝玉爱父亲,却将仕途经济视"混账话"。他们一生矛盾纠结,和"政统"背道而驰。在历史背景相同中,他们互为镜像,彼此观望,在看与被看间寻求相同的精神境界和文化心理。无论是文学创作,还是生活原型;无论是清朝"无人能出其右"的大词人,还是沉醉红楼"温柔富贵乡"的小诗人。他们,都曾以其悲悯情怀和诗意人生,划亮并璀璨那片文人星际。

"强强联手"的灿烂天空

  纳兰性德(1655—1685),字容若,满洲正黄旗人。清朝著名词人。父亲是康熙朝武英殿大学士、一代权臣纳兰明珠。

纳兰的父亲明珠是权倾朝野的宰相，"官二代"的他，不走后门就可以平步宦海。没就出身"钟鸣鼎食之家，翰墨诗书之族"曰宝玉，只要按现行的轨迹推进，按部就班，前途将一片光明；纳兰不让父亲找仕进的路子，他为科举考试绸缪功课，正正规规参加全国统考，康熙有"临轩亲试"的习惯，见纳兰成绩出类拔萃，欣然将其揽在身边侍奉、伴驾。以纳兰正黄旗的勇谋和汉文化的学识，无论进翰林还是军校，都是一等一的人才。纳兰本想获取进士功名能实现儒生政治家的理想，不料上司一句"天子用嘉"便轻易改变其人生轨迹。

　　君臣联手，共谱文化建设画卷。康熙深谙弘扬汉文化，能提高民族的凝聚力和向心力。他说："一代之兴，必有博学鸿儒，振起文运，阐发经史，润色词章，以备顾问著作之选。"在尊孔崇儒的过程中，他积极吸取仁政思想等儒学精华，令臣下荐举学行兼优、文词卓越之人。沿用明朝定期举行的科举考试制度，为"求贤右文"开"博学鸿儒"科招纳人才，不管做没做官，不论职位高低，只要德才兼备文才出众之人，即可一步到位接受皇帝的面试。每逢高考，他除了亲试录用，还设盛宴款待考生。其怀柔、安抚的"文治"政策，使得明遗文人"臣幸生康熙之代"，唯恐不与。以朱熹为代表的儒家理学为官方哲学，更促进了全社会竞相攻读经书的文化氛围。想象那样的画面：皇帝诗兴大发，臣子吟咏参谋；皇帝出猎执弓，臣子跃马随围。入夜，纳兰与老庄交谈；灯盏下，他拜孔孟为师。就像平原君食客三千，在他身边，君子"眷注"、名士萦绕。

　　师生互敬，探讨学问编撰经解。清朝入关后的纳兰，是幸运的。17岁入太学读书，他遇到顾炎武的小外甥徐元文。先说说顾炎武，这位思想大家曾有名言"天下兴亡，匹夫有责"，和黄宗羲、王夫之并称为明末清初"三大儒"，更被誉"清朝开国儒师"，"清学开山始祖"；再说说徐文元，他是顺治十六年的状元，顾炎武尤看重其人品和口碑，曾勖勉其："有体国经野之心，而后可以登山临水；有济世安民之略，而后可以考古论今"，这也是顾炎武的一生抱负。由于徐元文的赏识，纳兰被推荐给时为内阁学士的兄长徐乾学。徐乾学，康熙九年的探花，在当时文坛、政坛的地位举足轻重，可谓"满汉俱归其门"，"趋之如水之赴壑"，史家说其在"为国选才"方面可以和欧阳修相提并论。舅舅影响外甥，老师面授学生，应该说纳兰的汉文化和这种氛围有着千丝万缕的关系。

纳兰虚心爱好，师生互敬互重，经常一起探讨学问。入关数年，纳兰就能熟读经史子集，在老师的帮助下，两年后主持编纂囊括历史、地理、天文、历算、佛学、音乐、文学、考证等汉文化知识的《通志堂经解》、《渌水亭杂识》。老师藏书万卷，纳兰对其甚是敬重："幸得师也"，"承先生之教，以有成就"，一个满族公子，能把自己所有成就归之于老师，加之仗义疏财，德才兼备，浓浓的人情味让徐乾学深深为之钦佩。以至在生命最后几年里，徐乾学仍感念曾经有这样一位弟子："盖不徒笃生死之谊也。"

有什么领导就有什么员工。有什么老师就有什么学生。所谓"上乐施则下益宽，上亲贤则下择友"。纳兰自幼长于满族显贵，却甘愿为汉文化浸染；他在大清疆域出征驰骋，又肆意挥辟宋词江山。以至世人惊叹，"谁料晓风残月后，而今重见柳屯田"；王国维冠他的词，"北宋以来，一人而已"。正因为信奉读书人"心怀当开阔"的康熙当领导，"士林仰如泰斗"的座师亲自调教，这样一个对外来文化如此痴迷和包容的团队，客观上促进了宋词在清代文坛的中兴；疆域一统的文化观和凝聚力，更推动了"康乾盛世"精神文明建设的繁荣。在这片天空下，我们看到"君臣联手"，"师生互敬"，"诗词抵足"，"词词相融"，"满汉全席"的美好图景。

"忠义两全"的平凡伟业

既然工作是组织上安排，纳兰是既来之则安之。康熙也是既用之则安之，但一安排就不曾变过的"保安"职位，让职场哗然。也当过侍卫的父亲明珠，三十岁就升至内务府大臣；同属"保安"出身的弟弟，二十多岁就转行，一直官运亨通。纳兰却用九年时间，从三等保镖混到一等保镖。受命"觇梭龙诸羌"有功而返，在别人看来，职业再不变是不正常的，按说他是康熙跟前的大红人，向上司聊表一下心迹，要一官帽戴戴不是件难事。正是纳兰"读卷执事各官咸叹异焉"入了康熙法眼，才有了其捧着文房四宝上了天子的船的人生旅程。

康熙的才情是古今皇帝中少有的，可以说是学术型的领导。他勤奋"过劳咯血"，五岁入书房，除了书法诗画，还懂得外语，"学贯东西、兼通中外"的他，钦点纳兰为御前一等侍卫，最主要原因是"眷注"纳兰的才情。他们是表兄弟关系，两个爱好读书、精于骑射。如果说康熙是集白领、骨干、精英于一体的"白骨精"，纳兰则是德、智、体、美、劳全面发展的好青年。若不是上下级关系，这两个同龄人肯定一对文友一对哥们，下班时间吟诗作对、拼车出游。只是一个世袭皇帝，一个一等护卫。共担社稷于风雨挑忧患之使命。

多年的宫廷生活冲击着纳兰，他见多了政治倾轧，看透仕途险恶，终"视勋名如糟粕，势利如尘埃"。纳兰的内心，始终是一个心高气傲的隐士，但他没有"天子呼来不上船"的李白那样洒脱。一国之帝王康熙，江山社稷在肩，除鳌拜，撤三藩，收复台湾，抵御外侮，治黄河，惩腐败，哪一件不烫手不棘手？在皇帝功赫之显政绩之斐的背后，纳兰清词恰如一剂良方，疗慰乡情、疏解斗志，乃至被"视为股肱"不二人选。他一次次上马，出行，远征。一次次放下冰冷剑鞘，一次次握起软绵管墨，"山一程，水一程，身向榆关那畔行，夜深千帐灯。风一更，雪一更，聒碎乡心梦不成，故园无此声"。所以，无论是还是皇亲国戚、保镖侍卫，就如同他的名字一样，"感性"开道的纳兰容若永远无法抛却亲情、友情。他捂着煎熬的内心，坚守属下之职、社会之责，"从久不懈""严寒执热"，理性地做着"忠义两全"的平凡伟业。

正如纳兰开始也有远大抱负一样，宝玉也有区别于"须眉浊物"的高雅才情和"将来犹欲为何"的人生理想。只是他们的天赋和远识都被人为地束缚了。宝玉面对柳湘莲大发感慨："我只恨我天天圈在家里一点儿做不得主。"既想摆脱贵族社会桎梏，而又不无时无刻依附贵族阶级的现实，让他们痛苦不可言状。

"御用文人"的一亩三分地

古人语"君子谋道不谋食"。正黄旗出身的纳兰不用谋食，对现实的悲观失望，他的志向已不在"政道"。纳兰从屈原放逐的《离骚》找到共鸣。"西风一夜剪芭蕉，倦眼经秋耐寂寥，强把心情付浊醒。读《离骚》，愁似湘江日夜潮"，处处流露着政治上的捆迫。

在皇帝身边待得久了，大多"御用文人"不讲"气节"，只讲"节气"。比如，皇上好大喜功，就写"封禅之文"；皇上声色犬马，就作"登徒之赋"。纳兰不擅长"诗云子曰"八股诸类的时尚之学；他回避时局和政治，不有帮腔帮闲。他不写道德文章，更没有宏篇巨著。不像现今的文人，头脑里设定了程序。什么季节开什么花，逢纪念日，或某种需要，无论地位高低都竞相献艺，一律抒写花团锦簇的骈文颂诗。

正如《西江月》给宝玉的判词"富贵不知乐业"，他以诗词歌赋营生，不擅"政道"不守业不创业。在八小时之外，纳兰耕作和经营自己的一亩三分地，谋"朋友"之道"为人"之道，并结出传世之果实。纳兰的词大多写给亲情写给友情。对金阶伫立的侍卫不感冒的他，内心深处"苦于仕宦漂泊"。频繁的出差，或在机关悠然的上班，都令他心神不定。"四顾何茫茫，凝思失昏晓"是他所处环境的内心写照，正所谓，御座近在咫尺，理想却远在天涯；他是满洲贵胄，却渴慕布衣清欢。下班后的闲暇时光，他和一帮汉族遗老，诗酒牢骚，这时才是他最愉快的时光。对此，康熙睁一只眼闭一只眼，收纳纳兰有意无意递来的贡品。读纳兰的肺腑清词，康熙感同身受，时不时赏赐金牌、佩刀、鞍马，弧矢，字帖，诗抄。得到上级领导情感的默许，又提供如此宽松的环境，纳兰自然佳作不断，先后推出《侧帽集》和《饮水词》两本词集，其中的《饮水词》曾引来"家家争唱"的火爆场面。

纵观宝玉的诗，不忧国忧民，不励志也不上进。他写给春夏秋冬、花草虫鸣。他痴迷于以诗为命的女子，一首《红豆词》以欢快之时做了最"愁"的诗，敏感的诗心照彻心扉。他"怕读文章"，被父亲骂为"愚顽"的"蠢物"。他取号"富贵闲人""无事忙"，乐建诗社，精心打点个人的艺术生活。这一点和纳兰倒是致趣相投。正如宝玉的老师所说，他虽不喜读书却有"偏才歪才"，他不以命题作文胜出，却以即兴诗打动人。语句优美，情感真挚、心态善良，宝玉"真善美"全占了，唯独不是学校里的"三好生"。父亲贾政不满意儿子只当一介小诗人或在文化部门谋一文职、闲职，父亲一心希望儿子实现自己未竟的事业，奏响"科甲出身"——读书、科举、做官三部曲。所以理想与现实的冲突，形成了纳兰和宝玉两个人物矛盾纠结的性格特点。

"朱门广厦"的雪兰之香

绿水岸边的淡泊情怀。纳兰有着一腔至真赤诚，他在一首《金缕曲》写道："竟须将银河亲挽，普天一洗"，他期望引银河之水将天地冲刷，还人世清明。水纳兰身在高门广厦，常有山泽鱼鸟之思。在正常上下班之余，他经常做东，举办文学沙龙，纳兰把自己的"文学沙龙"命名"渌水亭"，把词集叫《饮水词》，著作统称为《渌水亭杂识》，如鱼饮水、冷暖自知，取流水澈透淡泊之意，以水为友、以水相伴的情分处处流淌。他主张博览群书，不囿于一家；在著作中，他引进西方的龙尾车和恒升车，"龙尾者，象水之宛委而上升也"，比国内农械"便易"得多，一个富家公子，能如此体恤民情，关注农事、关心农民的生产工具，实属难能可贵。

翻阅《红楼梦》，那些最动人的篇章都是在水上完成，"灵河岸边""浇水之恩""湘水女神"，从开篇说出"女人就是水""黛玉的血泣""一把辛酸泪"，到"我若果有造化，你们哭我的眼泪流成大河，把我的尸首漂起来，随风化了"。无论纳兰和宝玉，都与水结下不解之缘，用水之德比君子之德，修行其品性，同时又和其天性爱水、喜欢温柔如水的月亮情愫相吻合。

月亮意象下的诗意人生。贾宝玉曾说："男人是介入鲍鱼之市，女人世界则若芝兰之室。"纳兰是、贾宝玉也是，他们更像月光下的芝兰和雪花，"冷处偏佳，别有根芽，不是人间富贵花"，清高脱俗，摇曳动人。他们追求率真至诚的生活，却被世俗的峨冠博带所羁绊；他们想赤条条地接住直泻而下的月光，留得住的只有无尽的昏暗黑影。

多愁善感，好像与生俱来融入文人的血液。在纳兰一生中，"愁"字出现 90 次之多，但他只"怨天"不"尤人"。纳兰随康熙南巡时，曾遇江南才女沈宛，18 岁的妙龄就能出书集《选梦词》、《众香词》，而被纳兰欣赏看重，惺惺相惜，终因沈的身份和血统，没能跟纳回到京城。那句被世人用烂千遍的词："人生若只如初见，何事秋风悲画扇。等闲变却故人心，却道故心人易变"，就是纳兰以情人的口吻谴责自己而作的；推己及人，对对自己无情的也有情，这一点和宝玉的"情不情"一脉相承，贾环推倒油灯，烫了宝玉右脸一串燎泡，他是这样说的："有些疼，还不妨事，老太太问起，只说我自己烫的就是了，"平日里他看见花草鱼儿就和花草鱼儿对话，见了星星月亮就咕咕哝哝，"视草木有情"，这何尝不是人文主义情怀的一种表现。

在纳兰现存的三百多首词中，悼念广妻的词占十分一，《蝶恋花》："辛苦最怜天上月，一夕如环，夕夕都成玦。若似月轮终皎洁，不辞冰雪为卿热。"道尽了无限思妻之情。除了思乡思亲，纳兰的朋友诗占的分量最重。他一边伴驾出行，一边道说孤忧道述离愁，他一边劝慰朋友一边给力朋友。

《金缕曲赠梁汾》："青眼高歌俱未老，向尊前、拭尽英雄泪。君不见，月如水。"在纳兰词中，月意象共有131处之多，以月寄托相离愁，以月咏史感怀，以月悼念亡妻……"月"是他的文人情感的化身，所谓"浅吟低唱明月里，千愁万绪总关情"。一个人独守清明，心如朗月，保持一份淡然、一种风骨，谁说不是自尊自觉自信的人生态度？

　　普世关怀的光照中散发着悲悯情怀。凡世间之无知无识，彼俱"有一痴情去体贴"。无论是纳兰，还是贾宝玉，他们的观念里几乎没有等级尊卑，有的只是众生平等。在《红楼梦》有一章节，众姐妹聚在一起欣赏宝琴的《桃花行》，宝玉看了竟滚下泪来，此时阳春三月，万象更新，如果不是文人相重，惺惺相惜，堂堂男儿身躯，怎么会以泪拭面；蔷薇架下，长相和气质像极林黛玉的龄官，用簪子在地上画字，宝玉痴痴随着簪子起落，心生同情，以至自己身子淋湿，却浑然不觉；在芦雪庵，大家边烤鹿肉边饮酒边作诗。众姐妹表现突出，独宝玉联句最少，众人要惩罚他，宝玉去折了红梅之后又被罚写"乞求红梅诗"，如果不是他好这一口，能乐此不疲，常常提议行酒令，作桃花诗菊花诗海棠诗，创建各式社吟社诗社"互敬互爱互如宾"等文艺沙龙？

　　在文友眼中，纳兰天性温良，从没有"富二代"的骄横架子，他的朋友都是"落落难合者"、"仅一布袍"、"生计无着"、"窘甚"、"贫甚"的困顿书生，在他的渌水亭，朋友谩骂世态，恣意国事，纳兰只是在一旁颔首聆听；这一点和宝玉的"视天下万物有情"颇为相像。在把奴婢看成"猫儿狗儿"的贾府，宝玉对待男仆正如兴儿所说："我们坐着卧着，见了他也不理他，他也不责备，因此没人怕他，只管随便"，丫鬟可以掷骰子，磕满地瓜子，直呼其名，支使他干活，小厮遇到他，"一个个都上来解荷包，解扇袋，不容分说，将宝玉所佩之物尽行解去"。他们在月光下，静养一颗诗心，用水一样的温柔、包容，磨平生活的棱角和折皱。

"爱屋及乌"的情感实现

　　以风雅为性命，以朋友为肺腑的纳兰"结遍兰襟"。至此，民间流传着一个"生馆死殡"的故事。纳兰有个好友顾贞观，因其好友吴兆骞惹事被流放到黑龙江，顾贞观鸣不平，向纳兰性德求援，看了顾贞观为朋友写的《金缕曲》，纳兰哭了，回信说"十年之内一定会想方设法解决"，顾贞观不满意："人寿几何？请以五载为期"，如果不是深交的友情，谁敢捞朝廷重犯？还言出不逊地"讲条件"？纳兰看了《金缕曲》曰："河梁生别之诗，山阳死友之传，得此而三"，短短十六个字中，引用"河梁""山阳"两个典故，再加上"松陵才子吴汉槎屈膝处"——顾贞观为救朋友下跪，把气节看得重于生命的文人，才配得上纳兰般高洁的友谊。对朋友好——莫过于对朋友的朋友好。在老师徐乾学的帮助下，纳兰把吴兆骞捞回了北京，旋即又聘用他为其弟授教学业，吴兆骞病故后，身在江南的纳兰，又旋即回京为吴操办丧事、护送灵柩回到家乡。

在纳兰和宝玉的世界里，所有的文化名人和文艺小青年都是好朋友。宝玉初见美少年秦钟，便妄自菲薄，恨自己不能早日结交，与他攀谈更觉有涵养，是知己是密友，"天下竟有这等的人物！如今看了，我竟成了泥猪癞狗了！可恨我为什么生在这侯门公府之家？要也生在寒儒薄宦的家里，早得和他交接，也不枉生了一世"，学堂之乱，擦伤了秦钟的皮相，看看宝玉那个急，先揉后搓，一腔的义愤。和文艺青年蒋玉菡的友谊更是如此，一个赠扇坠儿，一个赠汗巾子，宝玉说"为这些人死了都值"。

他们就这样淡雅如兰，度化一切苍生；他们繁花似锦，却不如一株草木。"不通世务"的宝玉，一生都没有受到世浊的浸染，他说男人是泥做的骨肉，也极力远离那些面目可憎的俗气、臭气和浊气。他将仕途经济视为"混账话"并厌恶和"为官做宰"的人物交往；身居贵胄的纳兰，是政治倾轧舞台上的觉醒者，自从披上那件厚重的黄金甲，他的心灵已然繁华脱尽，正如所言"不是人间富贵花"，死后也不曾留下万世家业，只有那一本《纳兰词》跌宕流转，被潭水边、月色下无数有心人深情吟唱，并以其人格魅力迎得了"隔世异代"知音知己的万般热爱。

中国古代有"文人相轻"一说。透过文学创作中的艺术形象，还有现世生活中的至真友情，诸如纳兰辞世后，"为哀挽之词者数十百人"；老师徐乾学号啕般撰写墓志铭；同学的神道碑、墓表，感人至深；"且擗且号，且疑且愕。日晻晻而遽沈，天苍苍而忽暮，肠惨惨而欲裂，目昏昏而如瞀。其去耶？其未去耶？去不去尚在梦中"……所有那些漫天涌来的泣声与泪水，都是朋友们赠予这位友人的至真礼物，更印证了文人间的另一个词——"相惜相重"。

"崇实戒虚"话文化自觉

——冯敏昌的理想追求

原以为，这是一条通坦大道，这一路必定花草势猛。然而，这里没有香烛袅长，没有拜谒者众。当我沿着荒凉的小路，伏身攀爬，映入眼帘是一丘荒冢。此时，我脸上的容妆，连同内心的惊讶、羞愧，统统被汗水浸漫。

时值深冬，无风无雨。我慕名来到冯公墓地。这样的时节，适合拜谒一位长者。这位长者不是年龄的差距，不是年代的久远。他，伟长的身影，悠长的乡思。让世人景仰，让亲人感慨。

谦卑为怀，"以诗文请业"

出生在钦北大寺的冯敏昌，是钦州的文化高峰。他是"天下异才"，曾经给皇帝当过老师。当我了解敏昌的成长履历，脑间闪现这样的词，"学霸""考霸"。揶揄一点，是"学界的霸主""考试王"；好听一点，学习好，是真正为梦想而坚持的人。这最后一点，和冯敏昌是划得上等号的。

冯敏昌一生参加过三次高考，两次落榜。换了别人，或许早就气馁怠惰，没了斗志。他7岁学《毛诗》，9岁读《四书》《五经》。10岁攻诸家古文。12岁考秀才。16岁入肇庆端溪书院，17岁读广州粤秀书院。19岁"以选拔贡入国学"。1770年中举第三。1778年，最终金榜题名。

每一个数字，后面都是一道人文景观。

考秀才那年。因年幼身矮，敏昌被扶上椅子，被考生讥笑："东鸟西飞，满地凤凰难下足。"你是只小鸟，这里个个是凤凰，哪有你落脚地方？敏昌同学随口应答："南龙北跃，一窝蛇蚧尽低头，"并考了第一。

冯敏昌的祖辈，有两任为翰林院编修。有这样类似中科院工作的外公、曾祖父，光环笼罩。换了别人，为学识加分，为身价增值，"晕轮效应"必如影随形；敏昌谦卑为怀，却从对外不夸口，自我炫耀。常常"以诗文请业"。从他的年谱，随处可见"灯尽更阑，明星升东方，犹未归寝"、"每鸡鸣起，自温读后专力讲解"、"鸡鸣必起，自温盥洗，即读《礼》百遍迨晓"、"每五更起盥，必朗诵经史"、"每夜恒起治经学"。为梦想而坚持的人，"痛，并快乐着"。

冯敏昌少年就读各大名校。既是岭南学术中心之一；又为清代广州四大书院之首。名师指点、宿儒授教。讲正学、敦品行、讲义利、习礼文，背诵五经、疏通书理、约观史事、正文体、究心诗赋、用功书艺、兼及诸学、通习训诂。由于得到正规教育，冯敏昌"诗律日富"，被赞"南海明珠"。

憎恨官场，拒绝与贪腐为伍

大学三年后，冯敏昌得以编修《四库全书》。这是乾隆时期一项重大的文化工程。心中有信念，不断追求理想。如龙潜深渊，藏锋守拙，机会总给有准备的人。能够参与国家级文化项目的工作，说明冯敏昌的才华得到学界认可。

这样的出身，这样的学识，冯敏昌是想有所作为的，但他在仕途上并不顺利。自幼"持身洁行君子儒"，认为贪腐有悖孔孟之道，所以为官是一件痛苦的事。在任礼部会试同考官时，反对以权谋私；在任刑部河南司主事时，竭力奉公；当遇到疑难案件时，"仰体皇上好生之德，俯思朝臣折狱惟良"，同情老百姓；秋季判决死刑囚犯，寝食难安；曾著文抨击书院与吏治武备"罄竹而难书"。冯敏昌在国家要害部门担任重要职位，可谓炙手可热的政治新星。但他憎恨官场的黑暗，拒绝与贪腐为伍，发誓至死不拜处处排挤、陷害他人的和珅。

"人生在世不称意，明朝散发弄扁舟"。李白面对现实"不称意"，只能"散发"弄扁舟。我们怀揣年轻的梦想奔走，当人生遭逢困境，理想就是一个GPS，这是一个生活的导航仪，我们要在波涛的汹涌中，及时调整前进航标。

弃官隐归，倾情着力教育

从官场下来，冯敏昌隐退不"隐世"。他提倡振兴学校，教育救国。奔走四大书院之间，对后辈谆谆教诲，厚德长技，励学敦行。他是这样说的，也是这样做的。执教书院期间，亲自动手修理学子们读书的场所；为书院添置桌椅、改善伙食，从自己微薄的俸禄中拿出银两为学院修理门窗、桌凳。敏昌对家乡的儒学、书院常挂心间。回到钦州老家，看见学校年久失修，成了危房，痛心不已。他倡议集资修理书院，为地方培训人才。对发展当地的文化教育事业可谓不遗余力。

他主张"圣贤学问"讲求事功，"以功用著力"，着力奉行"崇实戒虚"。反对大盛于清的时文制艺与空谈心性之学。穷经皓首，读八股写八股，一场一场考八股，生机阙如。用鲁迅的话，这种"烦难的文章"烦难之事，贻误学生，束缚人的思想。

学校空谈，范本束缚，不适合社会建制；当学霸模式转化成工作模式，一味贪大求全，追求学术 GDP，沙上建塔，轰而塌之。"学霸"并不重要。重要的是将所学转化所用，再把生活遇到的问题去学习新知识，解决新问题。所谓荀子"知之而不行，虽敦必困"，"知"而不"用"，再丰富的知识皆是枉费。敏昌深谙此理，强调"学以致用"，致力于以学促变，将理想化为现实。

他破入清旧规，增设经策论题课，专门分析地方利弊，从而把书院教学逐步引向经世致用之途。经其教育诸生多有所造就。如内阁学士觉罗桂芳、琼州太守焦琴斋，阳春李正纲，钦州郭北圻，电白邵咏，等等。他轻浮华，贬空谈，鄙玄虚，以自强和务实的精神开展工作。现下评价和考察一名干部和官员，"德能勤绩廉"，一应俱全。敏昌孝顺，尊师爱友。好朋友钱载、张锦芳去世，哭得吐血。守孝、持义、爱乡，冯敏昌的嘉言懿行，受到了世人的感激和爱戴。

简单通泰，人生至纯之境

学霸，学而不霸。所谓亢龙有悔。人不能选择自己生存的时代，但是可以选择自己在时代中的处世态度。冯敏昌生性不羁，厌倦朝廷昏庸，绅吏凶残，及时远离官场。按理说，享受高级别"奉政大夫"，又给皇帝老爷当过老师。家族必深得封爵嘉奖，世世代代获福祉庇佑，全然可以衣锦还乡，养尊处优，在家"叹世界"。但他激流勇退，献身教育、寄情山水。举凡风月、花草、山石、树木、宫室、亭寺，都入诗作；勤奋筹筑文功，身为壮族少年，自地觉融入汉文化，以2000首诗作、洋洋200万言上乘之作，成为名副其实的"高产诗人"和教育家。所撰写的著作"世称善本"，是"一代之宏载，千秋之杰作"。

对于生活，每个人都有一道账目。我们算不准有多少幸福，多少痛苦。对于人生之书，我们都是自己抒写。只要心中有信念，生命源泉就会用之不竭；只要卸下各种贪欲，人就会变得简单，活得通泰。冯敏昌廉正为官，严谨治学。他的一生来如风雨，去似微尘。

有一种人，是适合隐于荒野的。没有山岚，没有雀鸣。是的，这样的季节，适合拜访这样一位长者。他，以诗词见长。以文教立世。他长于斯，长眠于斯。他就是冯敏昌，为官清廉，低调做人；高调崇文。

拜访这样一位忧世志士，文学泰斗，我是应该素面相见的。

2014 年 12 月

一双手 两个人 一句话

——"杜甫草堂"走笔

"杜甫快乐吗？"在四川成都，在成都的杜甫草堂，一个十岁的小孩这样问我。眼前这个小学生，耳朵上挂着一个扩音器，手上拿着一本笔记本。原来，他是一名义务讲解员。

从小学读杜甫，"朱门九肉臭，路有冻死骨"，便深深烙印在我的脑海。但我从没有真正了解过杜甫。小孩的声音充满童稚，眼神清澈明亮。我一开始就被他的神气和自信逗乐了。因他的一个追问，我陷入了深深的沉思。

这个叫蒋一诺的小孩，不去学习班、不去游乐场，因为书本带来的效应，因为父母对文人的敬重，因为杜甫的名声和气节，为游人作讲解员成了周末的功课首选。

杜甫草堂，坐落在成都市西郊。是唐代诗人杜甫躲避"安史之乱"，流寓成都，在朋友的帮助下修建的茅屋居所。

走进草堂，古木参天，荫翳蔽日。一尊杜甫跪姿的铜像，安放于大厅正中央。杜公身材精瘦，一双手让人触目惊心，十指峭长冗弱，形同枯蒿。透过眼前这单薄羸弱的身骨，看杜公沉思苦吟的神态，似乎感到时光倒流一千二百多年。眼前的诗人，穷困潦倒，漂泊星河旷野。他跪立船头，双眉紧蹙，仰向苍天悲怆发问"乾坤含疮痍，忧虞何时毕"。这尊来自中央美院雕塑系教授之手、极尽夸张和抽象的艺术造型，凸显诗人饱经忧患的一生和忧国忧民的情怀。

我近靠诗人，感受到铜质传至身体的凉意，杜甫一生贫病交困、饱经忧患，让人唏嘘让人感叹。

无独有偶，一位年过六旬的老人，自称四川大学的老师。他见我流连于杜公雕塑，不止探视、触摸那双手。他走过来，指着杜甫形同枯枝的双手，说"杜甫不快乐。杜甫太苦了"。一个知识分子活成这样，是不是太苦了？老教授的一句话，同出一辙，像是孩子的问题给予回答。

　　一千多年前，一个叫杜甫的人以博大的济世情怀体察人间冷暖；一千多年后，一老一少在为一个作古的人同情忧心，为他的肉体的痛苦和灵魂的煎熬，不止击问。杜甫以《茅屋为秋风所破歌》的痛苦生活体验发出由衷感叹："何时眼前突兀见此屋，吾庐独破受冻死亦足！"他逃避战乱、漂泊湖湘，深感"乱世少恩惠"。然而，杜甫仍然"减米散同舟，路难思共济"，不会因为个人的苦难而减少对他人的同情。

　　深沉的忧患意识是汉唐文人的精神内核，眼前的人和事，穿越时空，在汤汤千年的中国古文化中融和、契合。其来自文人内心深处"忧世之思""忧生之嗟"，让郁郁不得志的文化人寡欢失意，长嗟短叹。诗人力图摆脱精神的苦闷，却每每陷入理想与现实的新的矛盾，加重内心的烦忧苦闷。

　　正如老教授所言，如果一个知识分子累得这么苦，是生命个体的悲哀，更是时代的悲哀。从杜甫身上，看到了时代的悲哀。后来得知这位老教授的主要研究方向，是人脑科学与哲学的命题，参与核技术研究与开发。知识改变人类，知识就是财富。是的，知识分子要把自己通过学习得到的知识，用于社会、构建社会、发展社会。"经世致用"是中华文化的精华。经世，经国济世。志存高远，胸怀天下，是知识分子的"形而上"；致用，学用结合。脚踏实地，注重实效，侧重"形而下"。主张以"修己治人之实学"取代"明心见性之空言"。诚然，教授的现世忧患有别于古人。变知识为生产力。强调学问不仅要修诸身心，更要达于政事。发挥自己的社会政治见解，并用于社会改革。

　　8岁的蒋一诺面对游人，显得十分外向开朗。家长兰天说，"让孩子们到这里锻炼，可以培养他们的文化认同感。""草堂小小讲解员"接受相关知识和技能培训，内容包括茅屋故事、杜甫生平、诗歌楹联、讲解技巧、博物馆日常英语等，才正式上岗。旨使孩子们将课内学到的知识得以在课外实践，致力于培养青少年传承传统文化。据介绍，表现优异的"小小讲解员"还将走出四川，实地探访各地的历史文化遗迹，等文化考察的活动。其志愿服务活动千余次、讲解万余次、服务观众10万余人，服务人群涵盖各省区市和我

今天的觉明天醒
JINTIANDEJIAOMINGTIANXING

国港澳台地区，以及美国、英国、新加坡、马来西亚等国家。这种印象深刻的直观感受，是孩子在学校里学不到的。

人人都是文化传承人。一滴雨落下，十万河流涌动起来；一条河走过，十万森林澎湃起来。可以想象和预见，这种参与社会的活动，对孩子的成长乃至全社会，对优秀的文化的传承和光大，将有多么深远的影响和作用。成都人尊重文人，敬重文化，注重于对传统优秀文化的传承。杜甫草堂，可窥一斑。

"杜甫快乐吗？"学生的一个问号，老师的一席话。拷问每一个知识分子，像时代的黄钟大吕撞击着每一个文化人。

我想，文化除了传承之外，还要给后人以什么警示，并由此产生无尽的思考。

鲁院讲座学习札记

　　人，总是只知道所知道的，不知道所不知道的。"所知障"，这是文学写作路上的我，随时提醒自己的人生警语。

　　晴日轻风，花果递香的时节。我有幸参加鲁迅文学院西南六省第四届青年作家培训班。著名作家、评论家、诗人老师讲授，为学员们配制了一次涉及思想、观念，包括思考方式方法、经验技巧的文学大餐。为我们标识了优秀作家的精神向度，树立了优秀文学作品的标杆，也为学员们的写作确立了新的写作基点和出发点。

　　席慕蓉说，每一条走上来的路，都有它不得不跋涉的理由。收获是多方面的，消化老师所给予的集束信息，考验个人的悟性；观念的印证，要体现在往后的写作和具体的文本，形善自我、创作佳作，尚需不懈努力。老师的妙语、警句，思想和观点，无不给我留下诸多的思考。

——开头的话

231

"平凡"的不平凡

——阎晶明谈"文学文体的流变与作家的选择"

"文学不拼先进性,文学往往是向后撤的。"老师一句话,让学生思量甚多。

阎晶明著名评论家。一直身处文学现场的他,以"文学文体的流变与作家的选择"为题,通过对优秀作家精神世界和优秀作品的多维观察,对中国当下文学现状、创作的新文学视野和写作方向进行分析和思考。

阎老师说,由于文学生态环境发生变化,如今的小说强调故事和情节。武侠、言情、反腐、玄幻、穿越,各种新潮小说泛滥,泥沙俱下。网络小说的出现让长篇变得冗长,质量随之值得拷问;文学批评专说好话,学术考评推波助澜。社会的需求,迫使文化人去适应去追随,写作功利性潜藏着"务实"、"非文学"的动力,可以说是时代风潮影响的结果。

文学创作要走出自己一条路。阎老师以《平凡的世界》为例。当时的中国文坛要突破现实主义,追求西方新潮。"平凡"却与时代格格不入,被嘲语言老土、"学生腔",题材不入流,"老掉渣"。这部一百万字的文学创作,秉持现实主义传统的"平凡"与标新求异的 20 世纪 80 年代狭路相逢,一时挫败,却流传至今。清华大学录取学生作为励志,每人赠送一套《平凡的世界》;2014 年搬上荧屏,带动了其出版物的旺盛。

"平凡"的不平凡问世,艰难曲折,来之不易。"平凡"的经典性,体

现在成熟的结构能力。相对固定的空间又有所延展，相对确定的时间跨度又有所延伸，繁杂有序人物关系构成一个完整的网状结构。"平凡"取胜于庞大的结构，立体的复杂的人物关系、驾驭故事结构的能力。作者没有惊人的定力，是根本无法完成的。历史相隔30年，"平凡"就像一个历史记忆的储存器，是中国人的奋斗史的一个缩影。成为"现实主义常销书"的代表。

"平凡"语言上的朴实，既留下历史的印迹，又与今天产生离间的效果。字里行间留存浓厚的改革开放初期思想萌动的味道，比起今天很多作品中语言腔调、架势远远大于思想、凌驾于情感之上的语言，有着难得的纯真与质朴。"平凡"的文学语言是平凡的，所发感慨、喟叹、抒情不是惊天动地的、洋派的表达，而是真实饱满地呈现人物的所思所感。他的议论就事论事并不高蹈，他的抒情有着略有文化的农民的朴素和真挚。创作于20世纪80年代中期的"平凡"，处在历史的转型期。作者紧紧抓住一个看似"平凡的世界"，他们并非领风气之先者，然而他们要改变命运，同时也被命运改变；20世纪80年代，中国文学也正在现代化的路途上狂奔。"平凡"却没有随社会潮流奔跑。

洗尽铅华，方现风流。"平凡"表现的是30年中国社会历史的出发处，是翻过万重山水急速前行的初步。今天再看《平凡的世界》，其中所讴歌的对象在当年的文学急欲现代化氛围，很容易遗弃；在今天的创作追求更高妙的深邃过程，很容易忽略。所有这些情节选择都闪现着难得的人性光泽，是很多当代文学作品缺乏或无法艺术地呈现的宝贵品质。也许正是这没有多少值得今人效仿的创作手法和写作技巧，最有理由配得上"有筋骨、有道德、有温度"的创作。

慢工出细活。慢火熬老汤。文学终究不比拼先进，文学更多是比耐劲，比坐功，比定力。在文学思潮汹涌的时代，人们的思想飞跃复杂到难以想象的程度。先锋、寻根、无主题、意识流、非虚构、实验性。流派纷呈，手法各异。网络开始稀释文学概念成为泛文学。什么人都可以成为作家，写作者不按传统的路径、传统的方法，从事写作。面对更复杂的文学环境，作家要有所坚守、顽愚和执着，不轻易被俗世和潮流所裹挟。同时还要弄懂自己的爱好，兴趣，和倾向，选择契合自己的路径、方向去发展。打开视野和胸襟，超越历史、国家、个人的具体层面，以保持文学真谛为写作出口。写出来的文字和作品才能穿越时空，永葆生命力。

每个人都是种子

——短篇小说之王刘庆邦"种子说"

作为一位写了30多年小说作家，刘庆邦一直是长、中、短篇各体皆备，是一位名副其实的多产作家。他说，每一个人身上都怀有小说的种子。因条件不同，可能有的人种子多一些，有的人种子少一些。对于不写小说的人来说，种子对他们是没有意义的。而对于热爱小说创作的作者而言，每一颗短篇小说的种子都来之不易，都值得珍惜。我们时常会看到一些不错的短篇小说，它们枝肥叶壮。但花朵开得硕大鲜写小说有很多关键因素，主题、素材、结构、节奏感等。

在鲁院学习的堂课上，我有幸听到了刘庆邦关于小说的"种子说"。如何"用处在两块肩胛骨之间的那块骨骼"去感受震颤和领略文学文字的美妙。他说，"写短篇小说面临的问题，首先就是找到小说的种子。有了创作素材，小说的'种子'在哪，是可能生长成一篇小说的根本性要素，这个种子可以是闪光点、支撑点、爆发点、眼睛"。我们有时会看到好小说，同时也看到一些脏污的东西，这些东西就缺少了短篇小说的因素。拿一个自然界的种子来比，我们在自然界里寻找种子是比较容易的。我们种黄瓜地，留种的瓜是要留个标签，表示这是不能摘的，这就比较容易发现。在现实生活中寻找短篇小说的种子，孜孜以求，苦苦追寻，却难以找到。当找到这个种子，会高兴得跳起来。种子有时在开头，有的可能在结尾，有的可能在中间。可能是一个题目、一句话、一个细节、一种思想、一种理念。有一个东西，一个故事，可能在我们脑子里存在若干年，觉得可能会写成一个短篇小说，迟迟不能动手写。可能有一天，我们会发现了种子在哪里，时候就到了。

同时，写小说要突出"现在进行时"的现场感。一个短篇小说要充分调动视觉、听觉、味觉等感观来构造背景形象，使小说更具立体感和厚重感。小说要把人性的丰富性和复杂性写出来，与社会性融合，要通过心灵的抒发建立和世界的联系，进而创造新的世界。用瞬间的审美与放大的空间共同构造短篇小说的内在联系。

一篇完整的文章，是由一个一个段落、一个一个句子组成，基础性的工作，就是造句。刘庆邦这样教我们造句。他在大学中文系请学生用"响应""号召""涌现"造句，十有八九"响应"造句的时候都会搭配"号召"，"响应党和国家的号召"；"涌现"搭上"好人好事"。刘老师给大家造的句子是：响应：班上一同学咳嗽，全班跟着响应，教室里"咳咳咳"声此起彼伏；号召：一群鹰在头鹰的号召下，在天空转了一圈，又一起向一头腐烂的牛飞去；涌现：一头牛尾巴一拜撅，牛粪涌现出来。刘庆邦充满智慧和经验的幽默，惹得学员们哄堂大笑，笑声中全是认同是尊重是响应。

作家要做到羞于重复别人和自己。刘庆邦举了一个例子。刘恒写了一篇精彩的小说，叫《狗日的粮食》，后来大家就一窝上。现实是雷同的，但虚的不同而不同，有自己的发现，写出的小说而不同。小说的种子生长于心，得到小说的种子，要变成小说，还有艰辛的创作过程。

刘庆邦从 20 世纪 70 年代当矿工时开始写作，以处女作《棉花白生生》走上当代文坛。在这个长篇主导，短篇缺失的文体发展失衡的时代，他始终坚持底层的立场，叙写震撼灵魂的短篇故事。刘庆邦这种独特的艺术姿态，便是他对纯文学的追求和挚爱。其中《鞋》获得第二届鲁迅文学奖，《人民日报》在副刊版史无前例刊发小说，把珍贵的版面让位给刘庆邦的"鞋"。以"种子说"行走小说江湖的他，一直和商品文学无言对抗。虽未激烈的"火爆"，却默默地传递和跃动着热度和光亮。正如读者说"我是看刘庆邦小说长大的"，最人的特点就是"好看"。

像讲别人的故事一样，他平静地说，我写的两百多篇短篇小说基本上都发表了，也有退稿，可找不出一篇废稿。我仍然愿意精心侍候心中之王。刘庆邦平常得令人尊敬，无愧于"短篇小说之王"的称号。

每个人都有黄金

——诗人商震说诗歌

　　艺术是人类的理想，诗是人类的良心。看得懂诗是幸福的，听诗人讲课是耳目的享受。《诗刊》主编商震，给诗人冠"天才"称谓，并用"刃酒琴棋诗书画，风霜雪月花鸟鱼"来概括心中的天才，才子。

　　诗人是需要天赋的。诗有别才，非关书也。诗人的灵性与顿悟，应该是与生俱来的。对于诗人，"刃酒琴棋诗书画"是能力，"风霜雪月花鸟鱼"是情趣。好的作品，能力和情趣缺一不可。刃是要求诗人和诗作要有刚性、锐气，要有对社会事件的判断；酒和诗的共同之处是释放人的情感的通道；琴即诗的音乐性，棋指合理布局，书即读书，画讲究密不透风、疏可跑马，讲究笔断意连、留白，诗歌也正是如此。

　　诗歌与音乐是绝对的近亲，音乐给诗武装了美，音乐让诗得以流传；有些画家，以法见长，艺术造诣上缺乏含韵、意味不够深远。法大于境，那是科学家。艺术家强调客观世界与内心活动。齐白石的画，境大于法，意韵取胜。主张"妙在似与不似之间"，把自己的思想感情，融入表现的对象。迁想妙得，提笔一挥。笔墨技术是保障，但是为意境服务。

　　诗人首先要"感"。即感受，感触，相信自己的感觉。对事物对外界的感知，用一个点一个局部，对情绪、情感进行释放；其次，是"觉"。我觉得、我认为，强调自身的感觉。身份比话语本身更重要。比如，李清照的"载不了许多愁",以"闻说"、"也拟"、"只恐"转折为契机,上阕写春去人愁,下阕逆锋倒接,略作回旋,一波三折,最后跌出本意。强调个体的主观感受,被表达的对象如何作用于自己、作用于他人。总归是把重点放在被表达的事的影响之上;

再就是"悟"。惮就是悟。惮是过程,悟是想清楚。是知和觉,诗人的感觉,诗人的认知。先领悟,然后勘破禅机。诗人重在情感环境、人文环境给予个人的感受。感。觉。悟。是诗人的基本功和基本素养。

诗人,要有对真理的怀疑精神和对常识的颠覆意识。要有独立的个人判断,以特别的经验,通过自己的喇叭传送出去。

写诗不是"照镜子",诗人更不是"真人秀"。商震说,每个人都有自己的一些黄金,没必要去掏别人的钱袋。诗人,写出来的山,是自己的山,写出来的水,是自己的水。"革命"一词仍然适合于文艺创作。尤其是诗人。诗人的革命,首先应是认知的革命,感觉的革命,这样才能带来审美的革命。诗人要有超前和破后的意识。传统与现代,不是外在的形式。就像不能根据"白领,蓝领"来区分人的贵贱。写诗不在于形式,诗歌只是工具。

有一种说法:诗到语言为止。还有一种说法:真正的好诗看不到词。这两种说法并不矛盾,它们都在阐述诗本意义与词语的关系,它们是殊途同归的。

诗歌要抒情,但最忌抒情。诗歌能不用形容词就不用。诗是要讲求词语的,杜甫的"语不惊人死不休",贾岛的"两句三年得,一吟泪双流",已经为我们树立了榜样;但是,诗不能为词语而写。词语只是诗的载体,没有诗意,词语连积木都不如。我们看时装表演,首先是看到了走动着的模特的美,然后才是衣服的美。绣花的草包枕头不美;同样,裸体的模特也不美。

诗歌,要处理好抒发与滥情的关系。同时,诗人要耐得住寂寞。为了喝彩去写诗,一定不会是个出色的诗人。

"无数的人与我有关"

——李一鸣谈文学"人文性"及其他

今天的觉明天醒

JINTIANDEJIAOMINGTIANXING

"他的博学与睿智、温厚与善达，令人满怀敬意、心向往之。"熟悉他的人都这样评说。

李一鸣，鲁迅文学院副院长，教授。鲁迅文学奖、茅盾文学奖评委。文学讲座上，他以"人文性、独立性、原始性"为题，给学员们诠释文学的人文指向。道出心态、技巧和情怀对文学作品的重要性。

李教授说，当我们面对世界，所表现出来的精神趋向，比如给一朵花赋予人的情感和生命；看见一棵树被人泼污脏的水、滚烫的水时，所发生的那种疼痛的感受；见到苦难会想到别人，见到痛苦会想到自己。同情，怜悯，爱惜，这就是人文。当一个作家，面对一只曾经跟随着他（她）、和他（她）一起经历的无数故事，大发感慨，这就是人文。

"妈妈的手就是诗，一针一线纳在鞋底上，我把它发表在长安街上……"李一鸣教授以此讲述有关文学的人文性。从诗歌、小说、散文创作的具体实例展开，就文学创作的技巧、心态、情怀，及"原地"等方面，深入浅出，解读文学秉持人文精神，要做到三点：把人当人看、把人当我看、把我当人看。

诸如，古有孔子"仁者爱人"，己所不欲，勿施于人。孟子"老吾老以及人之老，幼吾幼以及人之幼"。范仲淹"先天下之忧而忧，后天下之乐而乐"；近代如鲁迅所言，"无穷的远方，无数的人们，都与我有关，"唤醒广大民众任，是一个漫长而有艰辛的历程；要用自己的笔拯救苍生，解救仍然执迷不悟的民众。心中有他，心中有世界。把人当人看，而不是把人当物件，当概念。他（她）的喜怒哀乐，有我的喜怒哀乐。

"无数的人们都与我有关，则可当作家。"李一鸣一言蔽之，标示了作家道义和文学旨归。为天地立心，为生民立命，为往圣继绝学，为万世开太平。让蔽惑无明的现代人回归率性，诚明。为社会重建精神价值，为民众确立生命意义。

他说："人生不仅仅有长度、宽度，还要有深度。深度即人文。人是靠人文维度活着的，是靠人文维度评价他人的。人，首先要掌握人文知识；其次要把握人文方法；第三也是最重要的，就是要秉持一种人文精神。用人文的情怀和精神观察和思考这个世界。"并通过对鲁迅、老舍、曹禺、矛盾、巴金、冰心等作品的分析，论述了"写作就是价值观的表达"的文学独立性。同时，言近旨远地阐释了文学的独立性，以及人生的偶然性与必然性的哲学命题。

幽默风趣，妙趣横生，旁征博引。李一鸣读书量之大，令在座者惊叹；洞察力之深，令学员们感喟。他鼓励创作者，要耐得住寂寞，经得起冷清，坐得住板凳，能下"笨功夫"才是"大智慧"。作家著身于万事万物，聆听社会和民众，表达人类处境和时代情感的作品，才能醇美留香，传至久远。

后 记

以文学讴歌伟大的时代，以文学记录时代的风景。鲁迅文学院邀请国内知名评论家、作家，围绕"时代与文学"对学员展开有针对性的授课。对文化生态的传达、文学现状的评述，从文学文体的探究、写作技巧的传授等，从不同方向和角度引领与启迪。让我们接触到对于文学的不同解读与思考，接触到围绕文学创作之外的人文风采。

敦睦群体情感，激荡个性飞扬。和风暖日下的师生对话，长辈深情的凝视与关爱，这是鲁院送给我们最好的激励和礼物。泰戈尔说："离你越近的地方，路途越远。"文学之路，芳幽曲折。我们唯把身心沉潜生活，自省自勉，勤于笔耕。才能无愧于作家的使命，无愧于我们的时代。

2015 年 11 月